El país del miedo

Seix Barral Biblioteca Breve

Isaac Rosa
El país del miedo

© Isaac Rosa, 2008
© Editorial Planeta, S. A., 2008, 2023
Seix Barral, un sello editorial de Editorial Planeta, S. A.
Avda. Diagonal, 662-664 - 08034 Barcelona
www.seix-barral.es
www.planetadelibros.com

Primera edición: septiembre de 2008
Segunda impresión: octubre de 2008
Tercera impresión: febrero de 2009
Cuarta impresión: marzo de 2009
Quinta impresión: mayo de 2009
Sexta impresión: junio de 2019
Séptima impresión: abril de 2023
ISBN: 978-84-322-1260-4
Depósito legal: B. 23.330 - 2009
Impresión y encuadernación: Prodigitalk
Printed in Spain - Impreso en España

El papel utilizado para la impresión de este libro está calificado como **papel ecológico** y procede de bosques gestionados de manera **sostenible**.

La lectura abre horizontes, iguala oportunidades y construye una sociedad mejor. La propiedad intelectual es clave en la creación de contenidos culturales porque sostiene el ecosistema de quienes escriben y de nuestras librerías. Al comprar este libro estarás contribuyendo a mantener dicho ecosistema vivo y en crecimiento. En **Grupo Planeta** agradecemos que nos ayudes a apoyar así la autonomía creativa de autoras y autores para que puedan seguir desempeñando su labor.
Dirígete a CEDRO (Centro Español de Derechos Reprográficos) si necesitas fotocopiar o escanear algún fragmento de esta obra. Puedes contactar con CEDRO a través de la web www.conlicencia.com o por teléfono en el 91 702 19 70 / 93 272 04 47.

Para Olivia, en el país de la alegría

La primera vez pensó que era un descuido. Tal vez al pagar el desayuno le dieron mal el cambio, o se le cayó un billete al sacar el dinero. La segunda vez se dijo que no podía ser un descuido. Repasó los gastos que había tenido desde que la mañana anterior sacase dinero del cajero automático. No cuadraban las cuentas, faltaban veinte euros. La tercera vez pensó en un robo en la oficina. Solía dejar el bolso colgado del respaldo de la silla cuando iba al baño, o mientras estaba reunida en otro despacho. No era difícil que alguien se acercara y aprovechando su ausencia metiese la mano, sacase la cartera y tomase un billete, con la precaución de no llevarse todo el dinero, calculando la cantidad para que no se notase la ausencia de lo sustraído. No tenía motivos para sospechar de nadie, aunque había compañeros que apenas conocía, la movilidad laboral era alta, la gente duraba poco en aquella empresa, lo que añadía el desapego y resentimiento necesarios para que alguien decidiese robar en su lugar de trabajo. Pero hoy, ya la cuarta vez, Sara tiene la seguridad de que no ha sido en la oficina donde le han quitado el dinero que echa de menos. No ha pisado el despacho en todo el día, dedicada a llevar papeles a varias direcciones, desplazamientos que le han hecho perder la mañana. Tampoco cabe pensar en la acción de un carterista en el metro: la reincidencia lo descarta, y no es verosímil un ladrón que extraiga la cartera, tome sólo un billete de poco valor, y la devuelva a su lugar. Sólo pueden haberle quitado el dinero en su propia casa.

Está esa chica que viene a limpiar un par de veces a la semana. Intenta recordar en qué fechas han sido los robos anteriores, y parecen coincidir con los días en que la muchacha está en casa. Es muy joven, marroquí, se llama Naima. Nada más sabe de ella. Trabaja en otros pisos en el mismo bloque, se la recomendaron varios de sus empleadores. Es rápida, limpia y callada, le dijo una vecina. Sin contrato, cobra por horas y no tiene llave propia. Viene por las tardes, cuando Carlos o ella están en casa, aunque a menudo la dejan sola, o al cuidado de Pablo. En efecto, trabaja deprisa y apenas abre la boca, sólo para preguntar si la señora prefiere que limpie primero el dormitorio o la cocina, y para pedir permiso cuando necesita ir al baño o beber un vaso de agua. Es muy educada y habla en voz baja, y aunque Sara la tutea y le pide que la llame por su nombre, insiste en dirigirse a ella como «la señora», en tercera persona.

Ante la sospecha, Sara hace algunas comprobaciones antes de que llegue la muchacha. Revisa los cajones del dormitorio y descubre varias ausencias que habían pasado desapercibidas: un par de pulseras que sólo se pone en las celebraciones, unos cuantos pendientes y un colgante sin valor. Piensa que tal vez puedan estar guardados en otros sitios, pero al buscarlos nota otras faltas, siempre joyas, todas de poco valor. Sigue rastreando el resto de la casa y localiza más agujeros que hasta hoy no había advertido: películas cuya desaparición apenas se nota en la abultada videoteca, discos, detalles de adorno, y un par de botellas de licor del mueble bar, restos de la última cesta navideña de su empresa.

No cree necesitar más evidencias, pero prefiere asegurarse con una última comprobación. Toma el bolso, saca la cartera, cuenta el dinero que lleva encima, se guarda un par de billetes en el bolsillo, deja el resto en la cartera y la coloca sobre la cómoda del dormitorio, visible. En seguida llega la muchacha, que saluda educadamente y se mete en el cuarto de baño para vestirse la bata y las zapatillas. Cuando asoma, Sara ya tiene el abrigo puesto. Le dice que tiene que salir y que tardará un rato en volver, y la deja sola en el piso. Pasa casi dos horas fuera. Camina hasta un centro comercial cercano, hace una pequeña compra para justificar su ausencia y después se sienta en una cafetería. Toma un par de cafés, fuma cuatro o cinco cigarrillos, ojea un periódico gratuito. Cuando cree que ha dado tiempo suficiente para que la chica se sienta segura y olvide las precauciones, vuelve a casa.

Al llegar se encuentra con que Naima ya se ha marchado, un poco antes de lo habitual. Carlos está preparando la cena, y Pablo hace los deberes escolares. Sara entra a su dormitorio y encuentra la cartera en el mismo sitio donde la dejó. La examina sin tocarla. La ve en la misma posición, o tal vez ligeramente girada hacia la derecha, no está segura. No la abre todavía. Prefiere esperar a cenar y acostar a Pablo, como si así lo protegiera del delito. Demora cuanto puede el momento de la comprobación. Después de cenar, con Pablo ya en la cama, Carlos y ella ven una película hasta que se aburren lo suficiente y deciden irse a dormir. Se desviste, se lava los dientes, y sólo cuando Carlos está ya acostado y ha apagado la luz de su mesilla, decide coger la cartera y abrirla. Cuenta los billetes. Había dejado dos de veinte euros y tres de diez. Ahora falta un billete de diez euros. Hace la comprobación de forma apresurada, para no dar explicaciones a Carlos si la ve contar dinero a esas horas. Pero decide que no podrá dormir si no está segura del todo, así que saca los billetes de la cartera, los separa con cuidado, los cuenta bien, desliza los dedos por cada uno por si se han quedado pegados. Ahora no hay duda, falta uno. Reconoce la cautela de la ladrona, que se lleva un billete pequeño y abundante, para que la falta no se note. Diez euros. Piensa en cuánto tiempo puede llevar robándole. Hace tres meses que la muchacha trabaja con ellos, así que hace un cálculo rápido multiplicando semanas por billetes de cinco o diez euros, de vez en cuando alguno de veinte.

Se mete en la cama. Carlos ya dormita, pero como ella tarda en apagar la luz, se gira y le pregunta si le pasa algo. Ella le cuenta todo. Se lo relata desde el principio, sin anticipar el final, como dosificando la intriga. Le habla de las sospechas iniciales, de las pequeñas sustracciones, de los objetos desaparecidos, que va enumerando en el mismo orden en que ella los identificó. Le cuenta la trampa preparada esa misma tarde, y la comprobación que acaba de realizar. Podía haberle dicho directamente: oye, esa chica, Naima, nos está robando. Pero prefiere contárselo todo como ella lo ha vivido. Espera así que él mismo adelante el veredicto, que proponga la conclusión esperable, para sentirse confirmada en su sospecha, y hasta aliviada de no ser ella la acusadora. Sin embargo, Carlos escucha en silencio y cuando ella termina no dice nada. Espera unos segundos, como si no diese por finalizada la historia y faltase un último capítulo. Y qué piensas, pregunta por fin. Qué pienso, repite Sara, y añade: tú qué crees, para mí está muy claro. Pero él permanece callado. Tiene que ser ella quien emita el fallo, y también la que, al día siguiente, ejecute la sentencia.

Antes de acostarse suele hacer una ronda rutinaria por la casa, mientras Sara ocupa el cuarto de baño. Echa la llave a la puerta de entrada, revisa grifos, baja persianas. Después se lava los dientes, orina, arropa a su hijo, comprueba el despertador. Por fin se mete en la cama, le quita el libro a Sara, que se ha quedado dormida, y apaga la luz. El barrio es tranquilo y las ventanas tienen aislamiento doble, así que la habitación queda en silencio. Pequeños ruidos domésticos, crujidos de muebles, el motor de la nevera, la ducha que gotea a capricho, cañerías, la voz ronca del vecino que discute con su mujer. Cada noche, hacia la misma hora, un coche recorre la calle a gran velocidad, chirriando los neumáticos al tomar la curva, y se pierde con un estruendo de frenazos y acelerones. Sabe que todas las noches hay robos de vehículos en la ciudad, y también conoce historias de carreras urbanas clandestinas, aunque tal vez es un ciudadano que siempre lleva prisa. Algunas noches, pocas, ha oído a alguien gritar. Un grito no reconocible, breve y lejano, que puede ser de uno que llama a voces a otro que se aleja, o de alguien que expresa su alegría con desconsideración para los vecinos, pero también una petición de ayuda. Una noche el grito se prolongó en un diálogo a voces, en el que creyó apreciar una agresividad creciente. Dos personas que discutían, que quizás peleaban. Se levantó y se asomó por las rendijas de la persiana del salón, sin atreverse a levantarla, no fuera a ser que le viesen desde la calle y le señalasen como testigo indeseado. No pudo ver nada, y segundos después los gritos cesaron, de golpe. Tal vez se reconciliaron tras el último insulto y comenzaron a hablar en voz baja, o uno de los dos cayó fulminado por un golpe, un navajazo que le quitó el habla, nada más se oyó. Ya en la cama, esperó escuchar una sirena policial, siempre hay un vecino que llama al teléfono de emergencias, aunque quizás esa noche le tocaba a él, único testigo a esas horas, y se desentendió de su responsabilidad, de forma que al día siguiente sólo quedaría en la acera esa mancha negruzca que tarda días en desaparecer.

A veces, en mitad de la noche, tras dos o tres horas de sueño tranquilo, se despierta sobresaltado. No sabe si expulsado de una pesadilla o llamado por algún ruido callejero, despierta de golpe, asustado. La casa está tranquila, Sara duerme, le da la espalda. En ese momento su conciencia está lo bastante espabilada como para saberse despierto, pero no tanto como para reconocer el mundo con normalidad. Ya han entrado, piensa, y ese adverbio, *ya*, marca el final de una espera, el cumplimiento de algo pendiente. Ya han entrado. Otras veces su pensamiento recurre a otro adverbio: *todavía*. Despierta asustado y se pregunta si están todavía aquí. Desde la cama ve la sombra del pasillo, y al fondo el brillo leve de algún mueble a la luz de farolas que filtra la persiana del salón. Espera unos segundos, hasta despertarse del todo, de manera que cuando alcanza la vigilia plena, el miedo ya es menor, se ha reconducido a su tamaño acostumbrado, y se tranquiliza. No han entrado. No pueden haber entrado. Se levanta, y al salir al pasillo y caminar hacia el salón rememora uno de sus temores más efectivos, más viejos: una especie de pesadilla de la razón, pues no viene de sueño alguno, es pura elaboración mental. Ese momento en que, tras avanzar unos pasos a oscuras, descubre cómo la vuelta del pasillo, el tramo que aún no ha alcanzado, está iluminado por la claridad que entra desde la puerta del piso, abierta de par en par a la escalera vecinal. Cree que nunca ha soñado algo así, sólo lo ha pensado, lo ha imaginado, pero su fantasía tiene la fuerza visual de un sueño frecuente, o incluso de un recuerdo de la infancia, difícil de datar: adelanta un pie, asoma apenas media cabeza por la esquina, y ve la puerta del piso abierta, y afuera un exterior que uno no sabe en esos momentos si es amenaza o salvación: la escalera oscura, y la sola luz del ascensor detenido en su planta, un rectángulo vertical de luz amarillenta que basta para iluminar parte del pasillo de su casa. Ha recreado el momento muchas veces, como una forma de prepararse para cuando suceda, aunque sabe que entonces no habrá previsiones que valgan.

Lo primero sería comprobar si todavía están dentro. Habla en plural, pues las noticias suelen mencionar varios asaltantes cuando entran por la puerta, aunque también se sabe de algún hombre araña solitario que alcanza las primeras plantas de los edificios o se descuelga desde los tejados a los últimos pisos. Lo deseable es que ya se hayan marchado, que hayan terminado pronto, un trabajo limpio, profesional, y simplemente hayan olvidado cerrar la puerta al salir, o hayan preferido dejarla abierta para no hacer ruido al cerrarla, no despertar a los habitantes de la casa, una cortesía a agradecer. Pero entonces qué hace el ascensor ahí detenido. Es extraño que lo hayan utilizado para subir, lo normal sería la escalera, aunque sean seis plantas, no se arriesgarían a que el motor del elevador pudiese alarmar a algún insomne. Son unos profesionales, no cometerían una torpeza así. Es probable que esté ahí detenido desde que llegó el último vecino de planta, suele volver tarde, entró en su casa y nadie más volvió a utilizarlo esta noche. En realidad es innecesaria esa presencia luminosa del ascensor, es un detalle impropio, sacado de la habitual puesta en escena cinematográfica. Lo lógico sería que la puerta de la casa estuviera cerrada, tanto si siguen dentro como si ya se marcharon. Una puerta abierta de par en par adelantaría la llamada a la policía, menos margen para escapar. Carlos decide recomponer su pesadilla, eliminar esa puerta abierta que no sólo es impropia de profesionales, sino que es gratuita, como si los asaltantes buscasen atemorizarle con ese tipo de detalles, y no es normal que busquen asustarle, no lo necesitan.

El siguiente paso es entrar en el salón. Lo esperable es encontrarlo todo revuelto. Nunca ha visto cómo queda un salón tras un robo, pero está familiarizado con la prosa de sucesos y con las series televisivas: todo revuelto, cajones fuera de los muebles, libros tirados al suelo, papeles desordenados, sillas volcadas. Más bien cabe esperar algo menos escandaloso, suave. La ausencia de algunos electrodomésticos, el hueco polvoriento del televisor, del ordenador y del equipo de música. Cajones abiertos con cuidado. Pocos papeles sacados de sitio, sólo buscan cosas de valor inmediato, nada de contratos ni claves bancarias, mejor joyas, dinero en efectivo, objetos de oro, tecnología en buen estado. En ese caso lo habitual es que no se limiten a buscar en el salón. Lo interesante suele estar en los dormitorios. Las joyas, el dinero para el pago mensual, las alianzas matrimoniales, ese botín siempre está cerca de la cama.

En ese caso pasamos a la segunda versión de su pesadilla consciente. La peor. La que hace que, a veces, cuando despierta sobresaltado, prefiera no abrir los ojos: están aquí, en el dormitorio. Permanece con los párpados pegados, cubierto por el edredón, vuelto hacia la mesilla de noche. Escucha sin éxito: no hay pasos, ni respiración, ni cuchicheos ni roce de ropa. Por fin abre los ojos. No hay nadie. Ha pensado muchas veces qué haría si hubiera alguien. Imagina que una noche abre los ojos en mitad de la noche, y en cuanto acostumbra las pupilas a la penumbra del dormitorio identifica un hombre, dos hombres, vestidos de negro y con capuchas o pasamontañas, que enredan en los cajones de la cómoda, meten una mano entre bragas y calcetines y con la otra mano sujetan una pequeña linterna con un tenue punto de luz. Mejor hacerse el dormido, piensa. Mejor incluso estar dormido. No despertar, no escuchar nada. Agradecería ser adormecido por un narcótico, un frasquito o un pañuelo húmedo colocado bajo la nariz, y no despertar hasta cinco o seis horas después, con dolor de cabeza y la boca seca. Que terminen su trabajo y se marchen, y sólo a la mañana siguiente, y tras un par de rutinas matinales (ir al baño, ponerse unos pantalones, incluso desayunar) notar las ausencias, dónde están los pendientes que dejé sobre la mesa, no encuentro las llaves del coche, has visto mi bolso. Pero si siguen ahí cuando abre los ojos, si los sorprende en el peor momento, qué hacer. Queda descartado hacerles frente, lanzarse sobre ellos. Son dos contra uno, son hombres duros, saben pelear, irán armados, y él está entumecido de sueño, sin fuerzas, es un hombre pacífico, no sabe dar un puñetazo, el suelo está frío cuando pone el pie desnudo. Tampoco tiene ningún objeto contundente a su alcance, no puede golpearles con la lamparita de papel de la mesilla, ni lanzarles una pantufla o un periódico doblado. Puede gritar, esperando que así se espanten y huyan. Qué hay que gritar en esas situaciones. «Socorro» parece muy teatral, lo mismo que «ayuda», y no digamos «auxilio». «Policía» es poco práctico, y es mentar la soga, se pondrán más nerviosos y reaccionarán con agresividad, con más agresividad. Tal vez gritar sin más, sin vocalizar. Una «A» sostenida y ronca, esperando un grito tan rotundo que los ponga en fuga. Pero si grita, la prioridad ya no será huir, no esperemos unos ladrones tan cobardes, unos aficionados. Lo primero será callar al que grita, golpearle, meterle un calcetín en la boca, ponerle la almohada sobre la cara, y al mismo tiempo se despertará Sara, algo habrá que hacer con ella también, tú ocúpate del gritón, que yo me hago cargo de este bomboncito.

Siempre será mejor que no le sepan despierto, porque no puede esperar más que una agresión. Ni siquiera es una garantía seguir dormido. Ha leído historias de asaltantes entusiastamente violentos, que parecen buscar más la paliza que el botín, retratados en la crónica de sucesos como salvajes que, decepcionados por lo escaso de valor hallado, se ensañan con los moradores, los torturan para que confiesen escondrijos, cajas fuertes disimuladas, claves secretas de tarjetas de crédito; a veces incluso descritos como sádicos, que no desperdiciarían la posibilidad de aterrorizar a una familia, partirle los dedos al marido, obligarle a presenciar la violación de su esposa, hasta de los niños. En tal caso se espera de él algo más que un chillido histérico que, en pleno pánico, tal vez ni siquiera saldría de su garganta. Se espera sacrificio, heroicidad, que se lance sobre los asaltantes y aguante el forcejeo el tiempo suficiente para que Sara y el niño alcancen la escalera y pidan ayuda, aunque siempre habrá un tercer asaltante en retaguardia que bloquee la huida, y entonces le tocará a Sara su propio sacrificio para que al menos se salve el niño. Si esta noche hemos tenido la mala suerte de que nos hayan tocado unos sádicos, delincuentes habituales, endurecidos en temporadas en prisión, conmovidos por la carne fresca y durmiente, al menos que no nos despierten, que nos golpeen dormidos, que perdamos la consciencia antes de despertar y así, anestesiados, quedemos a merced de sus abusos sin más que el dolor físico y sus secuelas, sin el añadido del terror consciente. Si agravamos la pesadilla que estamos construyendo, colocaremos unos asaltantes enfermos, más carne de psiquiátrico que de cárcel, que disfrutan con el dolor ajeno, y que ni siquiera despertarán al matrimonio con un golpe o destapándolos con violencia, sino que preferirán hacerlo con suavidad, incluso con dulzura, apretando apenas la mano, pasando los dedos en caricia por el pelo, hablando en voz baja, venga, despierta, venga, dormilón, que ya estamos aquí.

Pero no están aquí. Abre por fin los ojos, se levanta, recorre el pasillo, comprueba la cerradura de la puerta, la persiana, arropa al niño, orina, bebe agua y se acuesta de nuevo, no sabe si más avergonzado por su incansable imaginación o por su cobardía en potencia, hasta que por fin se duerme de nuevo.

Al regresar del trabajo por la tarde encuentra que Naima la está esperando, sentada en un banco frente al portal. La acompaña un joven de aspecto magrebí, como ella. Sara finge no haberlos visto, pero tarda en encontrar la llave en el bolso el tiempo suficiente para que la chica se acerque. El acompañante queda unos metros detrás, de pie y cruzado de brazos. Ella balbucea unas palabras que debe de traer preparadas, pero Sara le pide que por favor la deje en paz. Encuentra por fin la llave y no acierta a meterla en la cerradura, mientras Naima entrecorta frases ininteligibles, una mezcla de árabe y castellano que se mezcla con el comienzo del llanto. Empuja por fin la puerta y se asegura de cerrarla a su espalda, pero en ese momento el muchacho se adelanta y coloca el pie para evitar el cierre. Por favor, señora, escúchela un minuto, dice. Sara se excusa, tengo prisa, lo siento, y mira hacia el ascensor. No está en la planta baja, y valora si es peor esperar al ascensor o iniciar la subida por las escaleras, donde pueden seguirla, suplicantes, durante seis plantas. Ella no es una ladrona, dice el muchacho, actuando de portavoz ante la incapacidad de la chica, que llora ruidosamente a su espalda. Usted se equivoca con ella, es buena, muy trabajadora, dele otra oportunidad, necesitamos ese dinero, ayúdenos, por favor, y el tono que al principio parecía amenazante se va relajando hacia el ruego. Sara mira el reloj. Las ocho, hora de regreso laboral para muchos, en cualquier momento aparecerá algún vecino. Déjeme cerrar la puerta, por favor, dice con voz firme, no tengo nada más que hablar con usted. El muchacho retira el pie y Sara cierra con suavidad. Mientras espera el ascensor, dándoles la espalda, los presiente detenidos en el portal, ella llorando y él tal vez consolándola.

Cuando entra en casa suena el portero automático. Carlos, que está sentado frente al ordenador, se levanta pero ella se adelanta y coge el auricular. Quién es, pregunta. Oye la voz del muchacho, que suplica una oportunidad y repite proclamas de inocencia, habla de manera atropellada. No nos interesa, gracias, responde ella con tono suave, mientras con la mano hace un gesto de despreocupación hacia Carlos, que vuelve a su silla. Naima suma su voz a la de su acompañante, pero entre sus lágrimas, la incoherencia de su parlamento, y la simultaneidad del otro hablando, apenas se entiende algo. Por favor, ella no es una ladrona, qué vamos a hacer, no tenemos nada, por su culpa la han echado de los otros pisos también, por favor, ella es buena. Ya le he dicho que no nos interesa, gracias, dice Sara, y cuelga. Vuelve a sonar el pitido de llamada, pero ella sujeta a Carlos con una mano en el hombro y un beso de saludo: no lo cojas, es un pesado vendiendo seguros, está llamando a todos los pisos, déjalo que se aburra.

Carlos tiene miedo. ¿A qué, a quién? A las noches, ya hemos visto: al asalto nocturno, el encapuchado violento que te golpea las piernas con un bate (las sábanas apenas amortiguan el golpe) y te condena al insomnio de por vida. Pero ése es un miedo muy esporádico, de ninguna manera continuo. No todas las noches teme, en realidad pocas noches se acuerda, sólo ocasionalmente, cuando alguna noticia alarmista (la detención de una banda especializada en robos a casas, el relato de la noche terrorífica de un matrimonio asaltado mientras dormía, el desvalijamiento de un piso en su misma calle) le hace considerar la vulnerabilidad de su hogar, resguardado por una cerradura convencional. Una vez se dejó la llave dentro y un vecino le abrió la puerta con una tarjeta de plástico, de forma limpia, rápida, sin saber que el gesto amistoso que le ahorraba doscientos euros de cerrajero a cambio servía para alimentar su sensación de inseguridad. Desde entonces, además del ocasional temor nocturno, cuando regresa a casa, sobre todo cuanto más prolongada haya sido su ausencia, fantasea con encontrar la puerta forzada y el interior saqueado. Pero no es ése su único miedo, ni siquiera el mayor. Carlos tiene otros. Algunos permanentes, otros puntuales, cíclicos. Algunos intensos y otros leves, todos tangentes, acumulables, soportables cada uno por separado, y que en realidad tienen una presencia continua pero secundaria, como un ruido de fondo con el que te acostumbras a vivir.

¿Podríamos decir que tiene miedo a la delincuencia? No exactamente. Es cierto que buena parte de sus temores pasan por ser atracado, asaltado, desvalijado; alguien que te toma del brazo al volver la esquina, alguien que se mete en tu coche por la puerta trasera cuando estás parado en el semáforo, alguien que llama a tu puerta y no consigues cerrar antes de que coloque el zapato entre la hoja y el marco. Pero lo de menos en esos supuestos es la sustracción, lo perdido, el dinero, el reloj, el vehículo. Lo importante es la navaja colocada en el costado, el brazo cerrado en torno al cuello, la patada a la puerta. De hecho, le atemoriza aún más imaginar situaciones en las que no hay billetera o coche robados, en que no existe esa motivación que, más que justificar el pinchazo o el golpe, lo delimitan, le ponen fin, todo acaba cuando el ladrón corre con su botín, cumplido su objetivo. Le da miedo cuando no hay tal objetivo, cuando es otro, o no existe, no es identificable. Aquellos casos en que los golpes no se detendrán ante un puñado de billetes o un número secreto de tarjeta de crédito, porque lo único que pueden, que quieren sacarte, es dolor.

Si tiene que ponerle nombre, lo llama «la violencia». Así, en extenso, con el artículo delante, casi en mayúscula. La violencia, más que los violentos, como algo que está por encima de sus ejercientes, como un aire podrido, una amenaza permanente, un monstruo cuya alimentación exige sacrificios frecuentes, una lotería a la que uno no elige jugar, que se disemina de mil formas cada día, mediante minúsculas fugas o grandes explosiones, y que a veces te pasa cerca, te roza, te alcanza. Le da miedo el atracador que no mide la proporcionalidad entre los medios empleados y el objetivo buscado, pero también le asusta el conductor que tras el choque fortuito de carrocerías se baja del coche con la vena del cuello hinchada y empuña una barra antirrobo. Le espanta la banda de asaltantes que entra en el dormitorio, pero tanto o más el adolescente que tras un roce callejero reafirma su lugar en la pandilla a costa de tus dientes. A partir de ahí, el listado es amplio, siempre creciente con nuevas aportaciones: miedo a las pandillas juveniles en caza nocturna, al vecino furioso que resuelve a puñetazos un desacuerdo de escalera, al malentendido callejero que concluye en linchamiento, al descerebrado que desahoga su propio temor sobre tus costillas, al abuso policial que comienza con una queja pacífica y termina con patadas en un pasillo de la comisaría, al bromista que no sabe cuándo deja de tener gracia, al portero de discoteca que oculta un machete bajo la camisa. Miedo a la calle, a los encuentros inciertos, a que en cualquier momento se rompa la desatención cortés que nos protege y aflore la agresividad. Miedo a los violentos, pero también a los miedosos cuyo temor les convierte a su vez en violentos.

El suyo no es un miedo paralizante, no le encierra en casa, no le condiciona la vida, no demasiado al menos. Es un miedo sostenido, pero de baja intensidad, que tal vez no se manifieste durante semanas, pero que se activa ante determinados estímulos: todo un catálogo de lugares, situaciones, tipos humanos, miradas, comportamientos, noticias o relatos que hacen que su miedo abandone su habitual condición de rescoldo, de ceniza humeante, y prenda con fuerza, como relámpago unas veces, como llama abrasadora otras. Y sobre todo, y tal vez esto sea lo peor, el suyo es un miedo consciente, propio de quien es capaz de pensar su propio miedo, analizarlo, cuestionarlo incluso, y sin embargo teme.

Al salir del portal aún no ha amanecido, días cortos de noviembre. No le sorprende encontrar de nuevo a la pareja. Apoyados en un coche a pocos metros, él le pasa el brazo por los hombros a ella y la aprieta contra su cuerpo, ambos encogidos. Piensa si habrán pasado la noche allí, no lo cree probable, aunque tal vez el coche sea de ellos y hayan dormido en su interior. Sara comienza a andar a paso rápido, con su rumbo habitual en dirección a la estación de metro, y ellos quieren seguirla pero caminan más despacio, acaso entumecidos por la helada. Al girar la primera esquina vuelve un instante la cabeza para comprobar que los está dejando atrás, pero al llegar al paso elevado sobre la autopista el muchacho se suelta de la chica y echa a correr hasta alcanzarla. La toma del brazo en mitad del puente peatonal que cruza en altura la carretera, densa de vehículos a esa hora temprana. Sara quiere soltarse y alejarse, pero él la traba con fuerza del codo, clavándole los dedos, mientras inicia su súplica, ahora con tono más decidido: espere, señora, no puede hacernos esto. Ella se gira, se suelta de su agarre separándole los dedos con la otra mano, se aparta instintivamente de la barandilla, le pide que por favor la deje en paz, y amenaza con voz firme:

no pensaba denunciarla, y no lo haré, pero no me obliguen a hacerlo. Mientras, Naima ha llegado hasta ellos, y comienza su llanto monótono. Sara evalúa la situación mirando a ambos extremos del puente, desiertos, y el atasco de coches bajo sus pies. Mete la mano en el bolso y saca la cartera. Le pagaré lo que queda de mes, propone, pero no quiero volver a verla, que se busque otra casa. El muchacho aprieta otra vez a la joven contra su cuerpo, y habla con suavidad, apenas audible sobre los motores y bocinas: no queremos su dinero, señora, sólo trabajar, ella necesita esos trabajos, todas esas casas. Pues que busque en otro sitio, le interrumpe Sara, adelantando varios billetes. Ella no es una ladrona, es buena, trabaja mucho, insiste él, monótono. Si vuelvo a veros la denuncio por robo, advierte Sara, que ahora encuentra inofensiva a la pareja. El joven duda unos segundos pero finalmente coge el dinero ofrecido. Sara reanuda su caminar, y ellos quedan detenidos sobre el puente.

    La inquietud le dura toda la jornada laboral. Cuando le pasan una llamada, espera escuchar en el teléfono la voz llorosa de Naima, y cada vez que alguien abre la puerta de su despacho teme que sean ellos. Olvida una cita de trabajo, se despista en una reunión, pierde el hilo en las conversaciones, y a mediodía prefiere no salir a comer, pide que le suban algo de la cafetería, así adelantará trabajo. Por la tarde llama a casa pero no hay nadie. Lo intenta un par de veces más y acaba telefoneando a Carlos al móvil, sin tener respuesta. Por fin su marido le devuelve la llamada y se excusa, tenía el teléfono sin sonido, acaban de llegar de la piscina, Pablo está bien, él se ocupará de la cena.

Sale una hora más tarde de lo habitual y pide un taxi. Al llegar a su calle le pide al taxista que espere hasta verla entrar en el portal, petición aceptada por el conductor, que critica la inseguridad creciente del barrio, así lo dice, reproduciendo alguna expresión oída en la radio, inseguridad creciente. Al salir del ascensor en su planta, antes de que pueda meter la llave en la cerradura, se abre la puerta contigua y asoma una vecina, que debía de estar atenta al mínimo ruido en la escalera. Buenas noches, Sara, quería preguntarte por esa muchacha, Naima, no vino ayer ni hoy, y tampoco ha llamado. Sara piensa varias respuestas posibles y elige una, la más rápida, la que le permita entrar antes en su hogar: no sé nada de ella, tampoco ha venido a casa, tal vez esté enferma, o a lo mejor se ha tenido que volver a su país, no lo sé. Ya veo, responde la vecina, y tras unos segundos de observar en silencio a Sara, arranca, en voz baja: mira, entiendo que te dé apuro hablar de estas cosas, pero en realidad ya lo sé todo, tu marido me lo contó hace un rato, no te culpo por no decirme nada, está bien así, supongo que ha sido un trago para vosotros, tener que decírselo a ella, a su cara, yo no he echado cosas en falta pero tampoco tengo mucho de valor, aunque estoy segura de que me ha quitado dinero, no sé nunca lo que llevo en la cartera, soy muy despistada, y seguro que se ha aprovechado y me ha sacado lo que ha querido, qué sinvergüenza, no se puede una ya fiar de nadie, les das confianza y mira lo que recibes, luego dicen que si el racismo, y la vecina continúa enlazando tópicos y frases hechas aprendidas en televisión, hasta que ante la falta de réplica se despide y deja que Sara entre en casa.

Entre sus temores, en lugar destacado, el miedo a los resentidos y a los desesperados, sobre todo a los que acumulan ambas situaciones, los resentidos desesperados, aquellos cuya caída en desgracia parece irreversible. Miedo, por ejemplo, y aunque le cueste reconocerlo, aunque lo niegue o lo disimule, miedo a los pobres, empezando por los muy pobres, los mendigos, que de un tiempo a esta parte parecen haber salido de su histórico marasmo y están desarrollando técnicas de mendicidad más agresivas. Ya no se conforman con un «no, lo siento», ni con nuestra indiferencia, ni siquiera con una moneda de poco valor, como si hubiesen tomado conciencia y supiesen su fuerza, su poder, reverso de nuestra vulnerabilidad, de manera que ahora te miran a los ojos, te hablan muy de cerca, te toman del brazo, te acompañan mientras caminas, entran contigo en el portal, exigen ser escuchados, rebaten tus negativas de cortesía, e incluso discuten, razonan, persuaden. Carlos siempre ha pensado que algún día dejaría de funcionar la distancia convencional que los propios mendigos han asumido como natural, y se levantarían del suelo dispuestos a todo, a pedir, a insistir, a coger, a redistribuir.

Alguna vez, en conversación de sobremesa, bromeó sobre una revolución de mendigos que un día, como al unísono, deciden pasar a la acción, dejan su letargo y comienzan a exigir, a perseguir, para convertir su petición mendicante en una acción política: no conformarse con una negativa educada, ser nuestra sombra, apelar a nuestra mala conciencia, como si más que un líder revolucionario les hubiera instruido un experto en técnicas de venta. El siguiente paso, sostuvo Carlos espoleado por un chupito de aguardiente, el siguiente paso, una vez disuelta la distancia, una vez perdido el respeto, sería el uso de la fuerza: atacarnos, agredirnos, despojarnos, esperarnos a la salida del restaurante o del banco, llamar a la puerta de nuestras casas, perseguirnos hasta nuestros centros de trabajo, entrar en los supermercados, en las cafeterías, en los gimnasios, sabotear nuestros momentos de diversión, despojar nuestra vida de todo aquello que no pueden tener, hacer de su resentimiento una acusación en firme, obligarnos a devolverles lo que creen les fue arrebatado.

Carlos sabe que el suyo, inconfeso, no es un miedo extraño, sino común. Sabe que sus vecinos, sus compañeros de trabajo, sus familiares, también temen a los pobres, los despojados, los resentidos, la carne de delincuencia menor, esa delgada línea que separa la picaresca de la infracción, la lucha por la supervivencia, la espontánea justicia del que toma lo que no tiene y lo coge de donde sobra. Sabe que los temen porque, además de resentidos y desesperados, los consideran inmorales, les atribuyen la inmoralidad del que antepone la necesidad a toda ética, los ven malos y codiciosos, cobardes y traicioneros, sin el suficiente poder adquisitivo moral, usando un término que leyó en *Santa Juana de los Mataderos*. Sabe que no hay una relación determinista entre pobreza y delincuencia, ni siquiera está seguro de que pese algún elemento probabilístico, pero asume que esos delincuentes son más visibles, más identificables, y por tanto tienen mayor presencia en nuestros temores y en nuestras estrategias defensivas.

Pero a efectos de defenderse de ellos su identificación no siempre es fácil: no siempre huelen o muestran manchas de abandono, hay detalles que los hacen reconocibles pero que también pueden despistarnos, no hay que precipitarse pero tampoco confiarse, es un miedo clasista y como tal se fija bien en el aspecto, en esos rasgos de estigmatización que, aunque pueden ser compartidos por otros ciudadanos inofensivos, son buen indicio de situaciones de riesgo. La ropa, por supuesto, y para ello contamos con un catálogo de uniformes, vestimentas, combinaciones desparejadas y calidades textiles que señalan la peligrosidad, desde el andrajoso hasta el que no lleva calcetines, pasando por el que va demasiado abrigado en primavera o viste prendas que no son de su talla. Pero no hay que quedarse en la ropa, nada más fácil para el enemigo que camuflarse, vestirse de hombre de paz, plancharse la ropa y cepillarse los zapatos. Para eso están otros detalles que denotan el descuido propio de los resentidos. Los dientes, por ejemplo. Aunque éste es un país de dientes podridos, y la falta de salud dental es común a ciudadanos de toda clase y salario, hay bocas que claman al cielo, encías desnudas, dientes menguados y oscurecidos, basta que el tipo sonría al abordarnos para que miremos su dentadura y nos pongamos en guardia. Hay otros rasgos, fisonomías delincuenciales, de las que ni Carlos ni sus vecinos hablarían nunca en público, para que no los tomen por reaccionarios lombrosianos: el tamaño del cráneo, la forma de la frente y la mandíbula, las uñas, la estrechez de la caja torácica, la cojera, el eccema cutáneo, o esas mejillas picadas que recuerdan una infancia de viruela y, en general, un historial médico de clase baja, mayor incidencia de ciertas enfermedades cuya prevención implica una higiene, una educación, una alimentación, un tipo de vivienda y de ocupación, en definitiva, un origen o un salario determinados, o ambas cosas, y cuya carencia transparenta la escasez de ingresos y la mayor proclividad al delito o al gesto rabioso e irreflexivo.

Entre los resentidos y desesperados también tiene miedo a los inmigrantes, sobre todo a aquellos que cree más resentidos, más desesperados, los que han llegado hasta aquí tras muchas dificultades, viven al límite, son maltratados, no tienen nada que perder. El suyo no es un temor por rechazo racista o xenófobo, no tiene nada que ver con el origen ni el color. Tampoco es ese miedo defensivo tan extendido entre esa parte de la clase obrera que, sintiéndose insegura en un tiempo de incertidumbre, es fácilmente seducida por el discurso populista que señala a los extranjeros como fuente de todos sus males, el paro, el deterioro del sistema educativo, la saturación en los hospitales, el cierre del pequeño comercio, y por supuesto la criminalidad, la percepción del inmigrante como un ser peligroso. En el caso de Carlos, su temor es el mismo que con los mendigos, un miedo a la pobreza, a que el que no tiene exija al que tiene, y a que los humillados se cobren su revancha. Él presume de tener amigos extranjeros, frecuenta bares multiculturales, y milita contra las expulsiones y las políticas migratorias estrictas. Pero cuando va por la calle y ve venir un joven, pongamos un argelino, su mano toca instintivamente la cartera en el bolsillo del pantalón, el teléfono en el otro bolsillo, y el cuerpo se pone en tensión, evita su mirada como si esperase algún reproche. Así, cuando pasea por una plaza degradada de un barrio *lumpenizado* y ve grupos de norteafricanos haciendo corrillos ociosos, y los escucha hablar a gritos en ese idioma tan impetuoso, prefiere la mala conciencia y el descrédito de apretar el paso y asumir un miedo casi racista, que ya tendrá tiempo de repararse sus propios daños morales con alguna buena acción o un pensamiento positivo dirigido a esos necesitados. Ha discutido más de una vez con quienes, desde el miedo y la ignorancia, vinculaban inmigración y delincuencia, y ha firmado manifiestos y participado en concentraciones de solidaridad, pero en momentos así, cuando dos muchachos marroquíes le paran en la calle y le preguntan algo difícil de entender, le hablan a esa distancia tan corta, incluso tomándole del codo amistosamente, su miedo fisiológico desoye sus racionales llamadas a la calma.

Su miedo es selectivo, claro. No le asustan todos los extranjeros, ni siquiera todos los extranjeros pobres, desesperados o resentidos. Le dan miedo sobre todo algunos colectivos. Por ejemplo, los magrebíes. Nunca ha tenido problema alguno con ellos, más bien al contrario, sus experiencias personales han sido muy positivas. Por eso le avergüenza reconocerse partícipe de ese rechazo tan extendido, de esa imagen negativa del inmigrante norteafricano tan arraigada en él y en sus vecinos, y en la que identifica raíces históricas y culturales, que le hacen ver al joven árabe como un ser peligroso, un individuo vehemente, que habla levantando mucho la voz, gesticula, no respeta la distancia de cortesía, se acerca demasiado, te toca. Ni siquiera es un miedo al islamista, al fanático, al terrorista vocacional, nada de eso, más bien se refiere al tranquilo magrebí que se sienta al sol en una plaza, que te pide un cigarrillo. Un miedo cultural, que se origina en relatos viejos y se agranda con relatos nuevos, desde las descripciones aterrorizadas que los presentaban como bestias sangrientas en las luchas coloniales o en nuestra guerra civil (su fama de castradores de cadáveres y violadores de mujeres ha quedado blindada en nuestro imaginario), hasta las actuales pandillas de niños abandonados y adictos al pegamento, pasando, por supuesto, por la invariable deshumanización que comparten con el resto de africanos y que no les deja más que la posibilidad de ser verdugos brutales o víctimas sacrificables, presentados una y otra vez en los medios de comunicación como masa inculta y fanatizada que administra su propia justicia grupal linchando, mutilando y colgando cadáveres en la plaza con la misma pasión con que rebanan el clítoris a sus hijas, apedrean a los homosexuales, violan a nuestras hijas y venden droga barata a nuestros hijos, entre otros tópicos de aceptación masiva.

En esa construcción negativa incluiríamos a los negros africanos, por supuesto: tras siglos de animalización, cada vez que vemos un negro —un negro pobre, se entiende—, estamos viendo esclavos, caníbales, porteadores, taparrabos, moscas, lanzas, simios, pies descalzos, mugre, el corazón de las tinieblas, hambre, dientes grandes y blancos, barrigas hinchadas, plátanos, chozas y leones; o más recientemente, machetazos ruandeses, niños soldados, manos cortadas y monjas violadas, como para salir corriendo cuando nos crucemos con uno de ellos, después de tantos cuentos infantiles, películas y noticieros que han levantado la imagen común del africano como un salvaje. Por si fuera poco, también desde discursos bienintencionados han contribuido a levantar esa imagen aterradora, cuando para denunciar la desigualdad y la pobreza mundiales se profetizaban futuros ejércitos de desarrapados avanzando sobre nuestros países, miserables que un día echarían a andar y no se detendrían ante nada, de forma que lo que pretendía sacudir las conciencias acaba también por atemorizarlas, y nos hace ver a los que ya han llegado como una avanzadilla de esa guerra futura de los pobres contra los ricos, la quinta columna ya instalada entre nosotros, a lo que sumar el componente de venganza histórica, como si tuviésemos cuentas pendientes con ellos, quisieran hacernos pagar siglos de esclavitud y exterminio.

Tampoco olvidemos, en este catálogo de tópicos atemorizadores, a los europeos del Este, con rumanos, albaneses y mafiosos rusos a la cabeza, adornados con brutalidades balcánicas y la educación recibida en décadas de tiranía y corrupción en las que no pueden haber aprendido nada bueno. Entre ellos, en lugar destacado, los terroríficos gitanos rumanos, ya sean temporeros que habitan tiendas de campaña y sucios cobertizos, ya adolescentes con bebé mendicante en brazos, o niños que acosan el parabrisas del coche cuando te paras en el semáforo, todos nos dan miedo, porque en ellos confluye el temor a los europeos orientales ex-comunistas, y el rechazo a nuestros propios gitanos, que no levantan cabeza tras siglos de construir su propio imaginario terrible: dientes de oro, bodas tumultuosas, justicia familiar, menudeos delictivos, trapería, niños churretosos, analfabetos, protagonistas de nuestros peores refranes, chistes y cuentos para asustar a los niños desobedientes, cómetelo todo que viene el gitano, y lastrados con los peores atributos: traicioneros, mentirosos, vengativos, falsos, cobardes, ingratos, que piden para comer y cuando les das un cartón de leche lo tiran en tu cara, revenden la ropa usada que reciben en caridad, desguazan los pisos en que son realojados, tiran la basura a la calle, hacen hogueras, revientan el pequeño comercio local con su venta ambulante, no pagan impuestos, no acatan la ley, no les gusta trabajar, sólo saben cantar y engañar.

Él es consciente de cuánto hay de exagerado e infundado en todos esos discursos, la distorsión forzada; lo sabe, lo ha razonado, habla de ello, asume lo injusto de la forma en que son tratados árabes, africanos, rumanos, gitanos; reconoce lo difícil de una existencia marcada por el desarraigo, la marginación, el rechazo, la irregularidad, la explotación, la persecución policial, la estigmatización delincuencial; sabe que ellos también tienen miedo, que sufren más que nadie la inseguridad, son muy vulnerables; conoce el estado de excepción en que viven, vigilados, observados, cargados de etiquetas culturales, marcados en su diferencia, incapaces de pasar desapercibidos, de ser invisibles. Él lo sabe, lo ha leído, lo ha repetido en conversaciones; pero al final todos esos elementos hacen que los vea como terriblemente desesperados, cargados de rencor y rabia, y como tales le mueven al miedo antes que a la compasión.

Por la mañana pierde quince minutos en buscar unos pendientes que no logra encontrar. Ni en el joyero, ni en los cajones, ni en el cuarto de baño, ni en las bandejas y repisas donde suele dejarlos al llegar a casa. En seguida piensa en la ladrona, pero recuerda que se los puso por última vez dos días atrás, cuando la chica ya no estaba en casa. Tras revisar de nuevo todos los sitios posibles, convencida de que se los quitó al llegar aquella tarde, pregunta a Carlos si alguna vez le dejó una llave a Naima. Él no entiende la pregunta, pero ella insiste y él, tras negarlo, le pide que se olvide ya de esa muchacha, caso cerrado. Sara comenta la posibilidad de que hiciese una copia sin ellos saberlo, que cogiese la llave que siempre cuelga junto a la puerta, la sacase un día, la reprodujese, y la devolviese a su sitio sin que ellos lo notasen. Como Carlos sigue sin entender su insistencia, ella le cuenta la pérdida de sus pendientes. Y tú crees que se iba a arriesgar a entrar en casa y sólo se iba a llevar eso, pregunta Carlos. Ella da por bueno el razonamiento y se encomienda a su habitual despiste. Estoy un poco nerviosa con todo esto, pero ya se me pasa, dice, y coge otro par de pendientes del joyero. Como se le ha hecho tarde, pide a su marido que la acerque en coche al trabajo después de dejar a Pablo en el instituto, llamará para avisar de su demora con cualquier excusa. De esta forma sale con ellos por el garaje, cuyo acceso está en un lateral del edificio, y evita el portal, donde todavía espera encontrar a la pareja cada mañana, apoyados en un coche, encogidos de frío.

Durante la jornada consigue olvidar el incidente y se concentra en varios trabajos atrasados. Se convence de la necesidad de recuperar la normalidad, así que al salir toma el metro y después camina hasta su casa, como siempre. Nadie la espera frente al portal. Ya en casa, intenta de nuevo encontrar los pendientes, y tras un rato acaba desistiendo, confiada en que se trata de uno de esos extravíos domésticos que se resuelven años después, en el bolsillo de un abrigo viejo o al retirar un mueble, entre pelusas.

Una tarde de agosto Carlos y Sara dormitaban en el sofá del salón. Pablo estaba en casa de sus primos, y ellos sesteaban tras la pesada comida, con la mesa llena de periódicos y suplementos dominicales, y una película a bajo volumen en el televisor. Les despertó un ruido creciente en la escalera del edificio. Se habían quedado dormidos más tiempo del esperado, el salón estaba en penumbra, sólo iluminado por el televisor, y por la ventana se veía el atardecer avanzado. Mientras se desperezaban y comentaban con la boca pastosa lo prolongado de su siesta, escucharon voces en el edificio, y sonido de pasos subiendo y bajando por las escaleras, conversaciones en el piso de abajo, voces más altas que otras, timbres pulsados. Carlos se puso las zapatillas y abrió la puerta. El descansillo estaba iluminado y en las plantas inferiores se escuchaban las voces de varios vecinos hablando de forma exaltada. Bajó para averiguar el motivo de tanto revuelo, y se encontró con un grupo de conocidos que, de forma atropellada y hablando todos a la vez, le informaron de lo sucedido: durante la tarde los ladrones habían desvalijado varios pisos. El informante los denominó así, «los ladrones»; no «unos ladrones», sino «los ladrones», adscribiendo a los delincuentes a un grupo social de culpabilidad colectiva. Por lo que consiguió entender en las palabras agitadas de sus vecinos, hasta seis viviendas de la misma escalera habían sido abiertas en un rato, aprovechando la ausencia vacacional de sus habitantes. Los ladrones parecían haber estudiado bien los movimientos del vecindario, pues demostraron conocer quiénes estaban en casa y quiénes no, ya que habían reventado las puertas sólo en aquellos pisos en los que todos los habitantes de una misma planta estaban ausentes, para que el ruido de una puerta no alertase al que vive en la contigua. Habían forzado la entrada a golpe de palanca, y aunque nadie había entrado todavía en los pisos desvalijados a la espera de que llegase la policía, desde la puerta abierta se adivinaba un interior desordenado y, con toda probabilidad, vaciado de objetos de valor. Un par de vecinos coincidieron en señalar que después de comer, hacia las cuatro de la tarde, alguien había llamado a sus casas utilizando el portero automático, pero que nadie respondió cuando atendieron la llamada, en lo que parecía un recurso fácil de los ladrones para asegurarse de qué pisos estaban vacíos y cuáles habitados. De regreso a su casa Carlos relató lo ocurrido a Sara, que puso voz a lo que él también pensaba: qué susto, podían haber entrado en nuestra casa mientras dormíamos, advirtió Sara, pues en efecto habían escuchado el telefonillo cuando ya sesteaban en el sofá, pero no habían respondido por pereza y porque no esperaban visita. De forma que la prisa de los ladrones, que sólo alcanzaron la cuarta planta, impidió la incómoda escena de una puerta reventada y unos asaltantes que al entrar se encuentran con un matrimonio dormitando en el sofá.

Qué susto, repitió Sara, haciendo eco al pensamiento de su marido.

Sólo dos semanas después del robo, con el mes de septiembre ya comenzado y todos los vecinos de vuelta de las vacaciones, una pareja de agentes comerciales de una conocida empresa de seguridad se presentó en el edificio para ofrecer sus servicios a los moradores. Llegaron a última hora de la tarde, a esa hora en que la mayoría ha regresado del trabajo y aún no ha comenzado a cenar, y se dividieron por plantas para cubrir todo el bloque en poco tiempo. Llegaban a cada piso, llamaban a la puerta, y el propietario de la casa se encontraba con una señorita, atractiva y bien vestida, con una carpeta profesional de cuero y que adelantaba una mano en saludo y una tarjeta de la empresa de protección. Solicitaba unos minutos de su tiempo, y una vez en el interior, sentada con las piernas juntas al borde del sofá, extraía varios catálogos de su carpeta en los que detallaba las características de sus servicios: puertas acorazadas, sistemas de alarma, conexión con central de seguridad, vigilancia permanente de fincas y otros servicios más sofisticados. No hizo falta que evocase el episodio reciente de los pisos robados, pues todos los vecinos lo tenían presente y veían la visita de aquella vendedora como una consecuencia lógica, incluso necesaria, bienvenida, tras lo ocurrido. Nadie preguntó cómo aquella empresa se había enterado de lo sucedido; daban por aceptable cualquier filtración de la propia policía, o incluso una llamada informativa de algún vecino asustado, y aunque un vecino, días después en un encuentro en el portal, comentó a Carlos con tono chistoso la posibilidad de que la propia empresa de seguridad fuese la autora de los robos, como esos grupos mafiosos que se ocupan de demostrar lo fundado de las amenazas antes de ofrecer su protección contra las mismas, lo cierto es que todos los vecinos atendieron con educación a esos amables ángeles custodios, que hicieron buen negocio en aquel edificio conmocionado por lo sucedido sólo unos días antes. Las vendedoras, tras realizar una exposición detallada de sus productos, y de las facilidades de pago ofrecidas, comentaban cómo otros vecinos del edificio ya habían contratado sus servicios, lo que a Carlos le pareció una forma de chantaje, por el que situaban al vecino temeroso ante la perspectiva de un edificio en el que todas las puertas serían blindadas menos la suya, en el que todos los pisos tendrían alarma menos el suyo, de manera que los futuros ladrones tendrían fácil seleccionar la vivienda más asequible, más desprotegida, aquella que no mostrase en su fachada la pegatina distintiva de la empresa de seguridad. Una semana después de la visita, una cuadrilla de operarios se afanó en instalar puertas acorazadas, cerraduras antirrobo y alarmas en cada piso.

Carlos y Sara recibieron a aquella agente comercial, pero no firmaron nada, sino que solicitaron unos días para pensárselo. Les dejaron una carpeta que, además del catálogo de productos, incluía un dossier confeccionado a partir de recortes periodísticos sobre episodios de delincuencia en el distrito, así como varias tablas con estadísticas del ministerio del Interior. Cada tipo de delito era representado por un sencillo dibujo, de trazo infantil pero truculento, y acompañado de gráficos con vivos colores. Durante una semana la misma vendedora les llamó mañana y tarde, a casa y a sus teléfonos móviles, ofreciendo descuentos que no podían desaprovechar, subrayando el ahorro que supondría la instalación de una vez a todos los vecinos, pero Carlos y Sara resistieron su acoso. Aunque ambos habían sentido miedo por lo sucedido, decidieron rechazar los servicios de aquella empresa, no porque se considerasen a salvo de futuros robos, ni por el prejuicio ideológico que compartían hacia el negocio del miedo que explota la seguridad privada; tampoco por lo sospechoso que les parecía aquella oportuna visita, ni por el desagrado hacia técnicas de venta más bien coactivas. Su rechazo fue fruto de una decisión meditada, que respondía a una evaluación de su seguridad, presente y sobre todo futura. El propio Carlos, más asustadizo que Sara, asumió la decisión, la hizo suya, tras mucho dudar se convenció de que era pan para hoy y hambre para mañana. Era sencillo, y asequible a sus ingresos, instalar una de esas puertas blindadas, con varios anclajes y doble lámina de acero, llave imposible de duplicar y acabados en varios colores y molduras. Pero aquello sería sólo un comienzo, y les parecería insuficiente en poco tiempo, entrarían en esa histérica espiral securitaria que hace que la necesidad de protección nunca deje de crecer, pues las respuestas defensivas al miedo acaban generando más miedo, las medidas contra la inseguridad producen más sensación de inseguridad (el mismo mecanismo por el que una presencia excesiva de policías en una estación de tren no nos tranquiliza, sino más bien nos asusta), tras la cerradura antirrobo uno no podrá rechazar la alarma, y tras ésta las rejas en las ventanas, el servicio de conexión a la centralita, y ya nunca descansará, con la conciencia de que los delincuentes van siempre un paso por delante (y conocían muchos ejemplos de casas-fortaleza que ceden a la habilidad de los delincuentes), y el reclamo que tantas medidas de seguridad despertaría en los posibles ladrones (algo habrá de valor cuando lo protegen tanto, según la lógica criminal más llana). Así que decidieron que no merecía la pena la inversión, que no les salían las cuentas, pues si entraban en esa espiral perdían más que ganaban, perdían confianza a cambio de ganar protección. Por el contrario, si no iniciaban ese proceso, si permanecían como hasta ahora, conservaban esa confianza, por inocente que fuera, y a cambio no tenían mucho que perder (los escasos objetos de valor que poseían, en caso de un robo que hasta entonces nunca habían sufrido). Así fue como Carlos y Sara se convirtieron en los únicos habitantes del edificio con una puerta sencilla, sólida aunque no acorazada, que destacaba en la uniformidad blindada del resto de viviendas, y que no ofrecería la mínima resistencia a un golpe de palanca, según las amenazadoras palabras de aquella vendedora que incluso se ofreció a hacerles una demostración práctica, cosa que amablemente rechazaron.

Al llegar a la estación de metro se aproxima a la taquilla para renovar su abono mensual. Cuando va a pagar comprueba que no le alcanza con lo que lleva. Recuerda que la tarde anterior sacó dinero precisamente para hacer ese desembolso. No ha gastado nada más, y sin embargo le faltan veinte euros. Paga con la tarjeta de crédito y al llegar a la oficina llama a Carlos. Irritada, le pregunta si le ha cogido dinero de la cartera sin avisar, y él lo niega. Ella le cuenta lo sucedido, y él le pide una vez más que se olvide del tema, pues Naima ya no está, y enumera varias posibles explicaciones: un despiste de ella, un billete que se cae al tomarlo del cajero, incluso un fallo de éste, esas cosas pasan, las máquinas se equivocan, pueden darte dinero de menos o de más, no son infalibles, siempre hay que contarlo antes de guardarlo, y hasta relata cómo una vez le ocurrió a él mismo algo parecido. Sara dice aceptar las explicaciones, tienes razón, será un error del cajero, pero en cuanto cuelga el teléfono abandona la oficina, pretextando una indisposición.

Llega a su casa y, sin quitarse siquiera el abrigo, va directamente a la habitación de Pablo. Revisa todos los muebles y rincones, el armario, los cajones, un arcón, cofres, repisas. Cuando días atrás localizó los pequeños hurtos por toda la casa no se le ocurrió mirar en la habitación del niño, allí no había nada que robar, nada que interesase a una ladrona adulta, ni mucho de valor. Ahora comprueba la falta de varios juguetes electrónicos, parte de una colección de coches en miniatura, un reloj, un juego de escritorio, unas zapatillas deportivas apenas usadas, una raqueta, gorras, guantes, la equipación de su equipo de fútbol, un balón lleno de autógrafos, unos prismáticos, una medalla de competición escolar, un par de diccionarios, unos patines, varios discos y juegos de ordenador. Entre el desorden y la acumulación, las ausencias no son fáciles de identificar, es necesario un inventario concienzudo, una memoria de lo regalado y comprado durante años para apreciar lo desaparecido, y seguramente faltan otras cosas que ya no recuerda haber tenido.

Ordena todo y vuelve a recorrer la casa, revisando una vez más todas sus propiedades. Días atrás reorganizó los discos y películas para disimular los huecos, pero ahora percibe dos nuevas faltas, dos mellas en la hilera de carátulas que no se explica, pues no han visto ninguna película últimamente. Prefiere no seguir buscando, pues sospecha que acabaría encontrando otras ausencias. Pasa el resto de la mañana en casa, come sobras del día anterior y se adormece en un sofá. Cuando Carlos y Pablo llegan les propone salir a dar un paseo, visitar el alumbrado navideño recién estrenado, cenar juntos en una pizzería. Pasan un par de horas fuera, y ella observa a su hijo, buscando no sabe qué en su expresión, en su actitud, en sus decisiones. Al llegar a casa acuesta al niño y le pregunta si está bien, si todo va bien en el colegio, si hay algún problema, pero Pablo, que se quedó dormido en el coche de vuelta, responde con monosílabos y cierra los ojos a la espera del beso de buenas noches. Después, regresa al salón y le pide a Carlos que apague la tele, que tiene algo importante que contarle.

Ser padre es otra forma de tener miedo, lo sabe Carlos, y también lo sabe Sara, aunque entre ellos raramente hablen con franqueza ni compartan o contrasten sus temores respectivos. Carlos no ha dejado de temer desde que nació Pablo, y aun antes, pero su miedo no ha sido el mismo, único e invariable desde entonces, sino una sucesión de miedos, en algunos casos acumulativos, en otros sustitutivos, cada fase del desarrollo del niño acompañada de inquietudes en respuesta a sus nuevas necesidades y riesgos. Ya antes del nacimiento, durante el embarazo, sufrió las habituales pesadillas surgidas de toda esa forma de conocimiento superficial (lecturas de suplementos de salud, portales médicos de Internet, conversaciones de oficina...) que engorda un repertorio horrible de enfermedades, retrasos, insuficiencias, dificultades en el parto, cordones umbilicales enrollados al cuello, malformaciones invisibles a la ecografía y que se descubren al nacer, así como la amenaza del hijo que muere días antes del alumbramiento: de repente una mañana los movimientos cesan, los padres se preocupan, acuden a urgencias, el monitor no registra latido cardíaco, y al fin queda un pequeño cadáver que comienza a pudrirse en el vientre, según el relato que leyó en una web. El nacimiento permitió desechar esos temores y sustituirlos por un nuevo repertorio, mayor y más duradero: asfixias repentinas, caídas accidentales, descuidos irremediables, dudas sobre la mejor postura para dormir (boca arriba puede ahogarse con un inesperado vómito, boca abajo puede faltarle el aire al pegar la cara al colchón, de lado acabará desplazándose y quedando boca arriba o boca abajo), y esa condena de incertidumbre e impotencia que es la muerte súbita, sin explicación ni síntomas, indetectable, sin prevención posible, minoritaria, descartable estadísticamente, pero que condena a miles de padres a la obsesión y el insomnio, a levantarse varias veces cada noche, entrar en el dormitorio infantil, acercarse a la cuna y colocar una mano en el pecho del hijo para comprobar la continuidad de su respiración; noches de mal dormir hasta el amanecer en que, al despertar, uno teme encontrar un cuerpo frío y sin pulso en la cuna.

Según crece el niño y gana autonomía, muchos de los miedos iniciales son desechados, algunos permanecen y se atenúan, otros en cambio crecen, y a cambio se incorporan nuevas amenazas. A las de carácter patológico (todas las enfermedades dables a esas edades, que convierten a padres como Carlos en habituales de los servicios de urgencias) se suma todo tipo de accidentes domésticos posibles, que no probables: el que se ahoga en la bañera donde fue dejado unos segundos para atender el teléfono, el que mete los dedos en el enchufe y se electrocuta, el que se desliza entre los barrotes del balcón o trepa a la ventana abierta, el que se bebe el contenido de una botella de lejía, el que se traga un bote de tranquilizantes, un tornillo o una espina, el que cae de espaldas y se golpea la nuca con cualquier borde del mobiliario, la casa toda convertida en zona peligrosa, lo que obliga a padres como Carlos a multiplicar las protecciones, todo mullido, a prueba de golpes, los cajones y puertas bloqueados, los enchufes cegados, aunque cada medida de seguridad no hace más que aumentar la sensación de inseguridad, la obsesión por no dejar un flanco descubierto, por no perder de vista un segundo al hijo, que en mitad de la noche puede levantarse solo, mientras todos duermen, y caer desde la barandilla en su intento por bajar de la cama, o alcanzar el suelo sin problema y recorrer la casa convertida en un campo de minas sin la mirada vigilante del adulto. Durante unas semanas de mal sueño, Pablo, sin haber cumplido los dos años, tomó la costumbre de levantarse en mitad de la noche y salir al pasillo, llegar hasta el dormitorio de los padres y observarlos mientras dormían. Así lo sorprendió una noche Carlos al despertar de repente, pero en otra ocasión lo encontró en el salón, o en la cocina, y esto le condenó a semanas de insomnio, de romper la continuidad en el sueño ante la posibilidad de un niño solo en la casa, que siempre sería peligrosa por mucho que antes de acostarse multiplicase sus esfuerzos por tenerlo todo bien cerrado, bien asegurado, bien protegido.

A los riesgos domésticos se sumaron pronto los callejeros, en los que ya no era garantía el celo del padre, pues acechaban los comportamientos ajenos, incontrolables, los ciudadanos imprudentes y los malvados, ambos peligrosos por igual: el coche que no frena en el semáforo y arrolla la silla del bebé, el autobús que da marcha atrás y no ve al niño que estaba detenido junto a la rueda, la alcantarilla defectuosa que cede al peso ligero de un menor, las porterías de fútbol que periódicamente caen y aplastan un cráneo a medio desarrollar, los columpios y piezas de mobiliario urbano que pueden clavarse, golpear, cortar, atrapar; los perros catalogados como asesinos y que aún pasean sueltos y sin bozal, y cuya mandíbula cerrada en torno al cuello sólo puede abrirse haciendo palanca con una barra o previa muerte del animal; y por supuesto todo ese reparto de criminales y dementes inesperados, de los que las noticias dan cuenta cada cierto tiempo, siempre escasos pero suficientes para extender la alarma entre los padres, todos dominados por uno de los miedos más antiguos, de siglos: el hombre malo, el del saco, el coco, el sacamantecas, el tío Camuñas, el Garrampón, el enfermo que entra en la zona infantil del parque con un cuchillo de cocina, el delincuente sexual no menos enfermo que ofrece golosinas, paseos en coche, juegos irresistibles en su casa; los niños desaparecidos, secuestrados, violados, asesinados, que aparecen meses después en un vertedero, en una bolsa de plástico en el fondo de una ciénaga, en un hoyo lleno de cal viva, en una parcela de difícil acceso, con la boca llena de tierra y el cuerpo devorado por las alimañas.

Aunque Carlos argumentaba contra el alarmismo de ese tipo de noticias, y se presentaba confiado de cara a Sara, apenas pudo desprenderse de alguno de esos miedos, y era incapaz de comportarse como sus vecinos y amigos, que tomaban el aperitivo dentro del bar mientras sus hijos jugaban en la plaza, y sólo de vez en cuando echaban un ojo por la ventana, sin alarmarse ni interrumpir un chiste si en ese momento no los veían. No así Carlos, que se situaba de frente a la ventana, y si

Pablo salía de su campo de visión se acercaba con disimulo a la puerta para localizarlo. También cuando iban al campo con la familia, y los niños hacían pandilla y marchaban a explorar el bosque cercano, mientras los padres aprovechaban para dormir la siesta o jugar a las cartas. Carlos se ofrecía para acompañar a su hijo y sobrinos, y si no podía hacerlo, enfrentado a las burlas de sus familiares por su exceso de protección, acababa marchando a pasear él solo, con la excusa de bajar la comida, y se dedicaba a vigilar de lejos al grupo de niños, porque sabía que cerca había un río, poco profundo pero lo suficiente para un accidente, y había también una carretera no muy alejada, y árboles a los que trepar y desde los que caer, y un cercado con toros en los que algún niño querría presumir de habilidades taurómacas, y casas de campo tal vez habitadas por esa gente rural que cada cierto tiempo protagoniza historias brutales, pastores dispuestos a follarse cualquier cuerpo, animal o humano, tras meses de aislamiento y castidad forzada.

Cuando estaban de vacaciones, los miedos no quedaban en casa, sino que viajaban con él, o se transformaban en otros temores más propios de cada lugar visitado: un acantilado al que puede acercarse demasiado un niño, un mar resacoso que engulle a los que juegan con una colchoneta hinchable, un parque de atracciones siempre a la espera de un accidente para cumplir la estadística. El primer verano que fueron de camping los tres, Carlos quiso, la primera noche, cerrar la tienda de campaña desde dentro, asegurándola incluso con un pequeño candado. Como quiera que Sara rechazó su intento, burlándose de su exageración por la seguridad, y argumentando el peligro que sería ese candado en caso de que tuviesen que salir de forma apresurada de la tienda (un incendio en el camping, supuesto que Carlos no pudo rechazar), durmieron con la tienda cerrada pero sin llave, y aunque situaron al niño al fondo de la tienda y él se colocó junto a la puerta, despertó varias veces con el pensamiento histérico de que tal vez alguien podría, en mitad de la noche, recorrer el camping abriendo las tiendas para buscar niños con no se sabe qué intenciones, realizar algún ritual espantoso propio de esas tierras levantinas donde acampaban, o alimentar alguna mafia de venta de órganos o prostitución infantil de la que tenía noticia o al menos rumor.

Por supuesto, su celo extremo hace que nunca haya extraviado a su hijo, ni siquiera en unos segundos de despiste en medio de la multitud, pues cuando camina por la calle siempre espía los pasos de su hijo, e intenta no perderlo de vista un instante. Tampoco recuerda haber tenido sueños, pesadillas de desaparición, de niño perdido y padre buscándolo con ansiedad. Más bien se trata, como le sucede con el ocasional miedo nocturno, de una pesadilla de la razón, algo que, a fuerza de pensarlo repetidamente, se acaba incorporando a nuestra conciencia con la fuerza de un recuerdo o de un sueño frecuente: va caminando por la calle con Pablo y, en un momento de descuido, se gira y no lo encuentra, ha debido adelantarse o retrasarse, es difícil saberlo porque hay mucha gente en la calle, no sabe si debe avanzar o volver sobre sus pasos, tal vez así se aleje de él, quizás el niño vuelva al punto en que se separaron y él ya no esté, y a partir de ahí cada paso que dé puede ser un metro más de distancia irreversible, cuando cree avanzar en realidad puede estar alejándose, pero tampoco puede permanecer quieto, ni perder tiempo en llamadas policiales, cada minuto no empleado en encontrarlo aleja más su reaparición, hasta que tal vez cruce esa línea de no retorno, ese paso que uno da sin conciencia de su fatalidad, pues avanzar por esa calle significará que el hijo perdido continúe por la avenida transversal y a partir de ahí las trayectorias ya no volverán a encontrarse más, por mucho que continúe sus pasos, que no se detenga, que camine deprisa, que corra, lo hará con la certidumbre de estar apartándose más que acercándose, los respectivos caminos se han convertido ya en pasillos, tal vez paralelos pero incomunicados, sin puertas comunes, y sólo queda esperar una buena acción, un gesto amistoso, un ciudadano que observa al niño perdido y lo acompaña a una comisaría o le pregunta la dirección de su casa para conducirlo a la misma, después de tantos años de prevenir a su hijo contra las proposiciones espontáneas de desconocidos en la calle, contra los lobos que en el bosque se acercan amistosos a las niñas o engañan a los cabritillos enseñando una patita blanqueada bajo la puerta, después de empeñarse en educar a Pablo en la desconfianza hacia los extraños, al final su reaparición queda a merced de ese desconocido, de ese anónimo en cuya buena intención hay que confiar para que el coche se dirija en efecto a la dirección facilitada por el niño y no tome un desvío hacia las afueras.

Frente al instituto hay un pequeño parque en estado de abandono, con pocos árboles y la mayor parte del mobiliario arrancado. Por las noches es punto de encuentro para pandillas juveniles, y por el día funciona como depósito de excrementos para los perros del vecindario. Los pocos bancos que quedan en pie están ocupados a esta hora por adolescentes que no han ido a clase o que esperan la salida de sus compañeros, de manera que Carlos no puede sentarse y disimular leyendo un periódico como había pensado. Lo del periódico es un detalle de camuflaje bastante manido, pero no se le ocurrió nada mejor. Tampoco tiene un perro al que pasear mientras espera, y queda descartada la posibilidad de aparcar el coche y permanecer dentro, pues Pablo puede identificar el vehículo familiar. La opción de merodear a varios metros de la puerta, sin sitio donde sentarse ni propósito claro, le hace creer que será visto como sospechoso, pues a esas edades nadie espera que su padre le recoja, y más bien parecería un mirón, o incluso un pedófilo a la espera de las niñas. Así que opta por ir directamente a la hora de salida, y confía en pasar desapercibido entre la multitud que sale a la vez del centro, si bien necesita un punto de vigilancia para que no se le escape su hijo. Decide situarse entre dos coches aparcados, en el lateral hacia el que, previsiblemente, se dirigirá Pablo.

Es uno de los últimos en salir, cuando apenas quedan grupos rezagados en la puerta y mientras los profesores abandonan ya el recinto en sus vehículos. Va acompañado de otro niño, de su edad, tal vez ligeramente mayor, de estatura pareja. Caminan al mismo paso, aunque no hablan entre ellos, y Carlos duda de que en realidad vayan juntos hasta que, al salir por la verja, el acompañante se detiene a saludar a otros estudiantes y da un manotazo amistoso en el hombro de Pablo, que se para y espera a su amigo mientras éste habla con tres muchachos, que se ríen ante lo que cuenta. Por fin se despiden y el niño vuelve junto a Pablo, al que da otro manotazo en la espalda para que reanude la marcha. Ahora le habla al caminar, monologa, pues Pablo no responde. Carlos los observa desde su posición, y echa a andar tras ellos cuando giran la esquina del instituto, siguiendo un itinerario que no es el que debe llevar a su hijo a casa.

Desde la esquina, asomando sólo la cabeza, los ve detenerse a mitad de la calle, en la acera del otro lado, donde se abre un descampado que llega hasta un supermercado cercano. Ambos se descuelgan las mochilas y las abren en el suelo. Desde donde está no puede ver bien la escena, porque Pablo está de espaldas y oculta con su cuerpo el movimiento, pero cree ver cómo su hijo saca algo de la mochila y se lo da al otro, que lo guarda rápidamente en la propia. Después, vuelven a colgarse los macutos, y el que parece amigo dice algo y pasa el brazo sobre los hombros de Pablo. Lo aprieta contra sí hasta pegar las cabezas, y aunque el niño no corresponde al abrazo, tampoco intenta soltarse. Como despedida, le da un puñetazo en el brazo, no demasiado fuerte pero sí lo suficiente para que Carlos, desde lejos, lo considere un principio de agresión antes que un gesto de compañerismo viril.

Pablo echa a andar, ya en dirección a su casa, y Carlos lo sigue durante unos minutos, varios metros por detrás. Hace sólo tres meses que el niño vuelve solo a casa, desde que dejó el colegio y empezó en el instituto. Por la mañana lo lleva Carlos, pues le cae de camino hacia su trabajo, pero a la salida el chico regresa solo. No hizo falta que lo sugiriesen los padres, el propio Pablo se adelantó a su propuesta y rechazó desde el principio que le recogiesen, ningún padre lo hacía ya a esa edad. Ahora, caminando tras él, lo ve cruzar calles sin esperar a que el semáforo se ponga verde, atravesar un solar embarrado, ascender el viaducto sobre la carretera. Al descender al otro lado, la pasarela peatonal hace un par de giros en zigzag y, en el primero de ellos, Pablo descubre a su padre, que camina por la parte central del paso elevado. Se detiene y le espera, aunque no parece alegrarse, y sólo cuando llega hasta él apunta una sonrisa y le dice hola, papá, qué haces aquí. Carlos tiene preparada una coartada para no haber ido a trabajar y estar siguiendo a su hijo, pero la omite y pregunta directamente, quién era ese niño, a lo que su hijo responde con otra pregunta, qué niño, replicada por una nueva interrogación del padre, qué le has dado, que completa con una pequeña explicación, suficiente: te he visto salir con él del instituto, y le has dado algo que ha metido en su mochila. Carlos piensa que lo que en realidad delata la condición infantil de su hijo no es lo vulnerable que lo ha visto al caminar solo por la calle, sino su torpeza para disimular, para mentir, para poner cara de sorpresa o de normalidad y acompañar sus palabras con gestos y un tono que les den la credibilidad de la que carece según habla, balbuceante: es un compañero de clase, un amigo, le he dejado una película para que se la grabe, mañana me la devuelve. Ya veo, un amigo, dice Carlos, y te la devuelve mañana, claro, y te va a devolver también los patines, el balón, el reloj, las zapatillas y los pendientes de mamá, supongo, y por supuesto todo el dinero que le has dado y que era sólo un préstamo, y según habla se da cuenta de la dureza excesiva de sus palabras: si lo que está pasando es lo que sospecha, su hijo no necesita ese sarcasmo propio de un aprendiz de policía, no necesita que le hagan llorar junto a la autopista, ni que le obliguen a escapar a la carrera, lo que pide es comprensión, apoyo, un abrazo, una promesa de protección, todo lo que el padre no puede ofrecerle porque tampoco sale corriendo tras él ni intenta sujetarle.

Todos sus miedos paternos, tanto los domésticos como los callejeros, se agravaron según fue creciendo Pablo. Cuando comenzó a ir al colegio, con tres años, Carlos iba cada tarde a recogerlo a la salida, y aunque el piso en que vivían entonces estaba muy cerca de la escuela, él siempre iba apremiado, incluso con tiempo de sobra, hasta ser el primer padre a la puerta aún cerrada del centro, siempre empujado por el miedo a que cualquier incidente le retrasase y le hiciese llegar cuando ya habían salido los niños. Aunque sabía que la profesora los retenía en clase hasta que llegaban sus familiares a recogerlos, siempre cabía la posibilidad del descuido, el niño que sale como cada tarde confiado en que su padre le espera junto a la verja, la confusión de la profesora que toma a otro padre por Carlos, y que deja al niño solo a la puerta del colegio, a merced de cualquier pederasta que merodee la escuela a la espera de una oportunidad para encontrar a un niño cuyo padre llegó tarde, y meterlo en el saco para llevarlo a su castillo y encerrarlo con sus anteriores presas. Muchas tardes, al recoger a Pablo, observaba el carácter desordenado y tumultuoso de la salida de los escolares, y pensaba lo fácil que sería llevarse un niño al descuido. Mientras esperaba a su hijo, asumía por un instante el punto de vista del depravado, miraba a los pequeños como seleccionando un objetivo fácil, y se convencía de lo sencillo que sería aproximarse a cualquier niño cuyo progenitor se hubiera retrasado y, con dulzura, informarle de que su papá o su mamá no podrían venir y le habían pedido que lo recogiera él hoy, o incluso dirigirse a la profesora de los más pequeños y, con educación y buen aspecto para no levantar sospechas, presentarse como un familiar imprevisto de alguno de los menores, al que tomaría de la mano para sacar del colegio y meter en un coche aparcado en las proximidades. Aunque finalmente se convencía de que no podía ser tan sencillo, y lo apoyaba en su desconocimiento de casos similares, no ya en este centro sino en cualquier otro, aun así caminaba deprisa hacia el colegio, donde nunca llegó tarde, y mantuvo la tensión durante varios cursos.

Además, según crecía el niño, aumentaban las ocasiones en que dejaba de estar bajo la vigilancia de sus padres. No sólo en el colegio, donde quedaba expuesto a accidentes, amenazas y agresiones bajo la desidia de los profesores, sino también cuando era invitado a casa de compañeros de clase o primos, para celebrar un cumpleaños, jugar juntos o pasar una noche, momentos en que quedaba al cuidado de adultos que tal vez no serían tan exigentes en su protección como lo era Carlos, en hogares donde quizás no colocaban cierres de seguridad en el armario de los productos de limpieza ni cegaban los enchufes, ni bloqueaban el balcón con una malla tupida ni aseguraban las ventanas, y donde incluso podrían permitir que los niños saliesen solos a la calle, al parque cercano, lugar propicio para atropellos, caídas o secuestros. Aunque Carlos reconocía lo exagerado de sus temores, y hasta se olvidaba de ellos en muchos momentos, siempre mantenía esa inquietud de fondo, que tomaba por saludable, por una mayor exigencia de seguridad que, al final, beneficiaba al niño, menos expuesto que otros. De la misma forma, si bien en conversación con compañeros de trabajo censuraba el tratamiento sensacionalista que los medios daban a la periódica desaparición de algún niño, y que extendían la histeria, los rumores sin fundamento y hasta los malentendidos que terminaban en intento de linchamiento, en su interior hacía propias esas noticias y se colocaba con espanto en el lugar de esos padres cuya hija desaparece una tarde en el corto trayecto que media entre su casa y la de sus abuelos, y que invariablemente es encontrada meses después, demasiado tarde para todo.

Cuando Pablo pasó del colegio al instituto, Carlos planteó la conveniencia de que empezase a ir solo. Fue él quien lo propuso a Sara, pues bajo su temor y su celo protector siempre ha sido consciente de la necesidad, inevitable, de que Pablo gane autonomía, y la obligación que como padre tendrá de asumir los riesgos como algo consustancial a la condición paterna, algo improbable pero siempre presente, pues sabe que la adolescencia que ahora empieza traerá también cambios en sus temores, llegarán otros fantasmas: las malas compañías, las manzanas envenenadas que le serán ofrecidas y tal vez quiera probar, los accidentes de tráfico cuando algún compañero de más edad pueda ya conducir, las peleas juveniles nocturnas, el acoso escolar, las pandillas salvajes, las bromas imprudentes, las demostraciones de coraje que acaban en desgracia, cada fin de semana que deja en el hospital algún muerto joven, intoxicado, accidentado, acuchillado, golpeado, y que no regresará a la hora acordada a su casa, donde los padres duermen o tal vez esperan despiertos hasta escuchar la puerta y poder por fin dormir tranquilos. Por eso, por su conciencia resignada de que no podrá cuidar siempre de Pablo, de que tendrá que ir abriendo espacios de independencia a cambio de zonas de inseguridad, fue Carlos el que propuso a Sara, al comienzo del curso, que tal vez ya era hora de que el niño empezase a ir solo.

No consiguen que Pablo cuente nada. A ratos llora, a ratos se queda callado, y sólo niega con monosílabos o frases cortas. Sara abraza al niño, y Carlos, acuclillado junto a ellos, intenta con trampas discursivas vencer su resistencia y obtener algo de información, ya que las preguntas directas no funcionan, pero cuando insiste demasiado su mujer le reprende con la mirada, y tiene que volver al tono susurrante: queremos ayudarte, Pablo, pero tienes que contarnos qué pasa, puedes confiar en nosotros, no tengas miedo. Sara intenta desabrochar el pantalón del niño para ponerle el pijama pero él se revuelve y pide hacerlo solo, que se vayan y le dejen vestirse solo, y ese arranque de locuacidad repentina tras tanto mutismo, y esa violenta resistencia tan distinta del pudor simpático y preadolescente con que últimamente pide que le dejen ducharse solo y no entren en la habitación cuando está cambiándose de ropa, ahora le delatan. Patalea y chilla, y Carlos tiene que inmovilizarlo sobre la cama, apretándole con fuerza las muñecas contra el colchón mientras la madre le baja los pantalones. En las nalgas encuentran señales de pinchazos superficiales, un par de hematomas circulares en los muslos y algunos arañazos y costras en las rodillas, si bien es difícil distinguir si se deben a una agresión o a alguna caída deportiva, toda vez que el niño, forcejeando, asegura que todas las heridas se las ha hecho él solo, y enumera tropiezos, golpes, juegos de patio. Sara le levanta la camiseta y encuentra más picotazos, pequeños lunares morados repartidos por el vientre y los costados, de distribución aleatoria, y que parecen causados por un objeto punzante que alguien usó con poca fuerza, o cuya punta roma no permitía causar más daño que ése. Le ponen el pijama, ya vencida la resistencia del niño, agotado y lloroso, y lo arropan en la cama.

Se van al salón y hablan en voz baja, si bien cada réplica levanta unos decibelios el tono, imperceptible en su progresión, pero suficiente para que, tras un par de minutos, estén ya gritando. Sara opina que hay que ir a la policía, poner una denuncia. Carlos discrepa: primero hay que hablar con el director y los profesores. Sara insiste en ir a la comisaría a la mañana siguiente. Carlos anuncia su propósito de ir al instituto, y que Pablo se quede en casa, lo excusarán por enfermedad. Sara repite mi niño, mi niño, mi niño, aunque su cansancio le impide enfatizar. Carlos promete que se enterará de lo sucedido. Sara le pregunta qué más necesitaba saber, está todo muy claro. Carlos responde que no saben mucho, sólo tienen sospechas. Sara muestra estupor y opina que todo es más que evidente, el niño está aterrorizado y además él mismo ha sido testigo y sabe quién es el agresor, vio cómo lo extorsionaba a la salida del instituto. Carlos muestra su esperanza en que el tema se resuelva en el propio centro escolar, pues la vía policial sería más traumática para Pablo. Sara dice no esperar nada del director ni de esa mierda de instituto, y para decir esto último reúne fuerzas y aliento suficientes, así como desprecio. Carlos le pide que se tranquilice. Sara repite hasta tres veces mierda de instituto, y añade: mira lo que le han hecho a mi niño, mientras recuerda otros episodios recientes que ahora toman otro cariz: un día que llegó con un párpado amoratado y lo explicó por un pelotazo, otro día con una uña negra que dijo haberse pillado con una puerta por descuido. Carlos razona que la culpa no es de ese instituto, que le podía haber pasado en cualquier otro. Entonces ella recupera una controversia familiar de meses atrás, que ya creían superada, y que ahora se demuestra cerrada en falso. Recuerda las discrepancias entre ambos por la elección del centro de estudios, la reticencia de Sara por la fama de conflictivo que tenía el más cercano a su casa, la defensa del modelo público de educación que hizo Carlos, y cómo habían discutido durante semanas sobre si debían prevalecer los principios o el bienestar del niño, o lo que es lo mismo, si el coste de defender unos principios era poner en peligro a su hijo. Entonces Carlos se esforzó en minimizar los posibles riesgos, visitaron el instituto, se entrevistaron con el equipo del mismo, conocieron a otros padres, y tras varios pulsos ella acabó cediendo, aunque ahora, meses después, parece cobrarse su revancha y, ya a gritos, recupera incluso momentos muy anteriores, el nacimiento de Pablo, su embarazo, tensiones conyugales en torno a la preferencia militante de Carlos por la sanidad pública, sustos y nervios por la inoperancia de un obstetra al borde de la jubilación, alivio al final pero una herida en la confianza que ahora volvía, sangrante y pestilente. Sara anuncia su determinación de que el niño no vuelva nunca más a ese centro. Carlos, que a estas alturas mide sus palabras para cerrar esas grietas por las que él mismo se ve y escucha meses atrás, le pide paciencia, confianza en que las cosas se resolverán. Sara le pregunta si él ha visto bien las piernas, el culo y la barriga del niño. De mi niño, dice, mira lo que le han hecho a mi niño, usando un posesivo excluyente que traza una línea divisoria en la casa y que siempre irrita a Carlos.

A menudo piensa en el dolor, pero le falta experiencia. Por supuesto que no lamenta carecer de experiencia fiable en materia de dolor, no es eso, pero cree que ese desconocimiento acrecienta su miedo a eso que en tono grandilocuente llama «la violencia». Sus tratos con el dolor son vulgares, domésticos, nada reseñables: un esguince, una muela, un dedo machado con el martillo, un cabezazo con la puerta abierta del mueble al incorporarse. Desde que tiene memoria, más allá de escarceos infantiles sin fuerza, no ha recibido nunca un puñetazo, una patada, una pedrada, y no digamos una cuchillada. Por eso, al no saber qué se siente, cómo duele, hasta dónde duele, ese desconocimiento engrandece su temor ante situaciones en las que pueda ser agredido. Un puñetazo, por ejemplo. En la nariz, en el labio, en la ceja, en la oreja. Intenta simular el posible dolor, pero no alcanza más que a darse una bofetada floja que le hace sentir más ridículo que dolorido. Si se aprieta la nariz con el dedo nota el hueso punzante, y sólo si la aprieta con fuerza consigue percibir algo que se aproxime al dolor, una molestia creciente. Si piensa en la boca no ve más que dientes, partidos, arrancados, y tampoco sirve la experiencia dentista, anulada por la anestesia. La boca del estómago es diferente, el puñetazo o rodillazo seco hacen que uno se doble y se desplome, cuesta respirar, entran náuseas, eso al menos es lo que ha visto en las películas, pero no sabe si creérselo, también en las películas los secundarios caen fulminados de un disparo, y él intuye que en la realidad, a no ser que el disparo reviente el cerebro a la primera, lo esperable es que uno pase un tiempo herido antes de morir, y se arrastre, se retuerza, se desangre, gima, llore. Qué decir de un pinchazo, una estocada de navaja en alguna parte blanda del cuerpo, y todas lo son ante el empuje de una hoja afilada. Muchas veces se ha hecho un corte en el dedo con el cuchillo de cocina, una vez incluso tuvo que ir a Urgencias y necesitó un par de puntos, era un tajo profundo. En esas ocasiones no sintió un dolor fuerte, más la impresión que cualquier sensación que pueda llamarse dolor. Ha leído, recuerda, relatos de acuchillados que sólo supieron que habían sido rajados cuando vieron la sangre, incluso advertidos por otra persona, pues el navajazo les pasó desapercibido, apenas sintieron un golpe, un leve arañazo, y sólo ante la camisa enrojecida o el charco viscoso entendieron la gravedad, a veces cuando ya era demasiado tarde.

Eso le hace pensar en la importancia de la premeditación del dolor. Si el golpe o el pinchazo son por sorpresa, inesperados, en caliente, el cerebro no tiene tiempo para proponer el dolor, pues el cerebro es el órgano del dolor, y si no se da cuenta apenas activará sus terminales. Si te apuñalan por detrás, sin aviso, sentirás algo de dolor, pero no todo el posible. En cambio, si alguien te dice: siéntate ahí y levántate la camisa, que voy a darte un navajazo en la barriga, el cerebro aterrorizado dará órdenes para que los vasos sanguíneos se compriman y la piel se endurezca, y pensaremos en el dolor venidero con tanta fuerza que nos acabaría doliendo hasta un navajazo simulado. Así ocurre con los torturados, piensa. En la tortura, y bien lo saben los ejecutores, es tanto o más importante la expectativa que el acto, la amenaza que su realización, y hay que dejar tiempo suficiente a los torturados para que puedan pensar en el tormento antes de que éste empiece, que tengan las horas necesarias para evocar técnicas, herramientas, relatos de víctimas, detalles brutales. Salvo en los casos de vulgar sadismo, la mejor tortura, la más eficiente para el resultado buscado (la confesión) es la que no se hace, la que acaba siendo innecesaria, la que el interrogado se imagina y amplifica de tal manera que apenas resistirá el principio del suplicio.

    Carlos siempre tiene presente algo que leyó en alguna parte, no recuerda bien si real o ficticio, si en una novela o en un informe de derechos humanos. Era la tortura de la cuchara. El interrogado, que apenas había recibido unos guantazos de presentación y llevaba un par de días sin beber agua, obligado a posturas incómodas y con privación de sueño, era sentado frente a una mesa, en una sala provista de la esperable escenografía para una sesión de tortura (luz fluorescente, paredes desnudas, suelo de obra, mobiliario sucio). Se sentaba con las manos atadas a la espalda y desnudo, pues esa desprotección textil es fundamental para el éxito de cualquier sesión. Tras unos minutos de soledad, entraba en la habitación el torturador. Un tipo de aspecto siniestro, incluso teatralmente siniestro. Iba vestido con una bata blanca y llevaba un estuche en la mano, de pequeño tamaño, de piel, con cremallera. Colocaba el estuche sobre la mesa y lo abría sin prisa. El torturado, helado, hambriento, sediento y hundido anímicamente, aguardaba con ansiedad el contenido del estuche. Sin embargo, donde esperaba encontrar un bisturí para practicar pequeños cortes en la carne, un sacacorchos para clavarlo en la rodilla, unas tenazas para arrancar los dientes y los pezones, unos electrodos para dar descargas en los pies o unos alfileres para meter bajo las uñas, descubría que en el estuche no había más que una cuchara. Una pequeña cuchara, de las llamadas cucharillas de café, limpia pero con el brillo desgastado por su prolongado uso. El torturador, con gestos impostados de solemnidad, cogía con dos dedos la cucharilla, la miraba de cerca, acariciaba su filo con atención, y la dejaba sobre la mesa, a los ojos del torturado, que la observaba con tanto espanto como estupor. Con toda tranquilidad, demorándose en cada gesto, el ejecutor sacaba de un bolsillo unos guantes de látex, blancos, y se los colocaba con cuidado, estirándolos hasta quedar bien ajustados. Después se remangaba la bata —ropa fundamental para una sesión de tortura, pues la víctima adivina las inminentes manchas de sangre en el algodón blanco recién planchado—, se quitaba las gafas —para evitar tal vez salpicaduras—, cogía la cucharita y se incorporaba para acercarse. Normalmente no era necesario ni siquiera que formulase una pregunta inicial. El detenido se derrumbaba y empezaba a hablar, lo contaba todo, deprisa, atropellado. Nunca hubo necesidad de utilizar la cuchara, si es que realmente tenía algún uso. Su verdadero poder era evocador, activador de la imaginación: la víctima, enfrentada a un objeto insólito y desconocido, tan cotidiano como amenazante, dedicaba esos minutos previos a imaginar todo tipo de tormentos en los que podría aplicarse esa pequeña cuchara, la esperaba introducida en cualquier abertura de su cuerpo, recuperaba pesadillas infantiles, se convertía él mismo en torturador al idear posibles usos de la cucharilla en la boca, en la oreja, en los ojos, en el recto, de manera que el horror podía más que la curiosidad y, antes que querer comprobar para qué servía aquel cubierto, daba por buena la previsión de dolor y se derrumbaba. Los torturadores suelen contar un uso similar de otros instrumentos más habituales, como las tenazas, cuya sola exhibición sirve para que el torturado se hunda y hable, pero ninguno tan eficaz como aquella inofensiva cucharilla que excitaba la imaginación de los detenidos y amplificaba su potencial doloroso.

Por eso Carlos quiere creer que el dolor duele más cuando se piensa, y se consuela pensando que, en el momento de la verdad, el dolor cierto nunca podría igualar al dolor imaginado, y comprobaría que no era para tanto, que un navajazo en la barriga o una patada en la cara no duelen tanto como esperábamos. Duelen, y mucho, pero duelen menos, qué alivio.

Sale del instituto cuando termina la media hora de recreo y los estudiantes regresan a las aulas, apurando los cigarrillos y los dulces y bocadillos del desayuno. Al cruzar la verja saca el teléfono y llama a Sara. Le pregunta cómo está Pablo, y ella le informa de que se ha levantado ya, ha comido algo y está viendo una película. Carlos le cuenta a su mujer un resumen apresurado de la entrevista con el director: no se ha mostrado sorprendido, no es la primera vez que conoce un caso así, incluso un profesor sufrió coacción de un alumno dos cursos atrás. Le ha dicho que, para tomar medidas, necesitan saber quién es el extorsionador. Carlos dijo desconocer el nombre y el curso del niño, pero creía poder identificarlo, lo había visto en la calle ayer mismo. El director se mostró irónico y le preguntó, sonriente, si quería que organizase una rueda de reconocimiento, aunque esta parte Carlos no se la cuenta a Sara; el propio director se apercibió de lo inoportuno de la broma ante la preocupación de un padre, pidió disculpas e insistió en la necesidad de identificar al agresor. No le parecía algo sencillo, no eran pocos los niños conflictivos, e incluso podía ser alguien ajeno al instituto, no matriculado, sabía de pandilleros que se colaban en el centro aprovechando las horas de entrada y salida o los recreos para robar material, causar destrozos o molestar. Carlos expresó su convicción de que se trataba de un alumno, lo había visto salir con una mochila, hablar con otros estudiantes. El director le pidió algo de tiempo, preguntaría a los profesores de la clase de Pablo, y mientras podían esperar a que el niño se calmase y estuviese dispuesto a delatar a su compañero. Esa expresión utilizó: delatar a su compañero, como si evocase la justicia escolar, el desprecio a los chivatos. Aunque Carlos ahora suaviza bastante el relato de la entrevista y dice haber visto al director más preocupado de lo que en realidad le ha parecido, Sara protesta, renueva su expresión de desconfianza hacia el instituto, y amenaza con ir a la comisaría si en un par de días no le dan una solución y expulsan a ese salvaje, si bien es partidaria de cambiar de centro a Pablo en cualquier caso.

Mientras escucha las quejas de su mujer, Carlos se aleja caminando. Al cambiar de acera escucha una voz a su espalda, una interjección que parece dirigida a él. Se gira y ve al niño, lo reconoce, el mismo niño que acompañaba a Pablo ayer, al que minutos antes ha bautizado como «el extorsionador». El chico se acerca caminando hacia él, y con un gesto de la mano le pide que se detenga y le espere. Carlos mira hacia la puerta del instituto, donde los últimos alumnos entran, y a las ventanas del edificio, donde ni el director ni ningún profesor están asomados. Le dice a Sara que tiene que colgar, que luego la llama, y guarda el teléfono mientras el niño llega hasta él.

Tú eres el padre de Pablo, dice el muchacho, más afirmando que preguntando. Qué quieres, responde Carlos. Eres su padre, insiste el menor. Deja en paz a Pablo o vas a tener problemas, amenaza el adulto, y al hablar mira a la ventana del segundo piso donde cree localizar el despacho del director. Qué problemas, pregunta el niño, yo no le he hecho nada, y en su defensa asoma lo que Carlos quiere creer una muestra de debilidad, incluso de miedo, así que se reafirma en su autoridad: Lo sé todo, sé lo que le haces, no te vuelvas a acercar a él, y ahora ve en la ventana una sombra, el director que se levanta o se sienta o se mueve para coger una carpeta o salir. Te lo ha contado Pablo, pregunta el niño, y Carlos responde afirmativamente con la cabeza, y habría subrayado su respuesta con un monosílabo rotundo de no darse cuenta a tiempo de su error, la justicia escolar, delatar al compañero, así que corrige: no hace falta que me cuente nada, yo mismo te vi con él, pero el niño ya ha cerrado su conclusión: qué chivato, dice en voz baja, y repite, qué chivato, para añadir: yo no le he hecho nada, le pedí cosas y él me las dio, me dijo que ya no las necesitaba. Carlos cree ver un principio de arrepentimiento que permita encauzar la situación, así que insiste en su firmeza: déjale en paz, no te acerques más a él, pero el niño desmiente el tono de disculpa y pregunta mirándole a los ojos: se lo ha dicho al director, y sin esperar respuesta se contesta él mismo: se lo ha contado, le he visto salir del despacho, se ha chivado. Carlos ve venir a algunos paseantes a lo lejos, estarán a su altura en un par de minutos, y con su proximidad se siente acompañado, a salvo, por lo que decide no retroceder: sí, he hablado con el director y se lo he contado, así que, como no dejes en paz a Pablo, y coloca unos puntos suspensivos mientras mira de nuevo al instituto, la puerta ya cerrada y sin movimiento en las ventanas. Como me hagan algo te vas a enterar, amenaza el niño, en palabras que nadie creería propias de su edad y su tamaño si no hubiese una información previa, un hijo aterrorizado, unas pinchazos por todo el cuerpo. Como me echen te vas a enterar, tú y Pablo, me la vais a pagar los dos, te lo juro. Carlos mira a los paseantes que se acercaban, dos han desviado su rumbo y ya no llegarán, el que queda es anciano, de caminar lento, tardará más de lo previsto en alcanzarles, así que se muestra conciliador para ganar tiempo: tú deja en paz a Pablo y no te pasará nada. Pero no es suficiente, el niño parece apreciar su debilidad, sus miradas nerviosas a las ventanas del instituto y al paseante todavía lejano, así que aprieta más: yo sólo te digo que como me hagan algo os vais a cagar, te lo juro que os vais a cagar. Carlos comprende que el niño conoce bien su oficio, la progresión necesaria, cómo recibe sus palabras apaciguadoras, su miedo creciente, y con él alimenta su agresividad, estímulo y respuesta, todo muy sencillo, ante lo que sólo puede cortar aquella situación cuanto antes, restablecer el orden, la relación esperable entre un niño y un adulto, entre un cuerpo pequeño y otro grande, la obediencia debida, la autoridad supuesta: mira, vale con que dejes en paz a Pablo, nos olvidamos del tema y punto, pero el niño vuelve la cabeza para mirar al instituto, y su gesto es muy diferente del de Carlos, donde éste busca testigos aquél espera invisibilidad, donde el adulto desea protección el niño sondea su impunidad, de manera que la relación de fuerzas, el desenlace, parecen depender de que un funcionario se levante de su silla y se asome por la ventana y además mire precisamente en esa dirección, y se tome el tiempo suficiente para salir al exterior y acercarse, o ni siquiera eso, abrir la ventana y gritar, bastaría eso, aunque a esa distancia sólo vería un niño y un adulto conversando, el niño de espaldas, nada extraño, nada preocupante.

El chico decide subir otro escalón, al ver que a cada tramo que avanza, su oponente retrocede uno más, así que comienza a intercalar insultos en sus amenazas, nada original en su capacidad de insultar, palabras malsonantes, comunes, muy gastadas pero que sin embargo en su boca, en su cuerpo pequeño, en esa calle desprotegida y con el recuerdo de la piel herida de Pablo, suenan diferentes, más gruesas, más llenas de significado, y como Carlos sólo puede ya balbucear llamamientos a la calma, el niño prueba a subir tres o cuatro escalones de una vez, de una zancada, y le empuja, adelanta los brazos y le empuja golpeándole con las palmas de las manos contra el pecho, uno de esos empujones camorristas que no buscan tirar ni tampoco desplazar al oponente, sino que forman parte de la representación previa que toda pelea necesita, cuando los contendientes se empujan mutuamente antes de levantar los puños. Empuja, y como todo lo que obtiene en respuesta es la resistencia floja de un cuerpo que retrocede un paso y no recupera la posición, vuelve a empujar, pero todo lo que Carlos sabe hacer es aprovechar el empujón para alejarse unos pasos, previo a su retirada, sin esperar ya ayuda alguna desde las ventanas mudas, aunque el niño a estas alturas parece decidido a llegar al final de la escalera y le lanza una patada a la pierna, con poca convicción, con más intención de advertencia que de causar dolor, una patada con la mínima fuerza como para que el pateado comprenda que pueden venir patadas más fuertes, más dañinas.

Carlos se aleja unos metros, buscando distancia, mientras pide, ruega al niño que se esté quieto, que se tranquilice. Piensa incluso salir corriendo pero no lo hace, por desconfiar de su velocidad frente a la agilidad de su perseguidor, pero además porque comprende que en aquel primer encuentro se está jugando mucho de cara al futuro. Por fin el anciano paseante llega hasta ellos, tras acelerar los últimos metros al ver las patadas que el niño tira al adulto, y ahora restablece lo que allí se había derrumbado, confía en la autoridad de su edad, exige al niño que deje en paz a Carlos y se largue. El chico manda a la mierda al viejo, pero obedece y se va, en dirección al instituto, aunque pasa de largo de la puerta y desaparece al girar la esquina. Mientras, el anciano pregunta a Carlos si está bien, y maldice con un par de frases cortas y trilladas a la juventud actual, la sociedad y el abandono del barrio. Carlos se propone recomponer lo perdido desde ese momento, con su respuesta al paseante, cargando de confianza sus palabras: no pasa nada, es sólo un niño, no puede hacerme nada.

Le dan miedo, también, los jóvenes. Menos que jóvenes: los adolescentes, algunos incluso niños todavía. Intenta evitar el tópico que los describe educados en la violencia e ignorantes de su propia capacidad de hacer daño, sádicos, impasibles, crueles, inválidos para sentir empatía con el débil, con la víctima. Piensa, se repite, que no es cierto, que los niños siempre han sido así, que también en su infancia había palizas y juegos brutales que construyeron su propio miedo infantil. Pero ahora. Ahora. Le asustan esos hombrecitos con cerebro inacabado pero con la fuerza suficiente para romper un hueso a golpes. Le asustan en grupo, cuando son muchos y te rodean, tanto si están organizados —en pandillas vocacionalmente violentas, caprichosos pasatiempos, batidas nocturnas a la caza del enemigo designado, o imitadores estimulados por un teléfono móvil con grabadora de imagen—, como si no tienen organización ni jerarquía y son sólo una fuerza colectiva e incontrolable que en la plaza o el estadio se entregan, como en un baile improvisado, a la pelea tumultuosa y el linchamiento del que cae al suelo, cuya cabeza todos quieren pisar. Lee las noticias de reyertas juveniles tras cada fin de semana, y se horroriza por la facilidad con que se empuñan navajas y botellas rotas, la ligereza con que se golpean las cabezas con barras, bates, botas de puntera reforzada, adoquines, cráneos que se abren como cerámica y luego son cosidos y grapados, frentes hundidas a patadas, dientes perdidos por el golpe de una barra que no discrimina las zonas más frágiles del cuerpo sino que parece preferirlas, boca, ojos, nariz. A veces los cree inconscientes, como si ignorasen el daño que pueden causar, educados en ficciones audiovisuales en las que un porrazo en la cara o una patada en el estómago no rompen nada, el caído se levanta en seguida y continúa la pelea, dos contendientes pueden golpearse en la ficción durante varios minutos y terminar abrazándose entre risas.

Se cruza con ellos, los ve beber en el parque, junto a su portal, oye desde casa sus risas y patadas a las papeleras, y una vez prefirió coger un taxi antes que pedirles que por favor se apartasen pues el coche en que estaban apoyados era el suyo. Se aproximó y los vio excitados, valientes, riendo a gritos, tal vez miembros de alguna pandilla furiosa, quizás cabezas rapadas, pensó, recordando que hace tiempo que no son identificables por su vestimenta o su pelo, el acoso policial les llevó a abandonar una estética que delataba su condición violenta, así que Carlos no tuvo valor para dirigirse a ellos con una educada solicitud, por favor, podéis levantaros del capó, tengo que coger el coche, pensó que se reirían de él, imitarían su voz y su tono cortés, tal vez se negasen para ponerle a prueba, y si no queremos levantarnos, qué pasa, él no tendría respuesta, no valdría repetir la petición amable, tampoco endurecer su lenguaje, menos aún amenazarlos con llamar a la policía y de ninguna forma empujarlos o arrancar el coche con ellos encima, adivinó una paliza, un juego de gallos que rivalizan por acobardarle, el coche destrozado a patadas, él mismo reventado a golpes, o quizás se montasen con él y le obligasen a conducir hacia un descampado donde poder jugar sin prisa, sin que nadie nos moleste, esta noche estamos de suerte, lo pasaremos bien.

Miedo, por supuesto, a los niños pobres, percibidos como doblemente amorales, en tanto que niños y en tanto que pobres. Le asustan los pequeños mendigos cuya insistencia no se agota con negativas educadas ni amenazas, caminan a tu lado, te tironean de la chaqueta, pegan la nariz a la ventanilla en los semáforos, rondan la salida del supermercado donde acorralarte cargado con la compra, se acercan al cajero automático cuando está a punto de expulsar el dinero solicitado, se sientan a tu lado en el banco del parque, porque para ellos no hay distancia de cortesía, y la fácil obtención de una moneda se convierte en toda su enseñanza. Y junto a ellos, o acaso entre ellos, los pequeños delincuentes, los raterillos, los descuideros: en su barrio circula todo tipo de advertencias sobre pandillas de niños ladrones, él no los ha visto pero los teme igualmente, niños llegados de los poblados chabolistas que todavía existen en el barrio, trasladados por sus padres por la mañana y recogidos a la tarde como una jornada laboral durante la que, según denuncian algunos vecinos, se dedican a pequeños robos en los comercios, abren con dedos ágiles las puertas de coches y casas, quitan juguetes y zapatillas a los niños asustadizos, esnifan pegamento en el parque, se cuelan en los colegios, burlan a los vigilantes de los supermercados. Carlos nunca los ha sufrido, ni siquiera está seguro de haberlos visto, pues cuando ve varios niños con aspecto mendicante cambia de acera o de rumbo, todavía víctima del recuerdo de aquellos gitanillos de su infancia cuya sola evocación ponía en fuga a los miedosos como él, que nunca tuvo problemas con ellos entre otras cosas porque siempre los esquivó, pues la leyenda negra los relacionaba con robos de bicicletas y ropa deportiva, peleas a pedradas y profesores golpeados a la salida del colegio.

De nuevo abandona el despacho del director cuando está a punto de terminar el recreo, de manera que los pasillos están llenos de estudiantes camino de sus clases, y para salir por la puerta principal tiene que esperar a que se despeje el atasco, mientras suena la sirena que anuncia el fin del descanso. Cruza la verja y repite el mismo recorrido de ayer: anda hacia la derecha siguiendo la valla, y al cruzar la calle mira hacia atrás, antes incluso de que el niño tenga que gritar para llamarle. Lo ve venir mientras lo espera en la acera, en el mismo sitio del día anterior, y dedica esos segundos de espera a observarlo con atención, pues lo agitado del primer encuentro le dejó un recuerdo parcial de su aspecto físico, que ahora, mientras espera que llegue hasta él, completa: es de la edad de Pablo, más o menos de su tamaño, quizás más alto pero también más delgado. Tiene el pelo muy corto salvo en la zona del cuello, donde le cuelgan algunos mechones mal arreglados. Viste unos vaqueros y una sudadera, y la vestimenta le recuerda a Pablo, hasta que comprende que, en efecto, tal vez sea ropa de Pablo. Cree reconocer también las zapatillas deportivas.

Qué pasa, que ya has ido otra vez a ver al director, dice el niño mientras da los últimos pasos hasta él. Se sitúa muy próximo, de manera que tiene que levantar la barbilla para mirarle a la cara, porque el niño apenas le llega por el hombro, Carlos no es demasiado alto pero al chico todavía le faltan un par de estirones finales. Qué pasa, ya le has contado lo de ayer, a que sí. Carlos no responde, escucha en silencio al niño, concentrado en anticiparse a un posible golpe, pendiente de lo que hace con las manos o los pies. No puede tener mucha fuerza, no más que yo, aunque sí más determinación, más coraje, piensa, mientras valora si será capaz de sujetarlo, de inmovilizarlo, convencido de que no sólo sería incapaz de responder con violencia a su comportamiento agresivo, de golpearlo y hacer valer su condición adulta, sino que además tal iniciativa sería muy inadecuada. Eres un puto chivato, dice el niño, eres un cagón, como Pablo, y un chivato, te dije que como me hagan algo, como me echen, te ibas a enterar. Carlos mira hacia la ventana que ahora ya sabe situar con seguridad en el edificio, y reconoce dos siluetas tras el vidrio, aunque no identifica cuál de los dos es el director y cuál el jefe de estudios.

Ante la falta de respuesta, el niño le empuja, con más fuerza que el día anterior, de nuevo las manos contra el pecho, le hace retroceder tres pasos, trastabilla y mantiene con dificultad el equilibrio. Carlos recompone la postura, endurece el cuerpo y afianza los pies para resistir el segundo empujón, más fuerte que el primero. Mira de nuevo a la ventana, donde ya no están los dos observadores, de manera que calcula que basta con aguantar la situación un par de minutos. Pendiente como está ahora de la puerta del instituto apenas atiende a lo que el niño dice, una mezcla de insultos y balbuceos amenazantes muy enfatizados, que dan paso a las patadas, en la misma secuencia del día anterior, sólo que ahora un poco más fuertes. Intenta protegerse con las manos pero se daña un dedo al frenar la patada.

Por fin ve aparecer por la puerta a los dos hombres, aunque tampoco parece que se den mucha prisa, seguramente por sigilo, aunque cualquiera censuraría despreocupación en su actitud. Al volver la vista al niño hay un elemento nuevo, un pequeño objeto brillante en su mano, alargado, casi oculto entre los dedos y borroso por el movimiento rápido del muchacho. Piensa en una navaja aunque también puede ser algún tipo de herramienta, una llave o un bolígrafo, el niño sacude la mano al hablar, señala, gesticula, y como no deja quieto el brazo Carlos no acaba de ver si en efecto es un arma o cualquier otro objeto que, para el caso, sea cuchillo, llave o portaminas, podría igualmente devenir arma, ser clavado en la carne, en el cuello, en la cara, en un brazo que se interponga. Carlos tampoco fija bien la vista en la mano movediza porque está más pendiente de los hombres que se aproximan a paso tranquilo, y tan insistente es su mirada que el muchacho acaba por girarse para averiguar qué es lo que recibe tanta atención, y entonces reconoce a los dos adultos, que están ya casi en la esquina, a falta sólo de cruzar el tramo de asfalto. Al ser descubierto, el jefe de estudios levanta la voz y pronuncia el nombre del niño: Javier. Lo hace sin tono imperativo, como si informase o reconociese. El interpelado guarda en el bolsillo de la cazadora el objeto que ya no será identificado, y echa a correr, sin mirar en despedida a Carlos, que relaja por fin el cuerpo, alejado el peligro, el brillo afilado que le ha paralizado de miedo.

A veces lo piensa como un juego, un pasatiempo, o incluso un duelo en que los contendientes tienen que elegir el arma a utilizar. Se ha hecho la pregunta muchas veces, y le gustaría preguntárselo a otras personas, a Sara, a sus compañeros de trabajo, a su familia, a su hijo, para comparar los miedos de unos y otros. Se trataría de averiguar a qué armas tememos más. De forma más clara: si pudieras elegir, si tu agresor, antes de dañarte, te diera la oportunidad de elegir, con qué arma preferirías ser herido. O dándole la vuelta a la cuestión: si entre el repertorio de herramientas para tu dolor te dejase eliminar una, dejar una de ellas fuera del maletín con la promesa de que no será utilizada, cuál excluirías. En efecto, se trata de preguntas que uno no puede hacer a su mujer ni a su hijo, ni a sus amigos al final de la cena, en la sobremesa, mientras esperan los cafés: escuchad, quiero preguntaros algo, qué armas os asustan más y cuáles menos, con cuáles preferiríais ser atacados, y con cuáles nunca. Los amigos sonríen, Sara se revuelve incómoda, vaya pregunta. Él tiene su respuesta, y le gustaría compararla con la de los demás, aunque eso presupone que alguna vez se hayan hecho a sí mismos ese tipo de preguntas. Pero incluso aunque no la hayan formulado como tal, todos tenemos preferencias y miedos mayores. Él incluso está convencido de que los resultados serían muy similares si se hiciese una encuesta sobre las armas y el temor que provocan, pues en eso, como en otras cosas, hay temores culturales.

Intenta hacer su propio *ranking*, clasificarlas según le dan más o menos miedo. Las piensa aplicadas sobre su cuerpo. No es fácil privilegiar unas sobre otras, pero las armas blancas destacan en primer lugar. El filo cortante. La navaja, sobre todo, cargada de miedo transmitido, cultural. El barbero que degüella al cliente traicionado. El ojo del perro andaluz. El gesto amenazante de quien afila una navaja con la correa. La herida distraída del que se afeita ante el espejo. Navajas de todos los tamaños y formas. Brillantes o sucias, adornadas o rústicas. Para reyertas o para rebanar el cuello desde atrás, por sorpresa, el gesto común de agarrar a la víctima colocándole la mano en la frente para inmovilizarlo, y cruzar el arma frente a su rostro para hacer el recorrido horizontal, de lado a lado del cuello, mientras patalea.

Los cuchillos también, claro. No tanto los machetes ni los de caza, por desgarradores que resulten. Sobre todo los cuchillos vulgares, de cocina, los que el atacado busca a tientas por el fregadero hasta que lo encuentra y lo clava en su atacante. Cuchillos pequeños, de mondar patatas, de partir limones, y que hemos visto en la ficción clavados en el cuello, en el pecho, en un ojo, en la mano inmovilizada sobre la mesa. Cuchillos grandes capaces de cortar un pulgar a la japonesa, de seccionar el pene del maltratador mientras duerme, de abrir el estómago para la muerte lenta y dolorosa. Esos enormes cuchillos que manejan los carniceros, que trituran cartílagos y hasta huesos; y los pescaderos, finos filetes, la piel que sale de un tirón haciendo el corte en el sitio adecuado. Durante años compró pescado en un puesto del mercado cuyo propietario presentaba tres pequeños muñones en la mano izquierda, recuerdo de tres heridas sucesivas o tal vez de un solo descuido que de una cuchillada se llevó los tres dedos, corte limpio que deja a la vista el anillo de la carne y el hueso en el centro, el rostro espantado de los clientes, el grito del herido, grito más de estupor que de dolor todavía. El hombre trabajaba con su mano mutilada, sujetaba la pieza con los dos dedos que todavía conservaba, pero la pinza no era muy firme, sólo tenía un meñique y el anular, así que hacía presión con la palma para que no se escurriese el tronco del pez, y con la otra mano acercaba el cuchillo, sin mucho cuidado, como si ya no le importase perder más dedos, como si incluso desease perder de una vez esos dos dedos inútiles que se resistían a dejar limpio un muñón al que poder colocar una prótesis completa, una vez perdidos los dedos se puede cortar el resto de la mano, más arriba, hasta el codo, para colocar un brazo artificial, y Carlos, horrorizado, mientras esperaba su turno se imaginaba al pescadero operándose él mismo, allí, en el puesto, con el mismo cuchillo, cortando no de una vez el antebrazo entero, sino por partes, en rodajas, como si arreglase una merluza, primero el dedo meñique, luego el anular, después la mano, a continuación medio antebrazo, y por fin la pieza entera desde el codo, sin gritar, tranquilamente, canturreando o haciendo un comentario gracioso para la clientela, pura rutina. Pese a que su imaginación se esforzaba por pintarle visiones espantosas, él siguió comprando en ese puesto, prueba una vez más del carácter magnético del horror, repulsión y atracción como las dos caras de un mismo sentimiento.

Entre las armas blancas no incluye las espadas, claro, ya no. Piensa que ése tal vez fuera un miedo siglos atrás, cuando uno podía temer ser ensartado o amputado de un mandoble, aunque quizás tampoco entonces asustaban mucho, su uso extendido las volvía comunes, templaba el ánimo. Todos los ciudadanos eran en algún momento soldados, y tenían que luchar con ella, sin miedo a ser heridos ni a herir, no al menos suficiente miedo, no el que tendríamos ahora si nos obligasen a pelear con estas armas. Golpes de espada que seccionaban miembros, que reventaban cráneos, que atravesaban troncos de lado a lado. Batallas nada románticas, de épica sucia, donde los heridos quedaban mutilados, desfigurados, se desangraban durante horas, los cortes se pudrían y se volvían carroña en el campo de batalla para alimento de los perros y las aves. Hoy los soldados se han acostumbrado a la distancia, ignoran el cuerpo a cuerpo, y la lejanía de las luchas con espada las mitifican, las embellecen. El cine las falsea en duelos de bailarines, combates largos y armónicos, la habilidad de los espadachines que se giran y detienen el golpe de espada con su hierro en horizontal, de vez en cuando un rasguño, más en la ropa que en la carne, y finalmente una muerte instantánea, indolora, la hoja hundida en el abdomen y apenas unas palabras en agonía. En realidad los choques en el campo de batalla duraban segundos, se lanzaban unos contra otros y el primero en ser alcanzado caía destrozado, a veces se herían los dos a la vez, o varios soldados de un mismo mandoble, en el tumulto alguna espada se retrasaba para el impulso y alcanzaba fortuitamente la oreja de un enemigo o de un compañero a la espalda.

Junto a cuchillos y navajas, entre las armas blancas le horrorizan las casuales, las herramientas ordinarias que en mano asesina se convierten en instrumentos de dolor. En realidad, piensa, salvo las excepciones visibles en los decomisos policiales, todas las armas blancas son casuales, no fabricadas para el uso que acaban teniendo, así los inocentes cuchillos de cocina que en su casa evita dejar a la vista por la noche, pues serían de inmediato escogidos por el intruso nocturno. Pero si piensa en armas blancas casuales se refiere a otras, menos destinadas si cabe para el dolor. El destornillador, por supuesto, que no corta pero sí clava, tan delgado para concentrar toda la fuerza en la punta estrellada que avanza fácil por la carne, que desgarra a su paso la piel y los músculos, el destornillador que busca el rostro, la boca, el ojo, el cuello. La hoja de afeitar, a continuación. La pequeña hoja de borde moldeado, que corta sólo con rozarla cuando intentas sujetarla, la pequeña hoja que se suele adjudicar al sádico para que torture trazando muescas por todo el cuerpo inmovilizado, para que la aplique en la lengua, en la oreja, en la vagina, en las partes más blandas del cuerpo. El tenedor también, habría que incluir el tenedor, sacado de alguna película que no recuerda y en la que era clavado en una mano sobre el mantel, en un muslo bajo la mesa, platos y vasos que caen al suelo cuando el agredido salta de dolor. Las tijeras, qué espanto, mejor no hablar de ellas, de sus muchas aplicaciones, su ambivalencia, se pueden clavar y son capaces de cortar cualquier cosa carnosa. Podría añadir muchas otras herramientas, están en los talleres y maletines de todos esos oficios que parecen predestinados al crimen: los ya citados carniceros y pescaderos, pero también carpinteros armados de todo tipo de sierras y clavos; leñadores con hachas que buscan la decapitación o el cráneo partido en dos; jardineros que pueden podar una mano con la misma facilidad que una rama de castaño; cristaleros. Porque están también los cristales, el trozo de ventana rota que se envuelve con un trapo para ser empuñado como cuchillo improvisado, la botella tomada por el cuello y partida contra la mesa, lista para la reyerta de bar.

Tras las armas blancas, aparecen en su listado las contundentes, las utilizadas para golpear. Y ahí vale todo, no hay límites para su espanto. Martillos, mazas, bates, barras, patas de mesa, leños, porras, llaves inglesas, botellas, extintores, cualquier cosa que pueda ser empuñada y que astilla la nuca, hunde la frente, fractura la nariz, arranca dientes. También las arrojadizas. Las piedras, con el prestigio de ser las armas más antiguas. De niño huía de las peleas a pedradas a las que eran tan aficionados sus compañeros de clase, que volvían llorando con la coronilla abierta. La categoría de arrojadizos no tendría fin: ceniceros, monedas, objetos decorativos, sillas, adoquines, y cualquier otro objeto que pueda levantarse del suelo y lanzarse con impulso.

Entre las armas contundentes no olvida incluir la principal, la más vieja, anterior incluso a las piedras: la mano, en todas sus variantes: abierta para la bofetada, cerrada para el puñetazo, concentrada en un dedo que se clava y hurga, extendida en uñas que rasgan la piel, aplicada con dos o más dedos en pinza y pellizco, apretada para retorcer, asociada a la otra mano para apretar cuellos hasta estrangularlos. El agresor desarmado nunca es tal, siempre va provisto de ese par de armas fiables, inagotables, que no pierden el filo ni necesitan ser recargadas, que pasan desapercibidas en los controles, y que son capaces de todo, de romper una mejilla, hacer saltar los dientes, arrancar una lengua, sacar un ojo, descolgar una mandíbula, partir un hombro, quebrar un brazo o varios dedos con poco esfuerzo. Aplicando tal enseñanza, debería sentirse él mismo armado para su defensa, pero no cree que sus manos sean capaces de nada, ni siquiera de sujetar el arma atacante o desviar el golpe, en situación de peligro serían incluso un estorbo, más centímetros de piel, carne, hueso y uña de los que extraer dolor.

¿Y las armas de fuego? Pues no. Desde el momento en que la muerte no es su primera preocupación, no teme a las armas de fuego, que además considera más improbables que el resto. Y no porque las considere indoloras. Confundidos por el engaño cinematográfico, solemos creer que un disparo no duele, o que duele mucho menos que una cuchillada. En las películas los heridos caen fulminados, pierden la conciencia o incluso la vida con un solo disparo, da lo mismo en qué parte del cuerpo les alcance. Él sabe que la realidad es otra, que una bala no deja de ser una cuchillada rápida y profunda, que a su paso quema cuanto encuentra, piel, músculo, órganos, huesos, nervios, todos ellos terminales de dolor. Sabe también que sólo los disparos a la cabeza provocan el desmayo instantáneo, y no siempre, y que los heridos de bala gritan de dolor cuando son llevados en volandas. Y sin embargo, no teme tanto a una pistola o una escopeta, aunque ese miedo menor seguramente se deba a la poca familiaridad con ellas, estamos habituados a ver cuchillos y martillos, pero raramente vemos de cerca un arma de fuego. Sin embargo, una vez tuvo en la mano una de ellas. Sólo una vez. Su cuñado, el marido de la hermana de Sara, es policía local, y como tal va armado. Además del arma reglamentaria tiene una segunda pistola, para defensa personal, que guarda en casa, aunque a veces la lleva en la guantera del coche, o incluso en la sobaquera cuando viste de paisano, pues se siente amenazado, y sus temores sí tienen fundamento, son reales, más que los de Carlos, cuando uno es policía se crea muchos enemigos que después tal vez te encuentres en la cola del supermercado, en el aparcamiento, en un callejón de noche. En una ocasión, en la sobremesa de una comida familiar, un primo gracioso quiso ver la pistola, nunca había visto una de verdad, pidió que la sacase, y el cuñado no se hizo de rogar, fue al dormitorio y volvió con ella. La puso sobre la mesa sin sacarla de la funda. Su mujer le hizo un reproche, pero él la tranquilizó asegurándole que la había descargado, que no tenía balas. Aun así, aquel arma sobre la mesa, en el centro del grupo familiar, contagió a todos un silencio a ratos asustado y a ratos reverencial. Ahí estaba, era ella, la pistola. Tantos años de ver armas ficticias, de juguete o de película, y cuando por fin veían una de verdad se sentían tan importantes como sobrecogidos, acaso emocionados. El cuñado la sacó de la funda, retrasando sus movimientos, solemnizando la operación para aumentar la impresión de los espectadores. La tomó por el cañón y dirigió la culata al primo simpático que la había pedido.

Se la ofreció. Anda, cógela. El primo dudó, inició una disculpa: no hace falta, si yo sólo quería verla. El cuñado, cuyo humor impertinente era bien conocido entre todos los presentes, arrojó la pistola sobre el regazo del familiar, y ese instante en que el arma voló de la mano propietaria al regazo asustado hizo que varios de los presentes abriesen la boca, algunos incluso para chillar. Que no muerde, cógela. El primo, por fin, la tomó, casi más con asco que con temor. Tras unos segundos de no saber qué hacer con ella, cómo mirarla, acabó por empuñarla, con pulso apenas firme, y sólo acertó a decir: pesa más de lo que creía. Y la soltó sobre la mesa. El cuñado, que se sabía rey de la fiesta y no podía dejar pasar la oportunidad, ofreció el arma a todos los presentes, uno por uno, para que la cogiesen y venerasen. Algunos la tomaron ligera, otros la cogieron con repugnancia, y dos mujeres se libraron del juego exagerando su horror ante aquel arma que todos sabían mortífera y peligrosa, sobre todo peligrosa, pues por mucho que se insistiera en que estaba descargada todos tenían en el recuerdo esos estúpidos accidentes de cazadores mientras limpian la escopeta que creían sin munición, nadie sabía cómo era una recámara pero la imaginaban como un escondite, un doble fondo donde las balas traicioneras esperan su momento. No tengáis miedo, decía el cuñado, que sólo es un trozo de metal, no puede hacer nada ella sola, es verdad que nos creemos que tienen vida propia, que se disparan solas, y hasta nos referimos a ellas como si fuesen personas, hablan las armas, callan las armas; sabíais que el hueco del cañón se llama ánima, preguntó sonriente, sí, ánima, como el alma de los hombres, qué os parece. La rueda de los que empuñaban el arma llegó hasta Carlos, que no había podido escapar de la habitación porque para salir debía obligar a que varios se levantasen. El cuñado le ofreció la pistola y Carlos no esperó, la cogió a la primera, porque sabía que toda resistencia no haría sino estimular la crueldad de su cuñado, conocido por sus bromas humillantes en reuniones familiares. La tomó sólo un par de segundos, ni siquiera puso el dedo en el gatillo, la sopesó, y la devolvió, pero todavía recuerda la energía que aquel trozo de metal desprendía, sucia de muerte.

Siempre llega con unos minutos de adelanto, prefiere salir con tiempo suficiente en previsión de un eventual atasco que le retrase y deje a Pablo solo a la puerta del instituto. Suele llegar con diez minutos de margen, incluso más. Deja el coche frente a la verja de entrada, en la acera de enfrente, de cara al parque. Espera dentro, escuchando la radio, hasta que por el retrovisor ve cómo los estudiantes empiezan a salir. No se baja del vehículo, es lo acordado con Pablo, que quiere sentirse protegido pero con discreción, para no exponer su debilidad a sus compañeros. Siempre, incluso en días de frío y niebla como hoy, encuentra grupos de adolescentes en el parque, sentados en los bancos que han arrancado del suelo y colocan enfrentados para caber todos. Normalmente fuman, a veces beben una litrona de mano en mano, nada extraño, lo mismo que hacían cuando Carlos tenía su edad, lo mismo que él hizo más de una vez en parques como éste. Hoy, mientras espera a que suene la sirena de fin de las clases, se fija en un grupo de cuatro chavales. Tres de ellos parecen mayores, dieciséis, tal vez incluso diecisiete o dieciocho años. El cuarto es de la edad de Pablo, y desde esta distancia, y con la niebla y el propio parabrisas empañado, se parece al otro niño, al extorsionador, pero no está seguro, no le ve la cara, está de espaldas y a veces le da el perfil, se parece como tantos otros niños de su edad que comparten un estilo generacional común, los pantalones anchos, la ropa deportiva, el gesto desgarbado. No es él, piensa, mientras ve por el retrovisor a los primeros estudiantes que ya salen. No es él, y si lo es, no parece interesarle demasiado la salida del instituto, no se gira, sigue hablando con sus colegas mayores que él, da un sorbo a la botella, una calada al cigarrillo compartido, y ahora sí gira la cabeza y mira hacia él, aunque a esa distancia no puede distinguir sus ojos como para saber si mira al instituto o a este coche con un adulto a bordo que cada día a la misma hora aparca en el mismo sitio. Ha sido una mirada rápida, despreocupada, y ahora vuelve a dar la espalda, por lo que Carlos piensa que no, que no es él, de lejos son todos muy parecidos, y lo confirma fijándose en otro grupo situado más o menos a la misma distancia pero a su izquierda, donde ve a dos adolescentes que también podrían ser tomados por el mismo chico, y que de hecho también miran hacia el centro escolar, hacia su coche, como también lo hace el otro muchacho, el primero en que se fijó, que ahora se ha girado por completo y parece comentar algo con sus compañeros a la vez que señala hacia el coche, aunque a esa distancia nada es seguro, por la manera en que se ríe y le responden sus colegas con risas es probable que esté refiriéndose a alguna alumna más desarrollada que el resto, un buen par de pechos, tres niñas pavas que se reirán nerviosas al ser observadas y señaladas. Por fin Pablo ha llegado y acciona la manija de la puerta sin poder abrirla hasta que su padre desbloquea el cierre centralizado del coche.

El trayecto hasta casa es ya breve de por sí, y en coche son apenas cuatro minutos, cinco si encuentran en rojo el único semáforo a su paso, momento en que intercambian las mismas frases de cada día, qué tal las clases, qué habéis hecho hoy, qué hay para comer. Hace ya dos semanas que Carlos va en coche a recogerle y, siguiendo las instrucciones del psicólogo escolar, la próxima semana ya debería probar a volver solo, al menos un tramo, salir andando solo del instituto y acordar un punto de encuentro con el padre a mitad de camino, para que vaya recobrando la seguridad suficiente y en otras dos semanas se atreva a recorrer sin compañía todo el trayecto. Sara también parece ir recuperando confianza, aunque todavía telefonea cada día a la misma hora para comprobar que Pablo ha regresado bien a casa. Por la noche, cuando el niño ya duerme, tienen siempre unos minutos para reforzar las buenas impresiones del día. No les basta con ver bien a su hijo, ni con que éste les diga que todo va bien y les haga un relato previsible de la rutina escolar: no olvidan que semanas atrás el niño les transmitía la misma normalidad cuando tenía el cuerpo lleno de hematomas y picotazos bajo la ropa. De manera que cada mañana Carlos habla por teléfono con el director o con el jefe de estudios, que le repiten el mismo mensaje tranquilizador, escueto y cada vez más cansino, acaso fastidiados por la conversación diaria y repetitiva, desentendidos ya del caso de Pablo y seguramente más preocupados por otros alumnos que merecen su atención. Carlos percibe ese tono desganado en la información que le transmiten cada día, pero se lo oculta a Sara para no poner en peligro el equilibrio entre ambos, para que Sara siga dando por buena la solución de mantener a Pablo en el mismo centro, las recomendaciones del psicólogo sobre lo negativo que para la recuperación de la confianza del niño sería mudarlo a mitad de curso, y a cambio el traslado inmediato del agresor a otro instituto y la notificación del caso a los servicios sociales para que actúen en consecuencia. También exagera ante su mujer los progresos observados en su hijo, le cuenta que lo vio salir acompañado de varios amigos, y que parecía contento con ellos, o que esa misma tarde el niño ha salido solo a la calle, un breve recado a la cercana panadería. En realidad no ha sucedido nada así, Pablo sigue rechazando las invitaciones a salir solo, excusándose en la lluvia, el frío, los deberes escolares pendientes, una serie televisiva que no se quiere perder, pero Carlos miente a su mujer, una pequeña mentira para que la normalidad regrese a la casa para todos. Le dice que Pablo fue a comprar sin él, que salió solo a la calle, pero le pide que no le comente nada para que el crío no se sienta presionado.

Carlos siente como propia la responsabilidad de restablecer lo perdido, y si no es suya la responsabilidad, él decide asumirla. Para ello construye una delicada apariencia de normalidad que se apoya en pequeños engaños cotidianos, insignificantes cada uno por separado, pero que juntos construyen una realidad impostada, que todos creen excepto él que la sabe inventada: a su mujer le exagera su propia percepción de cómo está el niño, le dice verlo bien, alegre, participativo, recuperado, y así consigue que ella abandone definitivamente su pretensión inicial de denunciar el caso a la policía. Al director y al jefe de estudios les transmite serenidad, ausencia de inquietud, de hecho esta semana ni siquiera ha llamado todos los días, mejor un día sí y otro no, siente que les está molestando, distrayendo de su trabajo, y en realidad no hay mucho ya de que hablar, las conversaciones se resuelven con monosílabos, aunque él después las relate a Sara de otra manera, más largas, con más palabras, con más contenido, con opiniones positivas del profesorado, alguna aportación del psicólogo del centro. Por supuesto miente también a su hijo, al que esta tarde ha obligado a cambiar de acera y ha distraído mirando un escaparate para que no se encontrase de frente con su agresor, reconocido unos metros por delante cuando iban caminando por una zona comercial del barrio. El niño estaba sentado sobre una motocicleta aparcada, y hablaba con un colega algo mayor. Carlos ha tomado por el hombro a Pablo y le ha pedido cruzar la calle, sin perder un segundo, incumpliendo su norma de sólo hacerlo por semáforos y pasos de cebra, llevado por la urgencia de mostrarle algo en un escaparate al otro lado, una ferretería frente a la que ha tardado en encontrar una herramienta que relacionar con algún regalo familiar para las cercanas navidades, y tras unos minutos detenidos frente al escaparate ha dicho recordar una compra pendiente y ha pedido volver sobre sus pasos para alcanzar una tienda cercana, desde la que minutos después ha elegido otro itinerario para llegar a casa, evitando así el encuentro con el niño, que no parece haberles visto.

A la semana siguiente no consigue convencer a Pablo para que salga solo del instituto y recorra parte del trayecto sin compañía, incumpliendo las recomendaciones del psicólogo. Como el crío amenaza con no salir del centro hasta que no vea el coche de su padre aparcado en la puerta, Carlos acuerda con él seguir recogiéndole a cambio de que no se lo cuente a su madre, y de esta forma evitarán preocuparla. Así, padre e hijo se convierten en cómplices y cada tarde mienten juntos a Sara, que escucha del chico el relato aburrido de su paseo del instituto a casa en progresivos trayectos en los que el padre va retrasando el momento de encontrarse con él, cada vez más cerca de casa. En la empresa de Sara están cerrando el año y el trabajo acumulado hace que ella llegue todos los días a la hora de la cena, de manera que no puede comprobar personalmente el relato que entre su marido y su hijo fabrican a diario, según el cual vuelve solo del instituto, acompañado incluso por un compañero, y por la tarde baja a jugar al parque con algún vecino o va a cumplir recados por las tiendas del barrio. Un relato donde no faltan los mensajes de tranquilidad del director y el jefe de estudios, con los que Carlos en realidad hace ya una semana que no habla.

Algunas tardes padre e hijo salen a pasear y a buscar regalos navideños, y Carlos tiene siempre la precaución de vigilar la calle varias decenas de metros por delante de sus pasos, de la misma manera que al girar una esquina se anticipa para comprobar si el camino está despejado o si tal vez merece la pena cambiar de acera o volver sobre sus pasos. Sólo dos veces ha visto al niño en alguna calle próxima a su casa, y en ambas ocasiones consiguió desviarse y pasar desapercibido, prescindir de un encuentro que prefiere evitar a su hijo para no romper un progreso que, aunque no tan notable como le relata a Sara, existe en verdad. Esta vez, sin embargo, se gira bruscamente, tomando del brazo a Pablo para que le acompañe en su movimiento, y pretexta un olvido subsanable con sólo desandar un par de manzanas, pero cuando lleva unos pocos pasos mira hacia atrás y ve que el niño, esta vez sí, les ha reconocido y, tras abandonar su asiento sobre una motocicleta aparcada, echa a andar tras ellos. Vamos más rápido, no sea que cierren la tienda, pide Carlos a su hijo, y al girar una esquina le obliga a acelerar el paso, pues aunque reconoce la torpeza de su gesto de huida, confía en alcanzar a tiempo el cercano centro comercial donde refugiarse. No parece prudente echar a correr, se conforma con imponer el paso ligero a Pablo para cruzar un pequeño solar descampado, vecino del hipermercado al que se dirigen, pero su perseguidor sí echa una carrera y los alcanza cuando todavía el centro comercial está demasiado lejos. No corráis, chivatos, les grita el niño unos pasos por detrás, y Carlos todavía tira de su hijo, confiado en que no haya oído la llamada, hasta que un segundo grito más próximo, y la convicción de que serán alcanzados antes de llegar a la puerta, le aconseja detenerse y enfrentar la situación, a la vez que lamenta la decisión precipitada de dirigirse al centro comercial en vez de haberse refugiado en cualquier cafetería de la calle, pues lo único que ha conseguido es que el encuentro se produzca en medio de un terreno desierto, esta parcela de tierra que por el día es utilizada como aparcamiento pero que a esta hora del atardecer está desierta, nadie la cruza pues está llena de barro y charcos. Mira cómo corren los chivatos, se burla el niño cuando llega hasta ellos. Pablo se esconde tras el cuerpo de su padre, que de esta manera toma conciencia física de su responsabilidad como protector. Déjanos en paz, pide Carlos, sin conseguir un tono imperativo, por lo que se queda a medio camino entre la orden y la súplica. El chivato pequeño y el papá chivato, dice sonriente el niño. Carlos nota las manos de su hijo agarradas a su cintura, e intenta encontrar una frase que llene todas las necesidades del momento: que aplaque cualquier intención violenta del muchacho, sin que sea tan agresiva como para terminar de nuevo en patadas o navaja, y que al mismo tiempo restituya la confianza de su hijo, para ahora y para el futuro: sabe que no sólo se juega su defensa en este momento, sino su seguridad o su vulnerabilidad en adelante, pues hasta ahora él ha sido toda la protección que conoce. No piensa con la suficiente rapidez, y mientras tanto el otro toma la iniciativa y de un manotazo le arrebata la bolsa de papel que lleva en la mano, a ver, qué habéis comprado. Devuélvemelo, pide Carlos, pero aunque su frase es firme no la acompaña de un gesto enérgico que restituya lo arrebatado, tan sólo una mano extendida que más que exigir pide, por lo que su hijo, en un movimiento que parece un reproche, echa a correr en dirección al centro comercial, decisión que al menos sirve para romper el momento y le obliga a reaccionar. Espera, Pablo, grita el padre mientras da unos pasos que aprovecha para convertir también en carrera, y ya no se detiene, de forma que llega al centro comercial unos segundos después de Pablo, esperando que su imagen, a ojos de cualquier testigo, sea la de un padre que intenta alcanzar a su hijo antes que la de un adulto que huye de un niño. Al cruzar las puertas automáticas se recompone el abrigo y mira atrás para comprobar que no les ha seguido.

En una cafetería, donde otras veces han merendado padre e hijo, espera unos minutos a que Pablo deje de llorar y se tranquilice. Le dice que no se preocupe, que no le va a pasar nada. Le promete que no volverá a ver a ese niño, que va a hacer algo, hablará con el instituto y con los servicios sociales, con la policía si hace falta, y además no lo va a dejar solo. Ya verás, le asegura, ya verás como no lo vuelves a ver, y en unas semanas ni te acuerdas de él. Hablaré con quien haga falta y lo encerrarán en un centro de menores, le promete, tú no tienes que preocuparte. Además, añade, ya has visto que estando conmigo no te ha pegado ni nada, no se atreve, y si se atreve no te preocupes que le pego, tú sabes que yo tengo más fuerza que él pero, si no es necesario, es mejor que nos controlemos, hijo, no seamos como él, y en ese momento se calla porque cree que no necesita explicar más a Pablo, sólo le provocaría más confusión y más inseguridad si le contase su teoría de la inutilidad de las respuestas agresivas, cómo la violencia trae más violencia, cuando uno golpea sabe que tarde o temprano será golpeado, que habrá una próxima vez, las represalias no se detienen, cada una peor que la anterior, y tras el niño siempre habrá un hermano mayor, un amigo, una pandilla, un padre, más fuertes y más violentos. De verdad, no tengas miedo, sólo es un pesado, está enfadado porque le han cambiado de instituto, es normal, pero sólo quiere asustarte, no se atreverá a hacerte nada, te lo prometo, y conmigo no se atreve, sólo con los pequeños. En ese momento suena su teléfono. Es Sara, y Carlos duda unos segundos pero por fin lo coge. Habla con calma, le dice que están bien, que Pablo está con él, que están merendando, han terminado las compras y pronto irán a casa. Sara pide hablar con su hijo y Carlos le dice que en ese momento no es posible, que ha ido a ver un espectáculo de magia infantil que representan a pocos metros de allí, le dará un beso de su parte, se verán en un rato en casa. Mientras dice esto guiña un ojo a Pablo, y ese guiño refuerza entre ellos la connivencia en la mentira que llevan varios días representando ante la madre. Cuando cuelga, pone por palabras algo que su hijo ya ha entendido, por lo que en verdad sobra su aclaración: es mejor que mamá no sepa nada de lo que ha pasado, para que no se preocupe.

Luego están, no los olvidemos, los lugares del miedo, los espacios que le hacen sentir vulnerable. Son muchos, algunos visitados a diario, otros evitados hasta que no queda más remedio que atravesarlos, siempre con una cierta tensión en el cuerpo, como preparados para un ataque inminente. Nunca le ha ocurrido nada en esos lugares, y si lo piensa, si lo razona, se da cuenta de que son miedos ficticios, en el sentido de que proceden de la ficción, de los relatos que alimentan nuestros temores. Ahí están: aparcamientos subterráneos, pasillos del metro, descampados periféricos, hoteles deshabitados, oficinas fuera de su horario de ocupación, plazas de cemento donde hacen cuartel las pandillas, grandes parques de extrarradio, estaciones de tren o autobús y sus alrededores, ascensores, portales, pasos subterráneos, puentes, edificios en construcción, baños públicos; todos aquellos lugares en los que, insistimos, nunca le ha ocurrido nada, pero que la crónica de sucesos, y sobre todo la ficción —en especial la audiovisual— han fijado como espacios de la violencia, donde la soledad, la oscuridad, la falta de testigos, garantizan que cualquiera pueda ser asaltado, perseguido, cazado, atracado, golpeado, acuchillado, estrangulado, empujado a la vía, linchado, violado, torturado, desangrado, asesinado.

A nadie le da miedo ya un cementerio de noche, una casa abandonada y llena de leyendas fantasmales, un castillo con relámpagos ni una habitación oscura, pero muchos aceleran al paso y se sienten desprotegidos, amenazados, víctimas en potencia, cuando están solos en alguno de los lugares antes citados, que actualizan el pánico que nuestros antepasados sentían ante los salteadores de caminos que se cobijaban en las zonas boscosas, en los cruces, en los desfiladeros, y que tomaban la bolsa o la vida, o ambas en un mismo golpe; el miedo de las ciudades cuando no había alumbrado público y caminar por ellas era quedar a merced de asaltantes y destripadores; incluso el bosque de los cuentos infantiles donde hay que caminar a paso ligero y no distraerse para no ser devorado.

Poco a poco el miedo va extendiendo su dominio por la ciudad, con preferencia por los espacios públicos. Raramente se retira de algún terreno conquistado, y a cambio va ganando otros que incorporar a sus propiedades. Más bien somos nosotros los que nos retiramos, los que cedemos, abandonamos un espacio que queda a merced del miedo. A veces nos resistimos, damos batalla, soportamos el desasosiego para no perder un espacio propio, aunque acabaremos rindiendo la plaza, no volveremos a pisar esa zona del parque cuando oscurezca, evitaremos esos barrios, no pasearemos por las afueras tan alegremente, cogeremos un taxi en vez del metro a partir de cierta hora. Los mismos espacios que hoy son del miedo eran antes los espacios del juego, el territorio infantil y adolescente, el lugar del escondite, del refugio, de los primeros besos y caricias, de los actos ocultos a los ojos de los adultos.

A cambio, nos retiramos a recintos seguros, donde el miedo, al menos *ese* miedo, aún no logra tirar la puerta. Nos refugiamos en el interior protegido, frente al exterior amenazado por la incertidumbre, por los otros, los desconocidos, los extraños. Buscamos techo y paredes, potente luz artificial, controles de acceso, derecho de admisión, vigilancia, cámaras. Así los centros comerciales, simulacro de calle a cubierto, de calle idealizada, donde encontrar todo lo que ofrece la vía pública —tiendas, bares, gente, entretenimiento, puntos de encuentro—, pero sin esas molestias que son propias del espacio urbano: sin pobres, por ejemplo, sin nadie que te suplique dinero o te espere a la salida de la boutique, sin mujeres con bebés en brazo que piden comida; y sin incertidumbre, sin desorden, allí dentro todo está regulado, todo es previsible, hay unas escaleras que suben y otras que bajan, la entrada y la salida están diferenciadas, las limpiadoras barren la basura apenas toca el suelo, los escaparates brillan bajo los focos y los guardias evitan que nadie moleste, que nadie escandalice, no se puede gritar, cantar, correr, manifestarse, es una calle ideal, aproblemática, limpia, limpiada. Nadie nos dará una paliza ni nos enseñará una navaja, confiamos en que los guardias nos defenderían, aunque sabemos que en realidad no están para protegernos, sino para proteger el recinto, el comercio, la mercancía, para protegerlo de nosotros.

Para Carlos son numerosos los espacios que en la ciudad pueden provocarle sensación de inseguridad. Entre ellos aparece, una vez más, la pobreza, la marginalidad, los sitios donde habitan esos resentidos y desesperados que en cualquier momento pueden descargar contra él su rabia social. Así, y aunque nunca lo reconocería, aunque se diga a sí mismo que no es cierto, le inquietan, no le asustan pero sí le inquietan, los barrios con casas viejas y deterioradas, la ropa tendida en las fachadas, las paredes sucias de pintadas, la venta ambulante, las viviendas sociales, la gente que se sienta en las aceras o que canta por la calle, las familias gitanas, los perros sueltos, los coches desguazados que usan los niños para jugar, los vecinos impúdicos que se peinan en la calle o visten bata; todo eso que celebramos como popular, como expresión de vida, colorido, tipismo, pero que preferimos ver en postales, o desde el autocar descapotable que lleva a los turistas. Y por supuesto las zonas más condenadas, los barrizales ocupados por chabolas, que siguen existiendo en las ciudades aunque ahora queden ocultos a la vista por nudos de autopista, escombreras, muros cubiertos de vegetación, edificios de nueva construcción y todo tipo de decorados que tapan la miseria y extienden entre los vecinos la ilusión de que el chabolismo está erradicado.

 Alguna vez ha oído hablar de los llamados «mapas de peligrosidad», que al parecer existen en las grandes ciudades estadounidenses y que surgieron para señalar a los taxistas y transportistas las zonas en que tenían mayor riesgo de ser atracados. Nunca ha visto uno de esos mapas, ni sabe cómo se elaboran, si se basan sólo en la estadística o tienen en cuenta la percepción subjetiva de la inseguridad, pero se imagina calles, manzanas, barrios enteros marcados en colores según su mayor o menor peligrosidad, en rojo vivo los más conflictivos, en azul las islas de tranquilidad, y poder manejarse por la ciudad con uno de esos mapas para no despistarse y meterse sin querer en la boca del lobo. Alguna vez le pasó estar visitando una ciudad por primera vez, ser turista en territorio desconocido, sin mapa —y menos de peligrosidad—, y buscando la catedral meterse de cabeza en un barrio marginal en pleno centro de la ciudad, avanzar por un par de calles reconociendo cada vez más signos de riesgo —al menos los que él tiene por tales— hasta que su instinto de conservación y su conciencia de ser en esos momentos un objetivo preferente —de un forastero se espera que lleve encima, como poco, dinero en efectivo, una buena cámara de fotos, la llave del hotel, documentación de viaje aprovechable— le aconsejaron dar la vuelta y renunciar a visitar el monumento elegido, o al menos llegar a él por otro camino. No ha visto nunca un mapa de peligrosidad, pero sabe que podría elaborar su propio mapa, personal, íntimo, marcando sobre el plano urbano de su ciudad aquellas zonas en que él se siente más inseguro, algunas por causas objetivas —áreas con altas tasas de delincuencia, barrios señalados como marginales, plazas de reunión de grupos violentos, los alrededores de los estadios de fútbol tras un partido—, pero otras sin causa reconocible, por su propia sensación de inseguridad, o influido por las noticias de sucesos, los comentarios de sus vecinos o los carteles que en las paradas de autobús de su barrio denuncian el estado de deterioro de algunas zonas del distrito. Cree que el mapa, su mapa, iría creciendo con el tiempo, el color rojo en sus distintas tonalidades iría ganando espacios, coloreando pequeños puntos o grandes áreas, mostrando gráficamente el avance del miedo. Sería interesante, piensa, que cada uno hiciese su propio mapa de peligrosidad y pudiésemos compararlos, ver cómo todos coincidimos en ciertas zonas, pero también cómo en otros casos las zonas rojas de unos son azules para otros, y medir el tamaño del miedo con que cada uno vive mediante la sencilla operación de cuantificar las zonas de un color u otro; lo que permitiría no sólo una medición cuantitativa —qué cantidad de miedo tenemos— sino especialmente cualitativa: a qué tenemos miedo, qué tipo de situaciones nos asustan, qué diferentes son los miedos dependiendo de la situación de cada uno, su clase social, sus ingresos, su biografía, pero también su nivel de información, pues el principal alimento del miedo es la ignorancia, y seguramente los habitantes de las urbanizaciones de clase media-alta evitan por temor aquellas zonas de la ciudad en las que nunca han puesto un pie. A veces, sobre un plano de la red de metro, como en un juego, se entretiene simulando su propio mapa, pero no es buena terapia, pues lejos de desactivar los miedos mediante su formulación, los fija y le hace ser consciente de su tamaño.

Pasan los días, y aunque Carlos no relaja la vigilancia, o tal vez gracias a esa tensión mantenida, no hay nuevos sobresaltos, ni siquiera se encuentran con el niño en la semana siguiente al último incidente. Cada mañana Carlos lleva a su hijo al instituto en coche, como ya hacía desde principio de curso, y con más motivo ahora que el invierno retrasa la salida del sol y los dedos se agarrotan incluso bajo los guantes. Después marcha a trabajar, y cumple su jornada laboral, aunque no íntegra, pues sale todos los días media hora antes de lo habitual para recoger a Pablo. Siempre llega con adelanto y aparca en el mismo sitio, frente al parque. Observa a los grupos de adolescentes que soportan el frío dando patadas a un balón en el césped quemado por la helada nocturna, hasta que suena la sirena de fin de clase y en pocos minutos llega Pablo. Comen juntos, padre e hijo, y por la tarde permanecen en casa, cada uno en sus ocupaciones. Cuando Sara llama para ver qué tal está el chico, éste le miente con naturalidad, le cuenta que ha vuelto del instituto acompañado por el amigo habitual, ni siquiera hace falta ya que su padre le recuerde la conveniencia de prolongar el inofensivo engaño ante su madre, que vive así mucho más tranquila.

Sólo si es necesario salen a comprar al centro comercial, siempre en coche, pues oscurece pronto y hace mucho frío como para dar paseos. Suele haber varios adolescentes apoyados en los coches aparcados frente al portal, pero ellos entran por una calle lateral, directamente al garaje, de manera que hasta que no llega a casa no puede fijarse en los muchachos desde la ventana del salón, aunque desde esa altura y de noche todos los chicos son iguales. Por lo demás, nada extraordinario, cuando alguien llama al portero automático siempre es un repartidor de propaganda, y si alguna vez suena el timbre de la puerta lo habitual es que sean niños del vecindario que piden aguinaldo y hacen ruido por las escaleras con sus panderetas, canciones y risas vergonzosas. En cuanto a la calle, apenas la pisan, y se excusan en el frío para moverse en automóvil, del garaje de casa al garaje del centro comercial, y si en un semáforo un muchacho se acerca a la ventanilla del coche, siempre es para ofrecer pañuelos o limpiar el parabrisas a cambio de uno o dos euros que Carlos nunca sabe negar.

Tampoco en el instituto hay mucho que contar, y esa falta de noticias es causa y consecuencia de que Carlos lleve ya más de dos semanas sin hablar con el director ni con el jefe de estudios. Prefiere confiar en los informes de normalidad que su hijo le resume en un par de monosílabos, aunque a Sara, si ella pregunta, le dice que esta misma mañana telefoneó al director sólo para confirmar que todo va bien. Ella sigue llegando tarde por exceso de trabajo, a la hora de la cena o a veces cuando Pablo está a punto de acostarse, y se diría que ella misma pregunta ya por costumbre, sin preocupación, de manera que el incidente con aquel niño ha quedado en la familia como algo superado, incluso para Pablo, pues su falta de relaciones sociales no es una novedad ni una consecuencia de lo sucedido, siempre fue muy introvertido y prefiere, como ahora, pasar la tarde en su habitación leyendo o con el ordenador. También sus padres están más tranquilos sabiéndole a salvo y abrigado en casa, y tampoco le insisten mucho en su situación escolar, sus relaciones con otros niños o su estado de ánimo. Si un día, como hoy, Pablo sale del instituto con un hematoma en la frente, Carlos da por buena su explicación, una mala caída en la clase de gimnasia, y como sabe que Sara se preocupará, decide llamar al jefe de estudios esa tarde, sin conseguir hablar con él ni al primer ni al segundo intento. Se propone volver a llamarlo a la mañana siguiente, pero se anticipa a la impaciencia de su mujer y, siempre con intención de tranquilizarla, le dice que sí pudo hablar con el jefe de estudios, y que en efecto fue un golpe en la clase de gimnasia, un tropezón al saltar el potro, así lo confirma el profesor de la asignatura, de forma que todos pueden cenar despreocupados. A la mañana siguiente no queda apenas señal del hematoma, y con su desaparición se extingue igualmente la necesidad de molestar al director o al jefe de estudios. Quedan tres días de clase hasta el comienzo de las vacaciones navideñas, y no conviene alborotar por algo sin importancia. Piensa que si en vez de una caída ha sido, pongamos por caso, un balonazo de un compañero, intencionado o no, la pesquisa del jefe de estudios con el profesor, y de éste con sus alumnos, volvería a alimentar la reputación como delator de su hijo. Carlos descubrió hace un par de días que en uno de sus libros de texto, en la tercera página, junto al nombre y curso, alguien había escrito con bolígrafo rojo «CHIVATO», en grandes letras, pero prefirió respetar el silencio de su hijo, y como éste no le había contado nada, actuó como si nada supiera, para no agobiarlo, total, son cosas de niños, también pasaban cuando él tenía su edad, no hay que darle más importancia.

Chivato al paredón, chivato al paredón, gritaban los niños, todos: los ejecutores, los afectados por la delación y que habían sufrido el consecuente castigo del profesor, pero también los no implicados, los indiferentes, los que un día fueron chivatos y acabaron en el paredón y con esta nueva ejecución se vengaban de quienes tal vez aquel día fueron sus ejecutores, así como quienes nunca se chivaron pero sabían que algún día lo harían y les tocaría estar con la espalda contra el muro, pues nadie estaba libre de la tentación de responder a la pregunta del profesor: quién ha sido, quién ha dicho eso, quién ha tirado esa tiza, quién ha escrito eso en la pizarra, quién te ha pegado, quién te ha quitado los zapatos y te los ha escondido, quién te ha pintarrajeado los libros, quién te ha quemado el flequillo. Aunque todos conocían el carácter implacable de la justicia escolar, aunque todos sabían que responder al interrogatorio, acusar, señalar en público o en privado, les convertía en ejecutables, todos tropezaban alguna vez, todos sucumbían a la presión del profesor, al miedo al castigo colectivo, a la obediencia aprendida, a la rabia de haber sido humillados, a la inocencia de quien confía en que su delación no sea conocida o no tenga consecuencias. Al paredón, al paredón. El chivato era esperado a la salida por el resto de compañeros de clase, era el último en salir, ni siquiera se esforzaba por recoger deprisa y salir el primero, huir o buscar la protección del profesor hasta la puerta, pues sabía que tal alivio sería sólo pasajero, la ejecución se aplazaría, no prescribía, si no era ese día sería al siguiente o una semana después, y además el aplazamiento agravaría la pena, la haría más prolongada, más estricta, más dolorosa, de manera que el chivato, terminada la jornada, recogía sus libros con calma mientras el resto de niños tomaba posiciones en la puerta, a la que se encaminaba con paso lento, resignado. Recibía el primer empujón en el pasillo, nada más asomar y, tras ése, otro empellón, tal vez una colleja, un puñetazo en el hombro, todavía flojos, no tanto con intención de hacerle daño como de conducirle, llevarle por pasillos y escaleras a golpes y tirones de camisa, entre varios lo rodeaban y acompañaban hasta la calle, si frenaba su marcha alguno le empujaba desde detrás, si aceleraba el paso otro le daba un manotazo en el pecho o le tiraba de la ropa hacia atrás, si miraba hacia el final del pasillo, hacia la puerta de la sala de profesores, recibía un capón para que agachase la cabeza, aunque tampoco muy fuerte, como tampoco le tironeaban ni empujaban mucho por la escalera, más bien le sujetaban para no caer, pues un mal tropiezo o un golpe excesivo podían frustrar la ejecución y terminar en un niño que llora y se duele en mitad del pasillo y cuyo llanto acaba por atraer al conserje o a un profesor. Así alcanzaban la calle, donde el resto de la clase esperaba su llegada. Desembocaba como el toro de fiesta que los mozos conducen a la plaza con quiebros y manotazos valientes, y los demás, los menos osados o los que no tenían privilegio de estar en primera fila, lo recibían entusiasmados y ansiosos por empujarlo o darle un cachete con que rubricar su pertenencia al grupo. Ya en la calle, la carrera continuaba por el lateral del colegio, con caminar más ligero, mientras los empujones y golpes perdían ya el cuidado, a veces tropezaba y entre dos lo ponían en pie para no retrasar la ejecución, hasta que por fin alcanzaban la trasera de la escuela, el muro de ladrillo que todos llamaban paredón y que protegía un descampado libre de miradas adultas. El chivato ocupaba su lugar, ni siquiera era necesario que lo colocasen o lo sujetasen, él conocía bien el protocolo, tantas veces había estado al otro lado, entre quienes ahora lo observaban, con furia algunos, con temor los menos, con rutina los más, entre ellos acaso sus mejores amigos, que como mucho le concederían un golpe menor, no demasiado para que no se notase, pues la dejación en el acto de ejecutar la pena podía ser tomada como piedad, simpatía, complicidad incluso con el condenado, y uno podía cruzar la línea y acabar colocado también contra el muro, en el paredón, no sería la primera vez que la ejecución era colectiva, varios chivatos, o un chivato y sus amigos, situados contra la pared.

Una vez colocados, comenzaba el fusilamiento. Así lo llamaban, fusilamiento, por fácil analogía, nadie recordaba quién había inventado el método, ni quién lo había bautizado, todos lo recordaban como algo que siempre había existido, que les antecedía, institucionalizado en el colegio cuando llegaron, heredado de promociones anteriores, tal vez perteneciente a sus padres o abuelos, a alguna generación que hubiese conocido fusilamientos de verdad y los hubiese adaptado a las posibilidades escolares. El principal afectado por el chivatazo, el alumno que había sufrido las consecuencias de la delación, ya fuese un golpe con la regla en las palmas de las manos, ya un par de horas cara a la pared, ya una nota o una llamada a los padres, era distinguido con la oportunidad de dar el primer golpe. Colocaba el balón a la distancia preferida, no había un reglamento que marcase a cuántos metros debía situarse la pelota, cada ejecutor lo situaba según su preferencia, para asegurarse de no fallar el disparo, o para garantizar un mayor daño. Con el balón en el suelo, y el chivato de pie y vuelto hacia el muro, el primer verdugo tomaba carrerilla, los demás guardaban silencio, y por fin disparaba, pateaba con todas sus fuerzas el proyectil de cuero que alcanzaba al condenado en alguna parte del cuerpo, y el acierto era celebrado por los demás con vítores mientras el golpeado se dolía del impacto y el segundo ejecutor recuperaba la pelota para colocarla en el punto desde el que volver a disparar. El daño dependía de la habilidad de cada uno, de su puntería, de su preferencia por alguna zona del cuerpo. Había quien tiraba a bulto, con más fuerza que habilidad, sin preocuparse por el desacierto, ya que cuando uno fallaba tenía opción a tantos disparos como fuesen necesarios hasta acertar, sólo estaba obligado a esperar turno a que los demás terminasen. El disparo bruto, cuando alcanzaba su objetivo, derribaba al ejecutado, lo arrojaba contra el muro si le daba en la espalda o el culo, o le hacía caer si le impactaba en la pierna, tras la rodilla. Otros preferían afinar el tiro, calculaban la trayectoria del balón, golpeaban con efecto, y tal vez buscaban la cabeza, o el refilón, que era el disparo más meritorio y por tanto más celebrado, mediante el que rozaban una oreja, que ardía con la fricción del cuero y arrancaba gritos del condenado. Buena parte de los alumnos, torpes, flojos o desganados, no conseguían más que disparos mansos, que apenas picaban al chivato, pero que eran compensados por los más brutos de la clase cuando llegaba su turno.

La picana era una alternativa al fusilamiento, para días de lluvia fuerte en que el castigo debía aplicarse bajo techo, pero también para aquellos casos de delación grave, en los que no bastaba con los pelotazos, de forma que la picana se convertía no en una alternativa sino en un suplemento por el que el alumno ya amoratado a balonazos recibía una segunda ejecución. Sin embargo, la picana perdía el encanto de la ejecución pública y colectiva, pues se hacía en grupo reducido, en una clase vacía, a la hora del recreo, y sólo estaban presentes el condenado, el ejecutor y dos o tres compañeros que sujetasen al chivato, además de otros dos que en la puerta avisasen la llegada de profesores, mientras el resto se dispersaba para no llamar la atención de los docentes. Había discrepancias sobre las ventajas de uno u otro método de ejecución, tanto entre los verdugos como entre las víctimas. Entre los primeros, había quien prefería la picana por considerarla más dolorosa, pero otros lamentaban su falta de ejemplaridad y de cohesión grupal, puesto que no era presenciada, y el resto de la clase sólo veía sus consecuencias al día siguiente, la mano llena de heridas. Entre los condenados, aunque la mayoría encontraba más dañina la picana y de poder elegir pediría que le fusilasen, no faltaba quien la veía como un método rápido y, aunque doloroso, las lesiones se concentraban en sólo una parte del cuerpo. En cuanto al funcionamiento de la picana, había dos versiones: una rápida y brutal, apta para los más sádicos; y otra prolongada y juguetona, donde el daño no dependía tanto de la intención del ejecutante como de su torpeza. El chivato se sentaba en una silla frente a un pupitre, y colocaba la mano sobre el tablero, abierta, con los dedos extendidos y separados y la palma hacia abajo. Era necesario que entre dos lo sujetasen, pues aunque ningún condenado se resistía a recibir la pena, el reflejo miedoso le llevaba a apartar la mano continuamente, por lo que se precisaba la cooperación de dos ayudantes que lo inmovilizasen, que asegurasen la mano firme sobre la mesa, si bien sólo había que sujetar el brazo y la muñeca, pues los dedos quedaban rígidos, ya que al chivato le convenía no moverlos para no aumentar el daño. En la versión menos nociva, que también duraba más, el ejecutor tomaba un bolígrafo, con la punta hacia abajo, y daba golpes con él sobre la mesa, en el espacio entre dedos de la mano del chivato, lo más próximo posible al vértice donde se unen. Aunque la punta de un bolígrafo no podía ser tan incisiva como la de un lápiz bien afilado, era preferible por su resistencia, pues la mina no aguantaba el punteo continuo y en seguida se descabezaba, así que usaban el bolígrafo, que perdía en filo pero ganaba en contundencia. En esta versión, considerada más suave, el ejecutor iba clavando el bolígrafo en la madera, entre los dedos, empezando por el hueco entre meñique y anular, y pasando al siguiente hasta llegar al espacio entre índice y corazón, y vuelta a empezar. En cada repaso aumentaba la velocidad de punteo, siguiendo la rutina aprendida en alguna película vista en televisión, donde soldados estadounidenses demostraban su valor con un juego similar, si bien no con bolígrafos sino con machetes. Como las normas del tormento obligaban a golpear lo más cerca posible de la porción de piel tirante que queda entre los dedos, y como la velocidad era mayor a cada ronda, pronto llegaba el primer fallo, y la punta del bolígrafo no golpeaba la madera sino la mano, y se hundía en esa doblez de piel casi sin carne que a modo de membrana cualquiera puede ver en su mano si separa bien los dedos estirados. El chivato se sobresaltaba de dolor, gritaba, y dependía de la fuerza y convicción de los auxiliares que no apartase la mano y pudiera continuar la ejecución. Como cada ronda era más rápida, y como inevitablemente la mano temblaba, los fallos eran cada vez más frecuentes, y pronto no quedaba un solo espacio entre dedos que no hubiese sido alcanzado. La zona dañada quedaba enrojecida, acaso con un punto de sangre, pero a la vez teñida por la tinta del bolígrafo, cuya punta dibujaba un pequeño círculo que quedaba como una diana en la que volver a clavar a la siguiente ronda. El chivato protestaba, lloraba, y llegados a ese punto tal vez era necesario un tercer ayudante que le tapase la boca, para no alertar al profesorado. La picana no tenía una duración determinada, sino que concluía cuando el ejecutor, que era por supuesto aquel que había sufrido las consecuencias de la delación, decidía que ya era suficiente, cansado, aburrido, impresionado por el dolor causado, o temeroso a su vez, sabedor de que cualquier día se invertirían los papeles, y él sería el condenado y su torturado de hoy sería su verdugo vengador mañana, ésa es la grandeza de la justicia infantil, la proporcionalidad en las penas se asegura por su carácter reversible.

Pero la picana tenía también otra versión, ya lo hemos dicho antes, más dolorosa, más rápida, más sádica. Todo era idéntico, la mano sujetada sobre la mesa, el verdugo empuñando el bolígrafo, pero en este caso las heridas no dependían de la mala puntería, de la velocidad de punteo o de los movimientos reflejos de la mano, sino que eran intencionadas, único objetivo de la ejecución. No había azar posible, no había rondas cada vez más rápidas hasta fallar, sino que desde el principio el ejecutor miraba la mano, elegía una de las porciones de piel entre dedos, apuntaba bien y clavaba con fuerza el bolígrafo. Este tipo de picana duraba menos, y no dejaba espacio a la incertidumbre, a la fortuna. Concluía cuando los cuatro espacios entre dedos de una mano, o de las dos si el chivatazo merecía doble castigo, habían sido agujereados. Correspondía al ejecutor elegir una u otra picana, y en clase todos conocían ya las preferencias de cada uno por un sistema u otro, de forma que, antes de chivarse, podían considerar las consecuencias de su chivatazo, pues el delatado podía ser un alumno tranquilo, incluso melindroso, que sólo ejecutase la picana obligado por la presión de grupo, y elegiría la versión azarosa para que fuese su torpeza y no su maldad la que hiriese al chivato; o podía ser un alumno cruel, sin piedad, que siempre preferiría aquella picana en que la mano del chivato quedaba a merced de su destrozo. En ambos casos, al terminar la sesión de tortura todos salían de la clase y el chivato quedaba solo en su pupitre, con su mano dolida e hinchada, llorando y pensando la forma de disimular las heridas ante los profesores y ante sus padres, para que la ejecución no obligase a una nueva delación cuyo castigo sería todavía mayor.

Todo esto lo recuerda bien Carlos, pues también fue chivato.

Carlos y Sara no han vuelto a hablar de lo que sucedió un mes atrás hasta esta mañana de sábado en que recorren juntos los pasillos del hipermercado, sección de juguetería. Pablo se ha quedado en casa, ha aceptado no acompañarlos para respetar la convención tácita que establece que los padres salgan de compras sin la compañía de sus hijos unos días antes de la navidad, y que a la vuelta el hijo permanezca en su habitación y se demore en salir a saludarlos, cosa que no hará hasta que el ruido de bolsas de plástico haya desaparecido bajo la cama o en la parte alta de un armario. Carlos y Sara se detienen ante un estante y discuten la elección de un juguete que ella sostiene en la mano. La discrepancia no obedece a su carácter educativo, ni a su precio, sino a la pertinencia de regalarle algo que ya tuvo pero ahora no tiene, y si querría volver a tenerlo o no. Sara es partidaria de restablecer lo perdido, llenar los huecos todavía visibles de la casa como una forma de cerrar heridas. Por el contrario, Carlos piensa que para su hijo será difícil, tras romper el envoltorio, encontrarse con un juguete que ya fue suyo, que disfrutó durante un tiempo hasta que un día lo metió a escondidas en la mochila y lo entregó a la salida del instituto como pago a cambio de un día más sin golpes ni pinchazos. Está bien, acepta Sara, aunque esas cosas hay que afrontarlas cuanto antes, porque tarde o temprano vuelven a salir si no se cerraron bien, y cualquier día Pablo buscará el juguete en casa pensando que aún lo tiene, y su ausencia le haga revivir aquellos momentos. Tienes razón, admite Carlos, pero los reyes magos no son el mejor momento para hacer terapia. Sara devuelve a la estantería el juguete, pero ese gesto no liquida el tema, y aunque Carlos intenta cambiar de conversación no puede evitar que su mujer pregunte otra vez por los progresos de Pablo, por las conversaciones que todavía cree frecuentes entre su marido y el director del instituto. Aunque Carlos insiste en que se trata de un asunto ya cerrado, incluso olvidado por su hijo, y confía en que las vacaciones terminarán el proceso de superación, Sara vuelve a mostrar su preocupación, cree que Pablo es vulnerable, que ahora además está marcado a los ojos de sus compañeros, que le saben indefenso, asequible, y puede volver a ocurrirle en otro momento.

Salen del centro comercial y buscan el coche en el aparcamiento. Cargan las bolsas en el maletero y, mientras Sara lo pone en marcha, Carlos localiza un punto de enganche para dejar el carro y recuperar la moneda utilizada para su desbloqueo. De entre dos coches surge Javier. Ha recordado su nombre al verlo de repente, aunque sólo lo había oído una vez antes, pronunciado por el jefe de estudios: Javier. Hola, dice el niño sonriente, y nada en su aspecto ni su actitud sería motivo de preocupación para nadie, sólo los antecedentes, esa información que Carlos conoce y que recupera ahora de golpe al encontrarse con el muchacho, que ha agarrado la parte delantera del carro obligándole a frenar. Hola, dice Carlos, ganando tiempo. Mira hacia atrás y ve que su mujer ya se ha subido al coche. Qué quieres, pregunta por fin. Nada, no pasa nada, dice el niño, cómo está Pablo. Está bien, responde Carlos, y repite su respuesta, está bien. Pues dale recuerdos, dice el niño, y en verdad su tono es inocente, infantil, no parece una amenaza socarrona, aunque Carlos la escuche como tal. Oye, tengo prisa, dice, y empuja el carro para continuar. Pues déjame que te ayude, dice el niño, dame el carro, que ya lo dejo yo en su sitio, y agarra la barra de dirección y tira de ella. Carlos no opone resistencia y el niño se aleja con el carro hacia el cercano enganche, donde mete la llave y libera la moneda. Carlos vuelve al coche y, al subir, recibe la reprimenda de Sara, que ha observado lo sucedido por el retrovisor: por qué le has dejado el carro al niño ése. No pasa nada, dice Carlos, es un niño que está siempre en el aparcamiento, ayuda con los carros y se gana unas monedas. Mendicidad, dice ella, fomentas la mendicidad si le dejas el carro, es mejor no darles nada, porque si le das una vez ya le tendrás que dar siempre. No pasa nada, es sólo un niño, concluye Carlos.

En realidad, su miedo no tiene mucho fundamento, al menos carece de justificación en lo que a su experiencia se refiere, no es el caso de la mujer violada que nunca más entrará en un ascensor, o del matrimonio asaltado que queda condenado a años de insomnio, nada de eso. Nunca le ha pasado nada, al menos nada destacable, ni a él ni a su familia o amigos más cercanos, y si lo razona es consciente de que la probabilidad de ser pateado, apuñalado o linchado es pequeña, mucho menor que la probabilidad de ser atropellado al cruzar la calle, sufrir un infarto o un cáncer avanzado, o atragantarse mortalmente con un hueso de pollo, y sin embargo no tiene miedo al tráfico, ni a la enfermedad ni a la comida rápida. También es más probable que le despidan del trabajo, le embarguen la casa o su mujer le abandone, pero ese tipo de pensamientos no consiguen inquietarle tanto como una poco probable agresión, un robo con violencia, o ser víctima de una pandilla salvaje. Cuando lo analiza, acaba reconociendo que se trata de un miedo inducido, inflado, alentado, que oculta, bajo la cortina de la inseguridad personal, otro tipo de inseguridades más graves, sociales y económicas: miedo a perder, a no tener, a no ser, a no llegar a fin de mes, a una vejez sin recursos, a no poder consumir tanto, a no tener vacaciones, a caer y no poder levantarte, a quedarte fuera. Además, se trata de un miedo clasista, pánico de clase media. Él sabe que en realidad ese tipo de delitos, esos sucesos violentos, los sufren sobre todo las clases bajas, los más desprotegidos, los que tienen menos recursos para defenderse y no cuentan con alarma de hogar, patrullas policiales frecuentes y derecho de admisión extendido en sus barrios. El suyo es un miedo de clase media, propio de quienes tienen mucho que perder pero no tienen suficiente para protegerse ni para reparar las pérdidas, a diferencia de la clase alta, que tiene mucho que perder pero nunca perderá todo, y cuenta con recursos de sobra para protegerse y para reparar lo perdido; y frente a la clase baja, que poco o nada tiene que perder como para temer la pérdida de ese poco.

Pero además, sus antecedentes no justifican ese miedo, nada le ha ocurrido nunca antes, o al menos nada de importancia, sólo episodios menores, sin consecuencias, que cualquiera habría olvidado pero que él recuerda como momentos preliminares que tuvieran un valor anticipatorio, de aviso, como esos pequeños terremotos que apenas causan daños pero que aterrorizan en tanto que mensajeros de un futuro seísmo devastador.

Sus tratos con la parte insegura de la vida son más bien escasos, de baja intensidad. Una vez, por ejemplo, viajando en el metro fue testigo de cómo un carterista deslizaba los dedos dentro de un bolso. Carlos veía esa mano hábil que aprovechaba la apretura para descorrer la cremallera y sacar con cuidado el monedero, pero no se atrevió a avisar a la víctima del hurto. Esperó unos segundos, confiado en no ser el único testigo, y que alguien con más valor alertase del robo. Pero era el único que se había dado cuenta, y cuando apartó la vista del bolso y levantó la mirada se encontró con los ojos del carterista, que se sabía observado en su maniobra. El ladrón, lejos de suspender su acción ante la presencia del testigo, siguió adelante, mirando fijamente a Carlos, con expresión dura, amenazante. Carlos giró la cabeza, acobardado, y en el reflejo oscuro de la ventana se encontró de nuevo con la mirada del delincuente, que ahora le sonrió, burlón, y le guiñó un ojo, como si fuesen cómplices en el robo. Salió del vagón tan pronto como se abrieron las puertas en la siguiente estación, aunque no era la suya, pero no podía soportar más tiempo aquella mirada que era eco de su propia cobardía. Echó a andar por el andén y, al levantar la vista, vio al ladrón, que se había apeado por otra puerta, unos metros más allá, y que permanecía quieto, esperándole. Aceleró y pasó junto a él, sin mirarle, aunque creyó ver de refilón una sonrisa, y percibió cómo al ser rebasado comenzaba a caminar tras él. Subió la escalera deprisa, saltando de dos en dos los escalones, recorrió el pasillo con paso rápido, esquivando a los viajeros. Al girar una esquina se encontró con una pareja de guardias de seguridad que pedía el billete a un joven. Dudó unos segundos, pensó si merecía la pena denunciar lo visto, pedir protección frente al perseguidor, pero su desconfianza hacia la vigilancia privada, y su convicción de que las represalias nunca se evitan, sólo se aplazan, hicieron que continuase su marcha, subiese la escalera mecánica pidiendo paso a los viajeros más tranquilos, y alcanzase por fin la calle. Se alejó sin volver la cabeza, por lo que no supo si el carterista le había seguido en realidad o si había puesto fin al juego en el andén y se había quedado esperando el siguiente tren. Durante semanas temió encontrarse de nuevo con él, y que intencionadamente repitiera la escena, cosa que nunca ocurrió.

Unos días después vuelve al hipermercado para completar las compras navideñas, esta vez él solo, y en cuanto aparca localiza al niño. Está tironeando el carro de una señora, que se resiste a entregarlo, junto a su coche con el maletero abierto y lleno de bolsas. Un guardia de seguridad del centro comercial llega hasta ellos y, al verlo, el niño suelta el carro, aunque no se aleja, incluso parece que se encara con el uniformado, si bien desde esta distancia Carlos no escucha lo que dicen, sólo ve al guardia gesticular al hablar, señalando con el brazo extendido un punto exterior del recinto como dirección que seguramente está indicando al niño para que se marche. El pequeño extorsionador hace un gesto de desprecio y se retira unos metros, pero al entrar en el hipermercado Carlos ve cómo el niño, una vez marchado el guardia, se acerca a un matrimonio que acaba de cargar el coche y que, sin resistencia, le entrega el carro para que lo devuelva y se quede con la moneda. Mientras recorre los pasillos de la tienda, Carlos intenta calcular cuántos clientes le cederán el carro en un día como hoy, y cuál será su ganancia, teniendo en cuenta que se pueden utilizar tanto monedas de un euro como de cincuenta céntimos.

Como no está muy seguro de cuál es la mejor forma de actuar, decide dejar el carro en uno de los puntos de enganche que hay en el interior del centro comercial, pero a cambio se ve obligado a cargar con media docena de bolsas llenas, alguna incluso muy pesada y con riesgo de rotura, además de una caja de leche de seis unidades que le amorata el único dedo que le queda libre para sostenerla. Avanza hacia el coche lo más rápidamente que puede, no demasiado, pues mide sus movimientos, apoyando la bolsa más pesada contra su muslo para prevenir su rotura y que varias latas de conservas rueden por el asfalto. Hacia su derecha descubre al niño, que acaba de enganchar un carro y se guarda la moneda. Éste le ve en seguida, pareciera que le esperaba, y corre hacia él, que calcula en qué punto del aparcamiento se encontrarán sus trayectorias, más o menos a treinta metros del coche, y es ahí donde en efecto el muchacho le alcanza. Espera, que te ayudo, dice, y agarra la caja de leche, que le arrebata venciendo la escasa resistencia que un solo dedo amoratado puede oponer. No, deja, que puedo yo solo, replica Carlos, intentando recuperar la caja, pero a cambio el chico agarra una de las bolsas, y tira de ella, aunque ahora son cuatro los dedos que se cierran en torno al asa, y no consigue cogerla. Te ayudo, que pesan mucho, insiste el niño, y tira de tal manera de la bolsa que acaba desgarrando el asa y un par de latas caen al suelo. Hala, se rompió, dice, y en verdad parece sentirlo. Se agacha y coge una de las latas, mira la etiqueta, pero Carlos, que ha soltado el resto de bolsas, se la quita con brusquedad, dame eso, ya te he dicho que puedo solo. Oye, no te pongas así, que sólo quería ayudarte, protesta el niño, que sigue sujetando la caja de leche. Qué quieres, pregunta Carlos, por qué no nos dejas en paz de una vez. Tranqui, tío, insiste el niño. Ya le sacaste todo lo que quisiste a Pablo, déjanos en paz, insiste Carlos, delatando su nerviosismo, pues aunque la voz es firme las manos inseguras no aciertan a repartir la carga en las otras bolsas, y al incorporarse coge una de ellas por un solo asa y a punto está de volcar su contenido en el suelo. No te pongas así que yo iba de buen rollo, dice el niño, y ahora su tono se endurece.

Carlos echa un vistazo alrededor, por encima de los coches aparcados, hacia la puerta del centro comercial y hacia el otro extremo, pero no encuentra al guardia de seguridad. Qué pasa, pregunta el niño, ya vas a chivarte otra vez. Carga como puede las bolsas y echa a andar, olvidado de la caja de leche, aunque según da unos pasos considera que no es buena idea llegar al coche y abrirlo delante del muchacho, así que se encara con él, esperando que entre tanto aparezca el vigilante o algún cliente le ayude si la situación se pone fea. Déjanos de una vez, no te hemos hecho nada, insiste. Vale, ya me voy, dice el niño, pero podías darme algo, ya que hoy no llevas carro; te ayudo a llevar las cosas al coche y me das algo, venga, propone el chico, y Carlos ve razonable la salida, aunque recuerda las palabras de Sara, si le das una vez ya le tendrás que dar siempre. Avanza, seguido por el niño, y al llegar al coche, mientras lo abre, recuerda en vano sus precauciones de hace unos segundos respecto al vehículo, demasiado tarde. Vaya coche chulo, dice Javier como si leyera su pensamiento. Carlos mete sin orden las bolsas en el maletero y saca su cartera. Encuentra una moneda de euro y otra de dos euros, y elige la mayor, un gesto de generosidad que el niño no aprecia, pues la recibe con insatisfacción: anda, estírate y dame algo más, que es navidad.

Carlos mira por encima del niño, al fondo del aparcamiento, donde ahora sí ve al guardia de seguridad, aunque está de espaldas. No cree que sea una buena idea llamarlo de un grito, así que saca la otra moneda y se la ofrece también al niño, que parece haber tasado ya el precio de la debilidad expuesta. Venga ya, no seas rata, que estamos en navidad, con todas las cosas ricas que has comprado y sólo me das tres euros de mierda, venga ya. El vigilante se gira ahora, pero está hablando con el radio-transmisor, y tal vez obedeciendo a esa comunicación se da la vuelta y regresa al interior del hipermercado. A unos cincuenta metros hay una familia que acaba de aparcar, el marido mira hacia la cercana pareja de adulto y niño mientras cierra el coche, y se aleja sin que Carlos haya sabido encontrar una petición válida, no se le ocurre qué decir, oiga, puede ayudarme, este niño me está extorsionando, le parece ridículo pedir ayuda a alguien para hacer frente a un niño, es sólo un niño. Sigue con la cartera en la mano, y ahora abre el hueco para los billetes y saca uno de diez euros, aunque al extraerlo asoma la esquina de otro de veinte. Extiende el de diez al niño, te doy esto pero a cambio nos dejas en paz, propone Carlos, pero el niño no desaprovecha las facilidades que le está dando, y aprieta más: si me das también el de veinte, te juro que no me veis más el pelo. Carlos duda unos segundos, así funcionan las negociaciones, la técnica del regateo, el vendedor pide y el comprador ofrece, éste siempre pone sobre la mesa menos de lo que acabará dando, y aquél conoce el juego y pide más, siempre más. Por fin, se convence de que si se resiste podría quedarse sin cartera, y quién sabe si incluso sin coche, y además como precio no le parece excesivo a cambio de evitar tomar decisiones y medidas cuyas consecuencias siempre serán peores, así que Carlos saca el otro billete, que el niño coge de inmediato, y se cierra el trato, sin apretón de manos ni firma. El niño se guarda el dinero en el bolsillo y se aleja, y Carlos piensa insistir en el juramento propuesto aunque prefiere dejarlo marchar.

El segundo episodio, a incluir en su insignificante historial de tratos con la violencia, ocurrió estando con su entonces novia y hoy mujer. Sara y él apuraban las últimas horas de luz una tarde de domingo, en un parque. A esa hora estaba lleno de familias y ciclistas, pero ellos habían elegido un rincón de césped protegido entre dos arbustos, donde podían besarse y acariciarse a salvo de miradas. Se acercó a ellos un hombre cuyo aspecto ya provocó en Carlos la activación fisiológica de los mecanismos del miedo: muy delgado, peinado hacia atrás con agua, vestido con el habitual chándal que parece ser el uniforme favorito de ciertos marginados, o al menos lo era entonces por parte de aquellos toxicómanos que, convertidos en categoría social —el *yonqui*—, alimentaban las pesadillas de la clase media. El tipo llegó hasta ellos y se agachó, quedando en cuclillas. Les saludó educadamente, y mostró en su mano varias monedas de escaso valor. Sobraban las palabras, era evidente su propósito, pero el tipo habló. Contó una historia mil veces oída: acababa de salir de prisión, quería volver a casa, necesitaba reunir dinero para comprar un billete de tren, sólo le faltaban quinientas pesetas, seguramente ellos podrían ayudarle. Carlos, asustado, y sin perder aún la erección que le causaron las caricias anteriores, estaba dispuesto a contribuir al viaje, pero Sara se adelantó con una negativa y una disculpa. El hombre, como si no la hubiera escuchado, repitió palabra por palabra el mismo relato, apenas endureciendo un poco el tono. Ella insistió en la negativa, ahora sin disculpa. El tipo, en cuclillas, miró hacia un lado y soltó un resoplido de fastidio, con el que anunciaba el cambio de registro. Mirad, les dijo, os lo estoy pidiendo por las buenas, porque podría ponerme por las malas y sacaros todo, pero prefiero pediros ayuda por las buenas, Carlos empezó a balbucear una excusa, no llevamos nada encima, nos gustaría ayudarte pero no podemos, hasta que Sara le interrumpió, se puso en pie y le habló, imperativa, vámonos, Carlos, a lo que éste obedeció incorporándose deprisa, disimulando apenas la incómoda erección. El pedigüeño también se levantó y, cuando ambos intentaban alejarse, agarró por el brazo a Sara, oye, espérate que no he terminado, no seas tan lista. Ella forcejeó para que le soltase, mientras Carlos observaba la escena como si no estuviera presente, anulado, tan sólo adelantaba mansamente las manos, como iniciando un gesto al que no sabía dar continuidad. Que me sueltes, gritó Sara, y el tipo le dio una bofetada con el reverso de la mano, sin mucha fuerza, más sonoro que doloroso, más humillante que dañino. Después la soltó y se marchó, farfullando insultos y amenazas. Sara se tapó la cara e inició un llanto nervioso. Carlos la tomó por los hombros, no sabía si abrazarla, le preguntó si le había hecho daño, y ella se soltó de su abrazo con la misma determinación con la que antes intentó alejarse del asaltante. Echó a andar a paso rápido, con los brazos cruzados y reprimiendo el llanto. Carlos la siguió, la alcanzó, consiguió al fin que ella aceptase su brazo sobre los hombros, y apenas dijo palabra hasta que subieron a un autobús. Nunca volvieron a hablar de aquel episodio, aunque él sabe que ella tampoco lo ha olvidado, que aquello quedó como una decepción que tal vez vuelva a ser evocada cualquier día.

Las vacaciones navideñas parecen confirmar la recuperación total de Pablo. Viene su primo a pasar unos días, y ambos salen solos a la calle. Carlos les pide que no se alejen, de forma que desde la ventana del salón puede verlos jugar en el parque que hay frente al edificio. Ve cómo se unen a otros niños y hacen equipos, y así durante varios días. Por reyes le regalan una bicicleta y sale a pedalear, acompañado de su padre, que se sienta en un banco al sol, leyendo el periódico, mientras su hijo va y viene de un extremo a otro de la zona peatonal, hasta que una tarde decide salir solo con su bicicleta, sin exigir su compañía. Sin embargo, cuando se reanudan las clases, Pablo vuelve a pedir a su padre que le recoja a la salida, y éste acepta, renovando el pacto entre ambos, aunque ahora deben ser más prudentes, pues Sara no vuelve tan tarde del trabajo, e incluso un día sale antes de lo habitual y les espera ya en casa cuando ambos aparecen juntos. Es el propio Pablo el que improvisa una excusa: yo llegaba justo cuando papá entraba en el garaje, y me he montado para subir juntos a casa. De manera que Carlos acaba adaptando su horario laboral para poder recoger todos los días a su hijo, trabajando a cambio una tarde por semana para compensar la media hora de adelanto en su salida. De cualquier modo se siente así más tranquilo, e incluso piensa que en realidad Pablo es todavía muy pequeño, se precipitaron permitiendo que regresase solo del instituto ya en este curso, lo de menos es lo sucedido con aquel niño, son otros los peligros, cruzar una calle sin mirar, un conductor simpático que se ofrece para llevarle a casa, esas cosas pasan.

Un día padre e hijo caminan por una calle comercial del barrio, a esa hora de la tarde en que ya en invierno es noche cerrada. Al cruzar un semáforo escuchan un silbido cercano. Ambos vuelven la cabeza y reconocen a Javier, que a pocos metros está apoyado en un coche aparcado, junto a otros dos muchachos, algo mayores que él. Al verlos, comenta algo que no oyen, y sus acompañantes ríen con escándalo. Pablo tiene un primer impulso de salir corriendo pero su padre le sujeta del brazo y le obliga a seguir andando a su lado. No pasa nada, le dice, y aceleran el paso, pero cuando ambos miran hacia atrás comprueban que el niño se ha levantado y camina hacia ellos. Ven, entra aquí, ordena, y empuja a su hijo al interior de una cafetería. Se sientan a una mesa y pide chocolate y churros para merendar, aunque Pablo mira asustado a la cristalera de entrada, donde el otro coloca las dos manos contra el vidrio y pega la nariz para ver el interior. Espérame aquí, dice Carlos, deja a su hijo en la mesa con la merienda y sale a la calle.

Qué pasa, pregunta al salir, quedamos en que nos dejarías en paz, y al decirlo mira hacia el interior, hacia Pablo, que observa a su padre y a su ex compañero de clase aunque sólo les ve mover la boca y gesticular, no puede escuchar tras el cristal cómo repite la frase: quedamos en que nos dejarías en paz, y tampoco oye la respuesta del niño: es que se me acabó el dinero, podías dejarme algo. No voy a darte ni un euro más, afirma Carlos, que al hablar sigue mirando de reojo a su hijo, sabiendo que de la firmeza de sus gestos depende que recupere la confianza en él. Venga ya, dame algo y de verdad que no os molesto más, dice el chico separándose del escaparate. Eso mismo me dijiste la última vez y no lo has cumplido, protesta Carlos. Te lo juro, me das algo y nunca más os molesto, insiste el niño. Carlos aprovecha lo distendido del momento para representar un engañoso gesto de autoridad delante de su hijo: toma del brazo al niño y lo empuja ligeramente hacia su derecha, obligándole a andar, a la vez que dice con suavidad: vente un poco más allá, gesto que Pablo, desde el interior de la cafetería, puede interpretar como una imposición, un restablecimiento del orden entre adultos y niños, y que en realidad es una petición para que la escena continúe desarrollándose unos metros más allá, fuera de la vista del hijo, que ahora podrá suplir lo no visto con su imaginación o, mejor aún, dar por bueno el posterior relato de su padre. Oculto ya a sus ojos, Carlos saca la cartera y toma un billete de diez euros, con cuidado de no mostrar el resto del dinero. Es todo lo que tengo, anuncia, te doy esto y no te vuelvo a ver, queda claro. El niño toma el billete y sonríe, no es mucho pero vale. Carlos insiste: es la última vez, que lo sepas, como te vuelva a ver, y deja unos puntos suspensivos que por fortuna no tiene que llenar con ninguna amenaza, pues el niño ya se ha guardado el dinero y se dirige hacia sus sonrientes compinches, con los que seguramente presumirá del fácil botín, aunque eso ya no lo ve Carlos, que regresa junto a su hijo al interior de la cafetería y se esfuerza por completar la escena: has visto, se ha ido y no ha pasado nada. No nos va a molestar más, he hablado con él muy seriamente y le he dicho que como nos vuelva a molestar tendrá problemas, y se ha ido, nos va a dejar tranquilos, te lo prometo, confía en mí. Por la expresión asustada de su hijo sabe que será inevitable llevarlo y recogerlo del instituto todos los días, hasta que acabe el curso.

Aún cabe incluir un tercer episodio, bien diferente, en este aburrido historial de experiencias propias. Hace un par de años, mientras conducía por una avenida de varios carriles, una motocicleta que avanzaba de forma arriesgada entre los coches, cruzando de un lado a otro de la calzada según le convenía, se colocó junto al vehículo de Carlos. Éste no la vio en el retrovisor, por encontrarse en ese momento en el ángulo muerto de visión, y al iniciar la maniobra de cambio de carril obligó al motorista a rectificar bruscamente su trayectoria, sin llegar a chocar ni caer. Carlos siguió adelante, y enseñó una mano abierta por la ventanilla, en lo que parecía más un saludo que una disculpa. Cuando unos metros más adelante se detuvo en un semáforo en rojo, el motociclista se situó junto a su coche. Era un hombre de unos cuarenta años, vestido con traje gris y con un pequeño casco. Golpeó con los nudillos la ventanilla de Carlos, y éste bajó el cristal. Qué pasa contigo, preguntó el motorista, no ves que casi me tiras. No le he visto, perdone, se disculpó el interpelado. Que no me has visto, exclamó el otro, y añadió, levantando la voz y endureciendo el tono: pues a ver si miras por dónde vas, gilipollas, que casi me matas. Yo no le he insultado, replicó Carlos, ya le he dicho que lo siento. Yo no te insulto, insistió el tipo, sólo te he dicho gilipollas porque conduces como un gilipollas. El motorista parecía buscar algo más que una disculpa, tal vez una réplica a su altura, una salida de tono que justificase una oportunidad para liberar una agresividad que no podía ser fruto del incidente, sino acumulada a lo largo del día, la semana o meses, así que Carlos aprovechó el cambio de luz del semáforo para acelerar y alejarse, sin responder a lo que entendía como una provocación. Por supuesto su huida no cerró el episodio, y el otro lo siguió hasta situarse a su altura, desde donde le indicó con la mano que se detuviese a un lado, con ese gesto aprendido de los agentes de tráfico. Carlos negó con la cabeza y aceleró, iniciándose una breve persecución. La densidad del tráfico impedía ir más deprisa, así que Carlos tuvo que soportar el acoso de la motocicleta durante varias manzanas. El motorizado parecía divertirse, se situó delante del automóvil y se dedicó a bailar su vehículo de lado a lado del carril, reduciendo la velocidad varias veces de forma repentina, y obligando a Carlos a frenazos bruscos. Éste decidió ir más despacio, y se dejó adelantar por otros vehículos, de forma que al llegar al siguiente semáforo cerrado, entre la moto y su coche había varios vehículos de por medio. Pero esto tampoco fue obstáculo, pues el motociclista maniobró entre los coches detenidos y, avanzando en sentido contrario al de la marcha, llegó hasta Carlos y se detuvo junto a su ventanilla una vez más. No había terminado contigo, gilipollas, anunció el acosador, pero Carlos esta vez no bajó la ventanilla para facilitar el diálogo, sino que miró en silencio al tipo de la moto, que exigía otro tipo de respuesta, no se conformaba con la resistencia pasiva: a mí no me dejas con la palabra en la boca, gilipollas. Golpeó con fuerza el cristal con el reverso de la mano enguantada, a medio camino entre la llamada y el intento de rotura. Sal del coche, capullo, ordenó, y Carlos negó con la cabeza. Qué pasa, que tienes miedo, preguntó el tipo, cuyo comportamiento era observado por los conductores que los rodeaban, todos detenidos en el semáforo. Bájate y me pides perdón, gilipollas, insistió, y golpeó con el puño el techo del vehículo. Como el demandado no obedeció, y se mantuvo dentro del coche, mudo y rígido, apenas negando con la cabeza, el otro se enfureció y golpeó con más fuerza el techo. Los conductores cercanos eligieron no intervenir, tal vez asustados por la agresividad del motorista, cada uno a su vez testigo de otros incidentes similares en los que la intervención de un tercero podía garantizarle un puñetazo o un retrovisor arrancado. Sólo cuando el semáforo se puso en verde, y todos reanudaron la marcha menos el coche de Carlos y la motocicleta, alguien tocó la bocina. El motorista analizó la situación y pareció resignarse, pero antes de marcharse redobló sus amenazas: acercó la cara a la ventanilla y habló a gritos: gilipollas, que eres un gilipollas, un puto gilipollas y un cagao; que sepas que me he quedado con tu cara y con tu matrícula. Y a continuación escupió contra el cristal, un escupitajo que elaboró durante unos segundos en su boca, arrastrando material desde la garganta de forma ruidosa, y que estampó contra la ventanilla, dejando un salivajo que se escurrió hacia la carrocería. Golpeó por última vez el techo con fuerza, y reanudó la marcha. Durante varios metros todavía jugó con el coche de Carlos, hasta que éste giró en una esquina y, con un par de acelerones y cambios de dirección, consiguió escapar del acoso. De camino a casa se detuvo en una estación de servicio y metió el coche en el túnel de lavado, como si el escupitajo hubiese contaminado el coche entero. Al entregar el dinero al encargado, todavía le temblaban las manos.

No le sorprende encontrarse de nuevo con el niño pocos días después, como tampoco le extraña que le pida dinero otra vez. Era lo previsible, si le das una vez ya le tendrás que dar siempre, dijo con razón Sara, era su frase habitual cada vez que por la calle les asaltaba una joven con un bebé en brazos, un limpiacristales en un semáforo o un anciano pidiendo comida por las casas. Como ya se lo esperaba, se ha preparado para el nuevo encuentro. Se ha convencido de que tiene que poner fin a esta indeseable relación, no puede seguir dándole dinero, pues siempre querrá más, y cada nueva cesión anima la continuidad en sus exigencias, además de complicar la posible solución del problema, hasta que llegue un punto en que cualquier salida sea más peligrosa que la resignada continuidad. Por supuesto descarta la opción de comprar su tranquilidad, de darle de una vez el dinero suficiente para asegurarse de que no vuelva a molestarle, ya que eso sólo incrementaría futuras exigencias monetarias, expuesta del todo su flaqueza. Tampoco cree que sea una solución dejar de ir al hipermercado, pues se lo encontraría igualmente por la calle, y si no, piensa, sería capaz de esperarle a la puerta de su casa para sacarle dinero, quizás delante de Sara, de

Pablo. Sabe que se ha equivocado una y otra vez, que sus movimientos hasta ahora hacen más difícil resolver la situación, pero también lo hacen más necesario. Cree que bastará con mostrar firmeza en una sola ocasión, no ceder, aguantar lo que haya que aguantar de manera que el niño se convenza de que en próximas ocasiones será un esfuerzo vano intentar sacarle dinero, y tendrá que escoger otra víctima para su extorsión. Para darse ánimos, se repite que sólo es un niño, que no deja de ser inocente, no actúa por maldad, hasta ahora su violencia, su coacción, han sido funcionales, ha actuado por fácil inercia, pidió y obtuvo, pidió más y obtuvo más, con poco esfuerzo, no ve en él intención sádica, de querer asustarle o hacerle daño, responde a planteamientos muy elementales, así que no va a hacerle daño, al menos no mucho daño. Además él es un hombre, tiene más fuerza, tal vez no más agilidad y por supuesto no más determinación para golpear, pero calcula que ese niño debe de tener más o menos la misma fuerza que su hijo, y aunque por supuesto no ha usado a éste como entrenamiento, se convence de que si fuera necesario podría inmovilizarlo o incluso golpearlo, aunque éste siempre sería el último recurso, pues sabe que un golpe trae más golpes, cada acción su reacción, cada acto su respuesta, y tras el niño siempre habrá un hermano mayor, un amigo, una pandilla, un padre, más fuertes y más violentos.

Así que no le sorprende el nuevo encuentro, se podría decir que él mismo lo buscaba, lo deseaba para enfrentarse cuanto antes al problema y, caso de que sea posible, resolverlo. Decide ir caminando al centro comercial, para no exponer el coche a represalias, y que éstas, de producirse, se concentren en él, no tomen forma de retrovisor arrancado o carrocería rayada. Atraviesa la explanada de aparcamiento pero no ve al niño. Decide no buscarlo, no todavía. Piensa que debería ir directamente a por él, que no sea un encuentro casual, pues su decisión daría más firmeza a su postura, pero llegado ahora el momento prefiere no buscarlo y hasta cree que esta vez no lo encontrará, que será en otra ocasión cuando se produzca el encuentro y tal vez para entonces su determinación sea incluso más sólida. Así que entra en el hipermercado y hace una pequeña compra. A la salida, cargado con un par de bolsas, cruza de nuevo el aparcamiento y esta vez sí: el niño acaba de dejar un carro en el punto de enganche y se cobra la moneda. Cuando busca nuevas víctimas en los alrededores, lo ve, lo reconoce. Carlos no disimula, no esquiva la mirada, y aunque su primer impulso le aconseja alejarse a paso ligero, decide esperar a que llegue hasta él. Tenía preparadas varias frases, pero ahora se queda callado y prefiere aguardar a que sea el niño el que lleve la iniciativa. En realidad, piensa con prisa, el chico todavía no ha incumplido su juramento de la última vez, no le ha vuelto a pedir dinero desde el encuentro del otro día, incluso cabe la posibilidad, remota pero no descartable, de que cumpla su palabra, que no le pida más dinero, que dé por bueno el acuerdo, y aunque ahora viene sonriente hacia él, tal vez se limite a saludarle y no le pida nada, así que es mejor no precipitarse, no mostrarse agresivo, esperar.

Hola, te ayudo a llevar las cosas al coche, propone el niño, adelantando ya sus intenciones. No he traído coche, y además esto no pesa, responde Carlos, que mientras habla va valorando cuál es la mejor manera de encauzar la conversación, y escoge una frase que, según la pronuncia, le parece desafortunada: quedamos en que era la última vez. Es verdad, reconoce el niño, pero tengo un problema, tengo que llevar dinero a casa, y ahora que han pasado las navidades viene muy poca gente aquí, no saco ni la mitad que el mes pasado. Dijiste que no me ibas a pedir más, insiste Carlos. Tengo que llevar dinero a casa, repite el niño, mejor pedirlo que robarlo. Yo ya te he dado mucho, no puedo darte más, pide a otra gente, y el tono de Carlos no se corresponde con sus propósitos de dureza, así que intenta enderezarse: te dije que no quería verte más, estoy harto de ti, pero sus frases encajan mal con su cuerpo sin tensión, las manos ocupadas en sujetar dos bolsas ligeras, la mirada que no puede evitar desviarse hacia los lados esperando alguna ayuda cercana. Venga ya, dame algo, pero algo gordo, y de verdad que no me ves más el pelo, propone el niño, que también mira hacia los lados, y una vez más sus gestos difieren en la intención, donde Carlos busca testigos, el niño comprueba que no los haya, donde el adulto espera auxilio, el menor asegura su impunidad. Siempre dices lo mismo y luego es mentira, no te voy a dar más. No me jodas, exclama el chico, y se adelanta hacia Carlos, que ni siquiera suelta las bolsas cuando sus manos buscan la billetera en los bolsillos de su abrigo. Retrocede unos pasos, protesta, estate quieto, pero el muchacho no se detiene y consigue sacar el teléfono de un bolsillo. Carlos suelta por fin las bolsas y de un manotazo se lo arrebata, aunque no sabe cómo continuar, entiende que después del manotazo tiene que hacer algo más pero no sabe qué, así que el otro se aprovecha de su parálisis y forcejea para quitarle el teléfono, que en la disputa acaba cayendo al suelo. El niño se agacha a cogerlo y, ahora sí, Carlos le da un empujón, lo bastante fuerte para que pierda el equilibrio y caiga de culo al suelo, una de esas caídas torpes, más ridículas que dolorosas. Y ahora qué, se pregunta Carlos, qué viene después, cuando en una pelea uno de los dos cae, qué debe hacer el otro, huir o rematar. Mientras se guarda el teléfono en el bolsillo trasero del pantalón, el otro se levanta, se lanza hacia él, le da un empujón que le hace poner una rodilla en tierra. Un empujón sigue a otro empujón, piensa Carlos, la convención inicial de las peleas, como una forma de reconocimiento de los combatientes, ambos asumen el comienzo de la lucha. Se incorpora y su prioridad ahora es sujetarlo, agarrarle los brazos, inmovilizarlo, pero se mueve deprisa, sacude las manos lanzando golpes en todas direcciones, hasta que un manotazo impacta la cara de Carlos, que se separa un instante y queda desprotegido para el siguiente golpe, un puñetazo en el pómulo. Se tambalea hacia un lado pero en seguida recupera la verticalidad, aunque ahora ya no ve cómo sujetar al niño, que le alcanza la nariz con otro puñetazo. Carlos cambia de estrategia, desiste de inmovilizar a su atacante y se concentra en protegerse la cara, se cubre con los brazos pero a cambio deja desprotegido el tronco y las piernas, de forma que el niño puede cambiar los puños por las patadas, y mientras retrocede su principal preocupación es mantener el equilibrio, no caer al suelo, porque sabe que una vez que uno cae ya no se levanta, no hay árbitro que separe al vencedor e impida las patadas y pisotones en la cabeza del caído. El ataque dura poco, quince segundos, tal vez veinte, aunque la frecuencia de los golpes es alta, hasta que el niño es desplazado unos metros por el empujón del guardia de seguridad, que ha debido de llegar a la carrera y, sin frenarse, ha cargado contra el chico, que golpea contra la puerta lateral de un coche y al rebotar en la chapa cae al suelo. Se levanta y, con el mismo movimiento de ponerse en pie, echa a correr y se aleja.

Está bien, pregunta el vigilante a Carlos, que todavía tiene la cara tapada, y que al apartar los brazos enseña el goterón de sangre asomando por las fosas nasales, y el pómulo sonrosado. Tiene sangre, advierte su salvador, tocándose su propia nariz para señalarle la herida. No es nada, tranquiliza Carlos, estoy bien, y se toca la cara para luego mirarse las yemas de los dedos enrojecidas. Ese puto niño, protesta el vigilante, está todo el día aquí, acosando a los clientes, no hay manera con él, hemos llamado varias veces a la policía pero no hacen nada, como es un niño no lo detienen, en cuanto aparecen se larga, pero según se va la patrulla, vuelve a las andadas. Carlos contiene la pequeña hemorragia con un pañuelo y echa la cabeza hacia atrás. Póngase hielo para que no se hinche, aconseja el uniformado, y después vaya a la comisaría y denúncielo; no creo que sirva de mucho, pero si acumula varias denuncias a lo mejor conseguimos algo, que llamen a sus padres, o a los servicios sociales.

Su actitud ante un eventual enfrentamiento físico siempre ha estado guiada por aquel miedo al dolor que ya comentamos. No le asustan tanto la humillación o el despojo, ni menos aún cualquier tipo de pérdida material por irreparable que sea. Ni siquiera teme demasiado a la muerte, no es ésa su mayor preocupación en caso de una agresión. Su mayor miedo es el dolor físico, la herida, el corte en la piel, el hueso quebrado que se clava en la carne, la frente hundida de una patada, el ojo que se hincha, los órganos que revientan y se deshacen por dentro, la sangre que sale por las heridas, por la boca, por los oídos. Miedo a que le hagan daño, pero también miedo a hacer daño. Es la otra parte, el reverso de su miedo, por muy escasa que crea su capacidad de provocar dolor. Nunca ha participado en una pelea, y esa inexperiencia lo mismo puede ser causa que consecuencia de su miedo. Nunca ha pegado un puñetazo ni una patada, ni una bofetada, tampoco un empujón serio. Pasó de ser un niño cobarde a un adolescente prudente y después un adulto pacífico, de manera que ante un conflicto suele apostar por la solución dialogada, la cesión o, cuando ninguna de las dos bastan, la retirada más o menos honrosa, la huida. Cuando era adolescente presenció muchas peleas entre compañeros en el instituto, y nunca tomó parte, ni siquiera para separar a los contendientes. Le horrorizaba el sonido de un puño al golpear una mejilla, ese chasquido leñoso tan distinto del limpio efecto sonoro que utilizan en las películas. Le espantaba la poca armonía de las peleas, tan diferentes de las cinematográficas, que parecen un baile gracioso en el que ambos luchadores están de acuerdo en quién golpea cada vez, quién se agacha o se aparta, quién cae y quién pega el último, siempre sin dar la espalda a la cámara y al espectador, dejando el tiempo suficiente entre golpe y golpe para que los apreciemos bien. La realidad era muy distinta, tanto entre niños como después entre jóvenes o adultos en cada pelea de que fue testigo. No tenían nada de coreográfico, no eran un espectáculo admirable, apenas podían verse, duraban segundos, eran rápidas y atropelladas, el que golpeaba no esperaba a ser golpeado a continuación, no se respetaban los turnos de puñetazos, ambos lanzaban los brazos por delante sin coordinación, daban con lo que podían, la mano derecha, la izquierda, el pie, la cabeza, si uno caía ya no se levantaba, todo quedaba en un remolino enloquecido en el que apenas se distinguía algo, que terminaba cuando uno huía o alguien los separaba, y entonces se comprobaban los resultados de la riña, también muy diferentes a los maquillajes cinematográficos. Carlos recuerda el primer niño al que vio sangrar por la boca, el labio hinchado y escupiendo sangre, en fiel cumplimiento de aquella amenaza tan habitual como terrible que escuchó cientos de veces en su infancia: te voy a partir la boca. Recuerda también cómo se hinchaban los párpados amoratados hasta ocultar el ojo enrojecido, qué sucia era la sangre que salía por una nariz machacada, o de qué manera tan insoportable lloraba en el suelo el que había recibido una patada en los huevos. También recuerda, de sus años universitarios, un par de manifestaciones callejeras que terminaron con carga policial, y de qué manera crujían los cráneos al recibir la descarga de la porra policial, qué escandalosa era la sangre que salía por las brechas. Ser testigo de ésas y otras heridas —las reales, pues las ficticias nunca le conmovieron demasiado, no eran nada al lado de aquéllas— forjó en buena medida su actitud temerosa.

Miedo a ser golpeado, pero también a golpear. Nunca se ha metido en una pelea porque no sabe pelear, porque tiene las de perder, porque aunque muchas veces ensayó golpes frente a un espejo, sabe que es incapaz, que se le paralizarían los músculos, que ni siquiera sabría protegerse la cabeza. Pero paradójicamente tampoco se ha metido nunca en una pelea por la posibilidad contraria: que en el momento de la verdad, con la sangre caliente y la adrenalina efervescente, despertase en él una improbable bestia y fuese capaz de golpear, de patear, de partir bocas y cortar respiraciones acertando en ese punto del estómago donde se consigue quebrar por la mitad al adversario. Siempre ha tenido tanto miedo al dolor causado como al recibido, y precisamente teme al dolor ajeno que uno provoca cuando quiere evitar el propio. Siente que en el reparto de papeles en un combate uno suele ser espectador, alguna vez le tocará ser la víctima, pero tampoco puede descartar que un día le corresponda ser verdugo. Tan terrible como recibir un puñetazo en la nariz o un navajazo en el pecho le parece que sean sus propios nudillos los que revienten un ojo tal vez perdido para siempre, o su pie el que pise unos testículos tan frágiles, o su cuchillo el que se hunda en un cuello fatalmente. Incluso un empujón le resulta arriesgado, sabe de casos en que alguien fue empujado y cayó golpeándose la cabeza con una mesa o con el bordillo de la acera y ya no pudo levantarse.

En su repertorio de horrores posibles durante una pelea aparecen, en lugar destacado y con un definitivo efecto aterrorizador y paralizante, los mordiscos. Ha oído muchos casos de riñas sangrientas donde los dientes acaban relevando a las manos y los pies, cuando ambos contendientes se abrazan, se inmovilizan, y el único arma disponible es la boca, los dientes que buscan el lóbulo de la oreja enemiga, la nariz, un jirón de mejilla o una falange del dedo arrancados por un mordisco prolongado, ni siquiera sirve un apretón certero de dientes, la carne es resistente y hace falta mordisquear, no soltar la presa y mover las mandíbulas como tijeras hasta conseguir el trozo de carne caliente. Una vez, bromeando con su hijo, jugando a lanzar dentelladas como un león, le dio un bocado más fuerte de lo previsto en un dedo, un dedo tan pequeño, y le dejó marcados los dientes, no llegó a hacerle sangre pero sí daño, el crío lloró con el dedo enrojecido y él se sintió brutal, había sido un mordisco accidental y sin consecuencias pero por unos segundos imaginó ese pequeño dedo en su boca, seccionado como la pata de un pajarillo, el hueso fino y astillado, la carne blanda, y recordó esas espantosas noticias de periódico sobre un bárbaro que ponía fin a una pelea arrancando a su oponente el lóbulo de una oreja, media nariz, un recorte del pómulo, un pezón, medio dedo, o incluso unos centímetros de labio o de lengua.

Todavía con el pómulo enrojecido, ya sin sangre aunque sí con dolor en la nariz, y con un malestar extendido por todo el cuerpo, una mezcla de agotamiento y mareo, como una gripe o una fuerte resaca, se acerca andando a la comisaría del distrito. Por el camino vuelve la cabeza cada pocos metros, temiendo que en cualquier momento aparezca otra vez el niño, solo o acompañado por sus compinches mayores, para terminar lo que el guardia de seguridad del hipermercado interrumpió. Al llegar frente a la comisaría decide no entrar directamente, y busca cobijo en un bar cercano, lleno a esa hora de policías y de otros que también lo parecen aunque no vayan uniformados. Se toma un café y observa la puerta de entrada al edificio, custodiada por un agente, donde una docena de extranjeros hace cola para resolver trámites. Nunca ha entrado en una comisaría más que para renovar el carné de identidad, no ha pasado de esa oficina de atención al público que suele estar a la entrada, ignora cómo serán las dependencias interiores, así que recurre a la imaginación y, más aún, a la experiencia indirecta como espectador televisivo y cinematográfico, de manera que adivina un interior de despachos separados por paneles acristalados, y una mesa con un funcionario que ante una máquina de escribir le hará preguntas. Siempre le gusta anticipar las situaciones, sobre todo aquellas que le generan más inseguridad, así que ahora juega a imaginar cómo puede ser el trámite policial, mientras se bebe el café. Para poner rostro al funcionario encargado de las denuncias, elige al azar como modelo a uno de los que a esa hora están en la cafetería, por ejemplo ese tipo cuya edad y condición física seguramente le obligan a tareas administrativas, apartado de las exigencias de la calle. Escucha su voz sobre el fondo ruidoso del bar, frases sueltas de algo gracioso que está contando a sus compañeros, con aire un poco impertinente, y Carlos se imagina un posible diálogo con ese policía. Hola, buenos días, dirá al llegar, quiero poner una denuncia. Muy bien, siéntese, le responderá educado el agente, señalando la silla frente a él, cuénteme qué le ha pasado. Se trata de un muchacho, me ha agredido, dirá señalándose el pómulo y la nariz, aunque en ésta ya no haya sangre, tan sólo el dolor invisible. Un muchacho, repetirá el policía, lo conoce usted. Sí, iba al instituto de mi hijo, sé quién es, responderá Carlos, recordando una conversación similar con el director del centro educativo semanas atrás, y esperando tal vez que el policía use el mismo término, delación. Entonces se trata de un menor, preguntará el agente, y Carlos lo confirmará: sí, debe de tener doce o trece años, catorce como mucho. Un niño entonces, precisará el policía, le ha pegado un niño. Sí, reconocerá Carlos, valorando su propia imagen a ojos de ese hombre, la expresión de sorpresa ante un adulto de estatura media-alta como él, y complexión fuerte, que viene a denunciar que un niño le ha pegado. Es un niño pero es muy violento, subrayará. Le ha robado, preguntará el agente, siguiendo la lógica delictiva. Sí, responderá Carlos, aunque en seguida matizará: bueno, no exactamente; robó a mi hijo, le extorsionó, y a mí me pide dinero. Le pide dinero, inquirirá el policía, y si Carlos asiente, desarrollará más la pregunta: ese niño le pide dinero, y usted se lo da. Le he dado un par de veces, confesará en disculpa, ya le he dicho que es muy violento. Pero entonces no le ha robado, concluirá el funcionario, le ha pedido dinero y usted se lo ha dado. Así es, concederá Carlos, tal vez no sea un robo como tal, pero sí me amenazó, es una extorsión. Le amenazó un niño, preguntará el policía, con expresión cada vez más asombrada. Sí, ya le he dicho que es muy violento, hoy me ha pegado, mire, y señalará de nuevo sus heridas. A continuación, imagina Carlos mientras sorbe su café, el agente le explicará la inconveniencia de formular una denuncia en esos términos, subrayando su inutilidad, por tratarse de un menor, no existir robo ni delito parecido, y por lo inverosímil de una extorsión de un niño a un adulto tal como la cuenta, de manera que Carlos se convence ahora, por adelantado, de que tal vez no sea buena idea entrar en la comisaría. Duda un instante, piensa que no tiene por qué ser así, que tal vez le atienda un funcionario amable, comprensivo, y que además los policías son los que mejor conocen el carácter violento de ese tipo de menores, podría encontrar apoyo, ayuda, consejo; pero en realidad no tiene mucho ánimo para cruzar esa puerta e iniciar el trámite, nunca lo ha hecho, piensa que todo serán complicaciones, papeleo inútil, se verá obligado a dar explicaciones a Sara al descubrirse la mentira de los últimos dos meses, expondrá a Pablo a mayor vulnerabilidad, por no hablar de la perspectiva poco deseable de un juicio, en el que verse las caras con el niño y acaso con su familia, estableciendo así unos lazos de enemistad para siempre a partir de una nueva delación. Además, si entra en la comisaría, tal vez a la salida se encuentre con el niño, que puede haberle seguido, y que le verá salir del edificio policial como le vio salir del despacho del director, otra vez el chivato, y lo asaltará cuando se haya alejado lo suficiente, y aunque él invente una coartada, la renovación del carné de identidad o cualquier otro trámite inofensivo, el niño sabrá que le ha denunciado, o que al menos lo ha intentado, lo que tal vez le atemorice y aconseje dejar en paz a Carlos y a su familia o, por el contrario, le cargue de más rabia contra él y empeore la situación. Así que Carlos paga el café, sale del bar y echa a andar hacia su casa, sin descuidar su espalda por si le siguen.

Está también, claro, y Carlos así lo reconoce, el miedo a los policías, no tanto a la policía como a los policías, esto es, no a la institución, no sólo o no especialmente, sino más bien a los individuos, a los agentes. Está presente, es cierto, su temor reverencial ante cualquier organismo o institución del Estado, a cuyas puertas se presenta, cuando es convocado, con un respeto y pavor propios de personaje kafkiano, una mezcla de mala conciencia y desconfianza ante los posibles errores de la máquina administrativa, de forma que cuando debe comparecer ante una oficina municipal, de la seguridad social, de recaudación tributaria, o un juzgado en el peor de los casos, acude con la mirada brillante y la voz nerviosa de quien tiene algo que ocultar, del sospechoso que entra en un edificio público y sólo saldrá encadenado.

Pero en el caso de las fuerzas de seguridad, como decíamos, su miedo no es tanto, o no sólo, hacia la institución, que también, sino sobre todo a las personas, a los funcionarios, a los administradores del monopolio violento, con los que ha tenido poco trato en su vida, pero a los que siempre ve como posibles candidatos a sucumbir a la tentación del abuso de autoridad. Tiene el ejemplo cercano de su cuñado, policía local. Conoce unos cuantos episodios en los que éste ha aprovechado su uniforme para resolver un asunto personal, recibir trato preferente, prescindir de esperas y trámites engorrosos. Le basta llegar uniformado a la sucursal bancaria, la oficina o el colegio de su hijo, y todas las puertas se le abren, los obstáculos que operan para cualquier ciudadano son suavizados o eliminados ante el empuje del agente que sabe elegir aquellas palabras que consigan esa forma de respeto y cortesía tan próxima al temor. Incluso en alguna ocasión, y de ello presume en comidas familiares, ha impuesto su criterio ante una discrepancia comercial o administrativa recurriendo a la amenaza, insinuada o explícita, cuya efectividad se apoya en la convicción de que todos podemos perder en esos casos, todos podemos ser multados, detenidos, llevados a comisaría, ver cerrados nuestros establecimientos, la ley es estricta e incluye exigencias que a veces descuidamos hasta que un agente diligente nos las recuerda, una luz fundida en el coche, un toldo que avanza sobre la acera más centímetros de los autorizados, unos decibelios que superan lo permitido ligeramente pero lo suficiente para incurrir en infracción, siempre es mejor entenderse con el celoso funcionario, atender sus peticiones, facilitarle alguna gestión o desistir en reclamarle un pago menor, minucias a cambio de la tranquilidad de estrechar su mano y recibir su sonrisa en conformidad, en adelante contaremos con su amistad, su favor, su protección, hoy por ti y mañana por mí.

Yendo un paso más allá, piensa que quien está a diario en tratos con el delito puede acabar uniéndose al mismo, la impunidad es fácil, el poder es grande, y cuando Carlos pasa junto a una comisaría observa los alrededores, la calle en que se sitúa, el tipo de gente que entra, sale o merodea, y lo ve como un espacio de permeabilidad entre el orden y el desorden, entre la ley y el delito, una zona de incertidumbre en la que uno no distingue si ese hombre de aspecto amenazante que sale de la comisaría es un delincuente liberado, un confidente, un colaborador, o un agente disfrazado para labores de calle. Para él hay pocas cosas más terroríficas que un policía delincuente, en cuyas manos estamos perdidos si llegamos a caer. Conoce todo tipo de historias negras sobre el mundo policial, algunas leídas en forma de noticia o incluso de sentencia, otras escuchadas, contadas en anécdota por su cuñado, con forma de leyenda urbana de imposible comprobación; historias relacionadas con esos funcionarios que, en cumplimiento de su tarea, tienen que meter las manos en la basura tantas veces que llega un momento en que no se sabe por qué las meten, si por estricto cumplimiento, por exigencia profesional, o porque han adelantado un paso más hacia el otro lado. Agentes mezclados en el narcotráfico, incluso organizadores del mismo; otros que ejercen como proxenetas, o como protectores mafiosos de clubes de alterne; funcionarios que detraen parte de lo decomisado, que utilizan la autoridad de su uniforme para extorsionar a los más desprotegidos; y por supuesto los abusos en el uso de la fuerza, los que maltratan, ya lo hagan por exceso de celo en su labor, por lograr la mayor eficacia en sus investigaciones, o por otras causas que no tienen amparo posible en la ley ni en la protección endogámica del cuerpo: ha sabido de policías racistas, sádicos, brutales, y ha oído historias de palizas, de torturas, de violaciones.

No cree que se pueda generalizar, ni siquiera piensa que sean comportamientos mayoritarios, aunque tampoco los cree tan escasos como sostienen las autoridades cuando desoyen las denuncias de organizaciones internacionales. Sabe, o sospecha, lo que hay detrás de no pocas lesiones presentadas como fruto del forcejeo del detenido, la clásica *resistencia a la autoridad*. Conoce, algunas incluso de primera mano, como testigo visual, historias de manifestantes que llevados a un callejón, al interior de un portal, a bordo de la furgoneta o en los calabozos de la comisaría, fueron golpeados, pisoteados, humillados, sometidos a agresiones en las que participaban varios agentes, amenazados de muerte, sometidos a posturas dolorosas durante horas. Conoce historias de delincuentes comunes que, tras un forcejeo, son apaciguados violentamente en el calabozo. Como él no se mete nunca en líos, y es de los que en las manifestaciones se retira en cuanto aparecen las furgonetas de antidisturbios, el supuesto a temer en su caso es el de ese ciudadano tranquilo que acude a una comisaría para formalizar un trámite sencillo y que, tras una discusión fortuita con un funcionario por cualquier tipo de discrepancia, pone en marcha una espiral imparable que acabará con su detención, su bajada a los calabozos, amenazas, golpes y una denuncia en su contra. A veces piensa que su temor es exagerado, pero lo cierto es que nunca ha entrado en una comisaría, y prefiere no hacerlo, por ese miedo a franquear un umbral del que teme no salir indemne.

La ficción tampoco ayuda mucho a su tranquilidad, y aunque la ficción nacional no abunda en el personaje del funcionario que infringe la ley, ha visto las suficientes películas y series de televisión foráneas como para dar crédito al modelo de policía brutal, corrupto, avasallador, consciente de su poder y que abusa del mismo, y en esto, como en otras cuestiones vinculadas a sus miedos, no tiene claro quién es modelo de quién, si esas ficciones se basan en la realidad, o si ésta imita a aquéllas, si el policía delincuente del cine es un reflejo de un tipo extendido, o si opera como patrón a seguir para aquellos más tentados por las posibilidades de su condición uniformada.

En su miedo a los abusos de autoridad incluye, por supuesto, la omnipresente seguridad privada, los muchos guardias jurados que en cada vez más lugares extienden su poder, sustituyen a la seguridad pública, o convierten espacios hasta entonces desatendidos en territorios para la vigilancia, la persecución, la sanción. Todo lo que teme del policía lo ve multiplicado en el caso del uniformado a sueldo de una empresa, cuya prioridad no es defendernos, más bien al contrario, nos considera potenciales delincuentes de los que hay que proteger el espacio sobre el que opera su jurisdicción. Si en el caso de los agentes públicos aún confía en la existencia de ciertos controles en el acceso a la profesión y en el ejercicio de sus funciones, no así cuando se trata de guardias privados, y piensa que bajo el uniforme parapolicial cabe cualquiera, el policía frustrado, el individuo resentido, malencarado, violento, el sádico, el delincuente. Todos además obligados a mostrar una mayor contundencia que los funcionarios del Estado, toda vez que su autoridad es menos evidente, más discutible, y el respeto no se consigue con educación y buenas palabras, si quieres que los ciudadanos, los usuarios, ergo los potenciales delincuentes, te obedezcan y repriman sus instintos criminales en tu presencia, debes infundir temor, y pareciera que dentro del sector, entre los propios guardias o entre sus empleadores, se organizan para que cada cierto tiempo un episodio violento, un incidente en el que esté implicado un vigilante, que termine con un ciudadano apaleado, y que sea masivamente difundido por los medios de comunicación, sirva como recordatorio al resto de la población sobre la conveniencia de temer a esos uniformados tanto como a los que patrullan por la calle, o incluso más. El viajero sin billete que es reducido a golpes en el andén, el ladrón de supermercado que es desnudado y humillado en una habitación sin ventanas, el indigente expulsado a patadas del espacio privado donde pretendía protegerse del frío, el usuario exigente cuyo comportamiento quejica termina cuando un guardia le pone la cara contra el suelo, cumplen bien esa función, de ahí su recurrencia periódica.

El miedo a la policía tiene extensión en todo lo referente al sistema de justicia, sobre todo en su reverso sancionador. Ahí está el temor a la cárcel, claro, no por la pérdida de libertad, ni por el estigma posterior, sino por los relatos de violencia carcelaria, esa imagen de sociedad sin ley intramuros, como fábrica o reserva de delincuentes. Carlos no ha hecho nada, ni de pensamiento, ni cree que haga nunca nada que pueda conducirle a la cárcel, pues aparte de sus buenas intenciones, en su caso la prisión sí funciona como coacción contra las tentaciones delincuentes. Pero, de natural pesimista, piensa en fallos del sistema o encadenamiento de circunstancias, casuales o ajenas, que acaban llevando a un inocente a la cárcel, aunque sea por poco tiempo. Un accidente de tráfico seguido de una fuga irreflexiva, cualquier comportamiento temerario que termina de forma trágica, un instante de rabia del que arrepentirse toda la vida, o una confusión, una identificación desafortunada, un parecido físico, estar en el sitio equivocado en el peor momento, y acabar detenido, entrar en comisaría, dormir en los calabozos, pasar por el juzgado y terminar de forma preventiva en la cárcel.

Su conocimiento del mundo carcelario es aún más limitado que el del ámbito policial. Aunque atiende a las noticias e informes al respecto, en este caso su principal fuente de información y de construcción imaginaria es de nuevo, y de forma más clara, la ficción, todos esos lugares comunes del cine, el explotado género no por previsible menos terrorífico, con sus personajes habituales, brutales, vengativos, traicioneros, el sistema autónomo de justicia en su interior, administrado por los propios reclusos, el código de honor, las jerarquías, las zonas de porosidad con funcionarios corruptos, cada espacio de la prisión convertido en área peligrosa, el patio donde una pelea tumultuosa es aprovechada para clavar un objeto afilado, el taller donde las herramientas acaban buscando el cuello, las duchas, claro, lugar privilegiado en la ficción por la mayor vulnerabilidad que implica el cuerpo desnudo más allá de la habitual broma del jabón que cae al suelo. Y si esa posibilidad carcelaria le asusta, qué decir del pánico que siente por las prisiones de otros países, esos almacenes de miseria e inmoralidad donde se hacinan los encarcelados durante años, a merced de motines sangrientos, salvajismo, perversión, extorsión, olvido y muerte, y que el cine, desde el clásico *El expreso de medianoche*, ha usado de forma ejemplarizante para amedrentar a los turistas con tentaciones delictivas. En esos casos, cree que la probabilidad de un error que le acabe encarcelando es aún mayor, y le impresionan los frecuentes relatos de turistas engañados que son sorprendidos en el aeropuerto con un kilo de heroína en la maleta, camuflado en un souvenir, o el encargo inocente de un taxista que te dice que tiene un hijo en España y te pide que por favor le hagas llegar un paquete en su regreso, historias que terminan con el turista llevado del lujoso hotel a la celda inhabitable donde convivir con la brutalidad, la enfermedad, los insectos, las infecciones, el chantaje, el sometimiento, el abuso, la corrupción.

Al llegar a casa, en el espejo del ascensor, comprueba lo evidente de su mejilla dañada, el tono rosado que ya ha virado al morado, y que además hincha la carne y deja asimétrica la cara. También la nariz ha ganado tamaño, y aunque no ha vuelto a sangrar, muestra una zona ennegrecida hacia su mitad. La toca con el dedo, la aprieta y la mueve hacia los lados, y en efecto le duele más que antes. Se observa en el espejo con el rostro herido, amoratado, visión insólita, se ha imaginado muchas veces con los rasgos dañados por una pelea o una paliza, pero es la primera vez que se ve así. De camino desde la comisaría ha pensado posibles explicaciones para Sara, buscando un equilibrio entre la verosimilitud de lo relatado y el efecto que sobre la seguridad familiar tenga ese relato. Si cuenta, por ejemplo, lo sucedido, cree que será algo inverosímil, no para Pablo pero sí para Sara, que se resistirá a creer que un adulto pueda ser extorsionado, asustado y agredido por un niño de la edad de su hijo, y para que le crea deberá contar muchas otras cosas, poner nombre a sus miedos, los viejos y los más recientes, y reconocer las mentiras de las últimas semanas, el engaño continuado: que ha seguido recogiendo a Pablo a la salida de clase, que lleva más de un mes sin hablar con el director del instituto, que le ha dado dinero varias veces al menor que extorsionaba a su hijo. Pero además, contar la verdad sería nefasto para la seguridad de Sara y de Pablo, que se sentirían vulnerables tanto por la existencia amenazante de un niño tan violento, como sobre todo por la incapacidad de su marido y padre para defenderlos.

Una segunda posibilidad es inventarse una pelea, contar que ha tenido un incidente callejero, una discusión de tráfico o cualquier otro desencuentro que acaba a puñetazos, es algo muy verosímil, pasa todos los días, Sara y él lo han visto más de una vez mientras paseaban: dos conductores que chocan o ni siquiera eso, que se molestan en un semáforo o disputan un aparcamiento, tocan las bocinas, gritan desde las ventanillas, hasta que por fin se bajan de sus vehículos y, tras gritarse a corta distancia, un primer empujón es la señal para que comience una pelea que sólo terminará si uno de los dos huye, cae o, menos probable, son separados por otros conductores. Sería por tanto verosímil relatar algo así, un taxista que ha perdido los papeles, un energúmeno que le ha reprochado una maniobra, un tropezón casual con un ciudadano que no acepta disculpas educadas, siempre que insista en que la pelea ha sido contra su voluntad, en legítima defensa, pues su mujer conoce bien su talante pacífico, y deberá tener cuidado en su narración para que quede claro que él sólo ha respondido a una agresión previa, que ha sido golpeado pero que también ha golpeado, y de esta forma el relato, además de verosímil, reforzará con mucho la seguridad familiar, pues su mujer, y sobre todo su hijo, descubrirán un marido y un padre como hasta ahora desconocían, fuerte, intrépido, dispuesto a utilizar los puños si es necesario. El único punto débil, único pero determinante, quedará al descubierto por la habitual insistencia de Sara en que todos los actos humanos tengan consecuencias legales, de forma que escuchará su historia y a continuación, tras curarle las heridas, querrá acompañarle a poner una denuncia en comisaría contra el agresor o, caso de que él diga haberla puesto ya, exigirá leer la copia de la misma, y propondrá llamar a su cuñado, que es agente de la policía municipal, o a su hermana, que es abogada, para que les aconsejen qué tipo de acción es la más conveniente. Ese mismo prurito legalista de Sara le disuade de inventar otras excusas que impliquen agresión, tales como un robo violento al que haya opuesto resistencia, o un demente que sin mediar palabra le haya asaltado, pues en ambos casos acabaría en comisaría acompañado de Sara, previo paso por el hospital para solicitar un parte de lesiones, como bien le habrían aconsejado tanto su hermana como su cuñado.

De manera que, situadas en balanza la verosimilitud y la seguridad, opta por una tercera vía menos comprometedora, que apenas altera el equilibrio, que es creíble a la vez que no hace que se sientan ni más ni menos seguros con él: un accidente. Un golpe fortuito, que no implique responsabilidades personales. Aunque también en este caso tiene que hilar fino. No vale un accidente de coche, pues el vehículo no tiene daño alguno, además del hecho evidente de que salió a pie y regresa igualmente caminando, y así puede ser visto desde la ventana por su mujer. Un tropezón con caída resulta también extraño, pues tendría que haber caído de cara al suelo, y además en una insólita postura como para que las heridas estén en nariz y pómulo y no tenga daño alguno en otras partes del rostro, ni magulladuras en manos o rodillas. Descarta causarse esas heridas añadidas para completar la invención, pues le parece más complicado simularlas que buscar otra excusa. Acaba simplificando todo con un relato sencillo y sin cabos sueltos: cuando iba andando de vuelta del hipermercado, despistado, se chocó de frente con una señal de tráfico, se golpeó esa zona de la cara. Es algo probable en él, torpe como suele ser, y no sería la primera vez ni la última que se topa por la calle con un semáforo, un árbol, un buzón o una persona a la que no vio por ir hojeando un periódico o pensando en sus cosas. Así que, sin más vueltas, elige una señal de tráfico en una calle cercana y decide que ése será su accidente, la explicación a su pómulo magullado y su nariz ennegrecida.

Sara no pregunta más, e incluso una vez informada de que las heridas no son graves y que apenas le duelen, empieza a bromear sobre su vieja torpeza, y recuerda anteriores golpes y caídas, mientras le hace una cura superficial, le lava la zona dañada y le pone un poco de desinfectante. Sin embargo, Pablo no se suma a las risas sobre el accidente de su padre, y Carlos nota el aire de preocupación de su hijo, aunque prefiere no indagar en su desconcierto.

MINISTERIO DEL INTERIOR
CONSEJOS PARA SU SEGURIDAD

Al circular por la calle:

• En la medida de lo posible, procure no transitar por lugares solitarios o poco alumbrados.

• Circule en sentido opuesto a la marcha de los vehículos, lo más alejado posible del bordillo, situando su bolso o cartera hacia el interior de la acera, de manera que pueda evitar los "tirones".

• Lleve sólo el dinero necesario y distribúyalo en sus bolsillos. Evite llevar el dinero en el bolsillo trasero de su pantalón.

• Cuando se disponga a utilizar los servicios de los cajeros automáticos, observe antes a su alrededor por si hubiese personas sospechosas que podrían apropiarse del dinero obtenido a la menor oportunidad. Si tiene dudas respecto de determinadas personas, no utilice el cajero en ese momento, o diríjase a otro que haya cerca.

• Preste una especial atención a la entrada o salida de los transportes públicos. Evite las aglomeraciones. Si alguien tropieza con usted compruebe si le han quitado la cartera.

• Cuando vaya de compras, no se distraiga. Observe con atención a las personas próximas a usted y no pierda el contacto con su bolso.

• Si se siente perseguido yendo en su coche, toque el claxon constantemente para llamar la atención y diríjase a un Centro policial o lugar concurrido.

• Gritar, pedir socorro, puede intimidar al asaltante, así como atraer la atención de otras personas.

• Observe las características esenciales de su agresor (edad, estatura, color de pelo, rasgos de su rostro, nacionalidad, acento al hablar, vestimenta, dirección de la huida, vehículo utilizado, etc.).

• Cuanto más precisa sea su información, mayores serán las posibilidades de localizar al delincuente y recuperar los objetos sustraídos.

• Si son varios los agresores, procure centrarse en uno de ellos, el que tenga más próximo o el que más destaque. Esto servirá para descubrir posteriormente al resto del grupo.

De interés para la mujer:

• No haga autostop ni recoja en su coche a desconocidos.

• Por la noche, evite las paradas solitarias de autobuses. Si el autobús no está muy concurrido, procure sentarse cerca del conductor.

• No pasee por descampados ni calles solitarias, sobre todo de noche, ni sola ni acompañada.

- Si se ve obligada a transitar habitualmente por zonas oscuras y solitarias, procure cambiar su itinerario. En otros países se utilizan silbatos para ahuyentar al delincuente. Considere la posibilidad de adquirir uno.
- Evite permanecer de noche en un vehículo estacionado en descampados, parques, extrarradios, etc.
- Antes de aparcar su vehículo mire a su alrededor, por si percibiera la presencia de personas sospechosas. Haga lo mismo cuando se disponga a utilizar su coche. Antes de entrar, observe su interior. Podría encontrarse algún intruso agazapado en la parte trasera.
- Si vive usted sola, no ponga su nombre de pila en el buzón de correos, sólo la inicial. Observe con especial atención las recomendaciones que se hacen sobre la protección de su vivienda. Eche las cortinas al anochecer para evitar miradas indiscretas. Tenga encendidas las luces de dos o más habitaciones para aparentar la presencia de dos o más personas en el domicilio.
- Evite entrar en el ascensor cuando esté ocupado por un extraño, especialmente en edificios de apartamentos. De cualquier modo, sitúese lo más cerca posible del pulsador de alarma.
- Ante un intento de violación, trate de huir y pedir socorro. Si no puede escapar, procure entablar conversación con el presunto violador con objeto de disuadirle y ganar tiempo en espera de una circunstancia que pueda favorecer la llegada de auxilio o permitir su huida. Todo ello, mientras observa los rasgos físicos de su agresor, en la medida de lo posible.

Protección de los menores:

• Enseñe a sus hijos a conocer su propio nombre, apellido, domicilio y teléfono.
• Sus hijos deben saber siempre que, en caso de extravío, lo mejor es quedarse parados. Sus padres o familiares, al percatarse de la ausencia, volverán sobre sus pasos.
• Explíqueles a quién dirigirse en caso de peligro, tanto si están en la calle como si se encuentran en casa.
• Conozca las amistades y compañías de sus hijos.
• Que no abran la puerta de casa cuando estén solos.
• Explíqueles que rechacen siempre la invitación de desconocidos a subir en un automóvil o acompañarles con cualquier pretexto.
• Que no acepten golosinas, caramelos, tabaco, etcétera, que pueda ofrecerles cualquier persona no conocida.
• Preste mucha atención a cualquier relato que le haga su hijo. Por ejemplo: sobre una persona que ha tratado de acariciarle, de regalarle algo, etc. Dígale que jamás debe mantener estas relaciones en secreto, aunque se lo pidan esas personas.

Protección de su vivienda:

• Instale en su vivienda una puerta blindada. Si su puerta no es blindada, procure que tenga, al menos, dos puntos de cierre, y que no exista hueco entre la puerta y el suelo.

- Refuerce la parte de las bisagras con pivotes de acero y ángulos metálicos que impidan apalancar.
- Coloque en su puerta una mirilla panorámica que le permita ver de cuerpo entero a la persona que llama. Si es posible, instale dentro de su casa un dispositivo para encender la luz del rellano de la escalera.
- Ponga persianas en todas sus ventanas y balcones y asegúrelas con un cerrojo interior.
- Coloque rejas en aquellas ventanas de fácil acceso desde el exterior. No deje entre las barras una separación mayor a 12 cm.
- No olvide que los balcones, aleros, salientes de muros, tuberías, etc., pueden ser trepados con relativa facilidad por los delincuentes. Preste más atención a las ventanas o terrazas próximas a estos puntos.
- Tenga presente que una mayor eficacia en la seguridad de su vivienda se logra instalando dispositivos electrónicos de alarma. Consulte con algún establecimiento especializado.
- Atención a la puerta de la azotea y a la del garaje, si su casa comunica directamente con el aparcamiento. Manténgalas siempre cerradas.
- Proporcione a sus ventanas un cierre eficaz. Si puede, utilice cristal aislante inastillable. Además de ser seguro, le insonorizará su vivienda.
- Si al llegar a su casa encuentra la puerta forzada o abierta, no debe entrar. Comuníquelo a la Policía o a la Guardia Civil por el procedimiento más rápido. Le prestarán ayuda de inmediato.
- No abra la puerta a desconocidos; observe antes a través de su mirilla panorámica. Pida, en todo mo-

mento, al personal de las empresas de servicios (teléfono, electricidad, gas, agua, etc.) que se identifique.

• Compruebe la visita de estos empleados llamando a la Empresa correspondiente, pero rechace el número de teléfono de la tarjeta que le muestre ya que podría ser el de un cómplice. Si tiene alguna duda, mantenga al visitante fuera del domicilio, con la cadena de seguridad puesta, mientras comprueba la visita. Evitará sorpresas.

• No tenga mucho dinero en su casa, ni alhajas, ni objetos de valor. Deposítelos en cajas de seguridad de entidades bancarias.

• No guarde nunca el talonario de cheques con documentos en los que esté su firma. El delincuente tendrá mayores dificultades de utilizarlo al desconocer su firma.

• Si vive fuera del casco urbano, un perro convenientemente adiestrado puede ser muy útil frente a la acción de los ladrones.

• No accione el portero automático, si desconoce quién llama; compromete usted la seguridad de todos sus vecinos. Por otra parte, la instalación de vídeo-portero mejoraría la seguridad del edificio.

• No haga ostentación de alhajas, riquezas o pertenencias, esto atrae a los ladrones.

• Haga uso de todas las medidas de seguridad de que disponga, incluso un simple cerrojo, aunque sólo vaya a ausentarse durante unos minutos.

(Fuente: www.mir.es)

Por la mañana Pablo dice que le duele la barriga, que está malo y no quiere ir al instituto. Sara interroga al niño sobre el posible origen de su dolencia, pero se limita a repetir que le duele, que se encuentra mal y que no quiere ir a clase. Carlos intercede y propone que se quede en casa, no pasa nada, puede ser un virus, en su empresa hay tres compañeros que han caído malos esta semana con virus estomacales, tal como llegan desaparecen y no tiene más consecuencias, un par de días de reposo y dieta blanda y estará curado. Además, anuncia que se quedará él en casa para cuidar de Pablo, llamará al trabajo y no tendrá problema en ausentarse una mañana por enfermedad de un familiar, ella puede irse tranquila a trabajar. De acuerdo, acepta Sara, pero luego pides hora en el centro de salud y lo llevas a que lo vea el médico, para estar más tranquilos, y de paso que te miren a ti la nariz, que está más hinchada que ayer. No quiero ir al médico, protesta Pablo desde su habitación. A ver si es que no estás tan malo, duda Sara. Vete tranquila, media Carlos, cuando se levante iremos, luego te cuento.

Padre e hijo pasan toda la mañana en casa. Pablo se levanta poco después de la marcha de su madre, y desayuna con hambre, como todos los días, leche con cacao y un par de tostadas. A media mañana telefonea Sara, y Carlos le dice que ya han vuelto del ambulatorio, ha sido rápido y no tiene nada, el médico se ha referido a los famosos virus estomacales en circulación, en un par de días estará bien y, total, como mañana ya es viernes, es mejor que se quede en casa y tras el fin de semana podrá ir el lunes a clase ya recuperado del todo. Mientras cuenta esto a su mujer, Carlos mira a su hijo, que ve una película tumbado en el sofá y le devuelve una mirada que podría considerar de complicidad aunque no guiña un ojo ni tampoco sonríe.

Ambos pasan el día sin salir a la calle, tampoco es necesario, no hay que comprar nada y además hace frío, empezará a llover en cualquier momento, tal vez incluso nieve. Desde la ventana del salón observa el parque, ya en penumbra con la noche temprana y las pocas farolas que no han sido apedreadas todavía. Pese a la helada hay grupos de adolescentes en los bancos, se frotan las manos enguantadas y se dan puñetazos amistosos para entrar en calor. Sobre el capó de un coche aparcado frente al portal hay tres muchachos apoyados, y fuman un cigarrillo compartido, de manera que ese gesto de levantar la cabeza hacia la ventana donde está Carlos lo mismo puede ser una mirada intencionada que el movimiento propio de quien fuma y echa el humo hacia arriba tras dar una calada. Pablo está en su habitación, viendo la tele o jugando con el ordenador, y Carlos lee en el salón, aunque de vez en cuando se levanta a estirar las piernas y mira a los tres adolescentes desde la ventana. En una de esas veces ve llegar a Sara, la ve cruzar el parque, no por la zona central más oscurecida, sino por un lateral, una vereda iluminada a tramos, que se adentra unos pocos metros en el parque, y en la que hay pandillas de chavales y parejas de novios en los bancos. Sara camina a paso ligero, por el frío más que por un miedo que Carlos no le supone, ella pasa todos los días por ese parque, tanto de mañana como de noche, y además no es tarde, son apenas las seis y media. Sara empieza a buscar la llave en el bolso mientras se aproxima al portal, pero cuando está a pocos metros uno de los chicos que siguen apoyados en un coche próximo se acerca a ella, le dice algo que hace que la mujer se detenga y le escuche. Desde la ventana Carlos no puede oír lo que hablan. Sara busca algo en el bolso, y cuando el niño levanta la cabeza puede que sus ojos se hayan cruzado con los de Carlos en la ventana, aunque desde esta altura no está muy seguro de que así sea. Por fin Sara saca del bolso un paquete de tabaco y lo golpea con un dedo hasta que asoma un cigarrillo que ofrece al muchacho, éste lo coge y vuelve hacia sus amigos, aunque al girarse parece que ha levantado de nuevo la mirada en dirección a la sexta planta, si bien puede ser más bien un cabezazo al aire para echar el flequillo hacia atrás.

Al día siguiente, viernes, Pablo se queda en casa como acordaron, y Carlos con él, mientras Sara marcha a trabajar a su hora. Pasan de nuevo todo el día sin salir, excepto una rápida visita de Carlos a una panadería situada en los bajos de su edificio, que apenas le hace pisar calle. Se encuentran bien así, Pablo no parece aburrido, y si lo está no lo expresa ni propone planes que un padre y un hijo pueden hacer en una mañana de día laborable. Carlos tampoco tiene muchas ganas de salir, y a cada rato subraya lo a gusto que están en casa, con la calefacción y en pijama, mientras en la calle la temperatura apenas ha levantado unos grados desde que amaneció y ya empieza a bajar al marcharse el sol, circunstancia que tampoco disuade a los grupos de adolescentes instalados en los mismos bancos del parque, incluido el trío que al anochecer vuelve a estar en el sitio de ayer, apoyados en un coche, fumando. Más o menos a la hora esperada Carlos distingue a lo lejos a Sara, que se acerca a paso rápido por el lateral del parque. Como repitiendo la secuencia del día anterior, uno de los tres menores, se diría que el mismo de ayer aunque los tres se parecen mucho, más aún desde la altura de la ventana de Carlos y con la poca luz que hay en la calle, sale al paso de Sara cuando está a pocos metros del portal y ya busca la llave en el bolso. Los ve hablar, a ella y al chico, sin escuchar lo que dicen. De nuevo una petición de cigarrillo, así lo indican los movimientos de Sara, que encuentra el paquete de tabaco y ofrece al menor, aunque esta vez el joven fumador no se da la vuelta y se aleja al obtener lo solicitado, sino que sigue hablando con ella, que responde a lo que le dice y tampoco muestra prisa por alcanzar el portal, pese al frío que obliga al niño a meter las manos en los bolsillos y balancearse sobre una pierna y luego sobre otra. Así permanecen no mucho tiempo, si bien más del que aconseja la temperatura, apenas medio minuto de intercambio de frases hasta que ella se despide y sigue su camino y el chico se queda parado en el mismo punto, mirándola mientras entra en el portal, y al levantar la cabeza pareciera que sonríe hacia Carlos, aunque no puede ser, piensa éste, no ha podido verle con la luz apagada como está.

Entre los miedos como potencial víctima, hay uno que Carlos no tiene, por motivos que cree obvios: el miedo a ser violado. De tal manera es ajeno a ese temor que hasta ahora ni siquiera había pensado en ello. Es un miedo de mujeres, piensa, sin poner en sus palabras ningún desprecio ni superioridad, tan sólo constatando una realidad estadística. Aunque también sabe de hombres secuestrados o narcotizados que amanecen en un solar con el culo destrozado, ése pertenece a otro tipo de temores, él lo comparte, pero ahora está pensando en el miedo a ser violada, una inquietud muy concreta, muy conocida, uno o varios hombres que atacan a una mujer y que no atacarían a un hombre, no de esa manera, no con ese objetivo. Es un miedo muy extendido, de fuerte base cultural, histórico, heredado de las sucesivas guerras durante siglos, cuando la caída de una ciudad implicaba la posesión de las mujeres por parte de los sitiadores, y tiene ese componente vengativo, de quien al penetrar a una mujer cree estar follándose a la parte más vulnerable del enemigo, o al género femenino en su conjunto. Intenta pensar qué se siente, cómo se experimenta. No intenta pensar qué se siente al ser violada, claro que no. Se conforma con conocer qué se siente cuando se tiene miedo a ser violada. Dedica un par de días a pensar en ello. Es un miedo muy definido, de perfiles nítidos, con sus códigos, su espacio, su lenguaje, su rutina. Principalmente nocturno, cree, una mayoría de violaciones se producen en la noche, donde los testigos son menos y el socorro a la víctima es más improbable.

Sus lugares son numerosos pero delimitados, bien conocidos, previsibles y por tanto evitables; todos esos espacios en que una mujer sola no debe demorarse, y menos detenerse a hablar con el lobo de aspecto simpático que se ganará su confianza para luego comérsela. Los garajes, por ejemplo, donde se puede elegir el interior mullido de un coche, o el suelo raspos y encharcado entre dos vehículos, tras una esquina y a una hora en la que ya no entrará nadie. Los parques, claro. El césped, seco en verano, escarchado el resto del año, la humedad que hiela la carne. La oficina desierta, cuando se han marchado todos los compañeros menos uno, ése, precisamente ése. Las carreteras secundarias y pistas forestales, en su versión secuestro, obligada a subir a un vehículo que se detendrá en un lugar apartado, las luces apagadas, la incomodidad de los asientos y la palanca de cambios. Los portales, los ángulos muertos de los zaguanes, el hueco de la escalera, el tramo que baja a los trasteros, el descansillo entre plantas, el ascensor detenido y que nadie llama a esas horas. La propia casa, piensa. El intruso que se hace pasar por vendedor o técnico reparador de cualquier empresa suministradora, que franquea la puerta del hogar con la confianza de una sonrisa y unas palabras educadas, y que podrá ser el rey de la casa durante unos minutos, elegir el lugar más cómodo, la cama, la mesa del comedor, el sofá, la alfombra, y hasta asearse y beber un vaso de agua antes de salir sin prisa por la puerta.

Hay veces en que la violación incluye el asesinato, pero no cree que eso sea determinante en el miedo a ser violada. Tampoco los golpes ni los cortes con la navaja que amenaza, aunque sabe que algunos violadores son especialmente brutales, no se conforman con la cópula forzada sino que incluyen ensañamiento en otras partes del cuerpo, hombres desequilibrados y acomplejados que odian a las mujeres, un historial de fracasos y rechazos que les lleva a pagar sobre cualquier mujer un odio genérico, universal. Recuerda, cómo olvidarlo, un suceso terrible de hace unos años, leído en la prensa: un soldado de permiso —y al pensar en alguien así, «soldado de permiso», ve un vínculo con la figura del violador, como si respondiese a uno de los tipos habituales, el soldado que aúna la abstinencia prolongada, la brutalidad ambiental en que se mueve, las humillaciones cuarteleras acumuladas, la impunidad que equivocadamente cree disfrutar, la tradición bélica de recompensa carnal—; un soldado que no sólo violó a una joven, sino que la machacó a golpes y le sacó los ojos para abandonarla, destrozada y ciega, en un descampado. Recuerda otros sucesos truculentos, que a la violación sumaban la paliza, la humillación: una pareja de delincuentes, en una urbanización playera no recuerda dónde, que recogían mujeres solas en las paradas de autobús de las afueras y las llevaban obligadas a un pinar donde eran torturadas durante horas, turnándose, uno descansaba mientras el otro continuaba penetrándola, golpeándola, mordiéndola; o aquella pandilla, que no supo bien si era leyenda urbana o suceso cierto, y que asaltaban a las parejas que buscaban intimidad en el parque, obligaban al novio a presenciar la violación grupal de su pareja, o incluso usaban el cuerpo de él como colchón. Relatos que, supone, han construido el miedo cierto que muchas mujeres sufren cuando caminan solas de noche; relatos que se unen a las numerosas representaciones que desde la ficción contribuyen a extender y reforzar el temor, esas películas donde el violador suele ser un individuo repugnante, sucio, grasiento, sudoroso, gordo, que mientras destroza la vagina susurra al oído una mezcla de insultos y palabras dulces; como si tales atributos fuesen necesarios, como si un violador guapo, atlético y de buenos modales hiciese más soportable la agresión.

Pero insiste en pensar que el miedo a ser violada no incluye todos esos añadidos violentos y desagradables, no los necesita, es suficiente con el temor a ser penetrada a la fuerza, la carne dura que desgarra la resistencia de la otra carne no lubricada ni estimulada, el dolor que toda mujer ha sentido alguna vez en una penetración deseada pero mal encaminada, y que en su construcción mental del miedo sirve para ser multiplicada en el cálculo del posible daño. Para hacerse una idea de qué es una violación Carlos recuerda aquellas ocasiones en que la vagina de Sara está demasiado seca y sus intentos de penetración resultan dolorosos, para ella pero también para él, su glande se lastima contra una carne otras veces flexible y húmeda pero ahora rígida y áspera, y cómo la violación necesita un empellón, un desgarro, sangre. Y no sólo la penetración dolorosa: también todos esos elementos propios del amor, o cuanto menos de la relación sexual consentida, y que la violencia convierte en repugnantes: las caricias —tanto más repulsivas cuanto menos agresivas sean—, los besos obligados, la lengua, la saliva, los mordiscos, la voz susurrante, y finalmente la eyaculación, la semilla maldita, el reino íntimo conquistado, devastado y fecundado, la herida interminable sobre quien ya nunca podrá disfrutar un coito sin recuperar, en cada caricia, en cada penetración, la memoria dolorosa de aquel momento.

Piensa en todas estas cosas, y aun así no logra experimentar el miedo, no es suyo, se ve obligado a sentir miedo sin tenerlo, no ve un portal o un ascensor como una amenaza, al menos no de ese tipo. Tampoco, claro, se atreve a plantear el asunto con Sara, preguntarle si ella siente ese miedo, si lo ha tenido alguna vez, si lo tiene con frecuencia, si todos los días o esporádicamente, si hay algún tipo de señal o estímulo que se lo provoque, si lo siente cuando un desconocido la aborda por la calle, o la sigue unos metros, o la invita a una copa en un bar. Es un buen miedo, piensa Carlos. Un miedo protector, que invita a la prevención, a evitar situaciones de riesgo. Pero también es un miedo transversal, que se adhiere a todo tipo de situaciones. Es un miedo acumulativo sobre otros miedos. Piensa en los suyos, en los que sí tiene, y comprueba que en todos ellos cabe el añadido de la violación. Un robo con violencia que termina en violación. Unos asaltantes nocturnos que no sólo desvalijan la casa y dan una paliza a los durmientes, sino que violan a la madre y la hija. Una pandilla de jóvenes salvajes que tras patear el cuerpo deciden fecundarlo en grupo, uno detrás de otro. Un salteador de caminos que no sólo se lleva tu coche y tus pertenencias, sino que te invita a seguir el camino con él hasta el siguiente desvío en que completar la gracia. Y el gran miedo, claro, el día del estallido, la madre de todas las violencias, cuando los delincuentes habituales, unidos a los ciudadanos normales devenidos en bestias bajo circunstancias extraordinarias —una guerra, una insurrección, un terremoto—, se aburren de saqueos a supermercados e incendios, y se entregan a su diversión principal, la violación masiva, ese deporte propio de guerras, revueltas, motines y todo tipo de momentos de descivilización.

Llueve toda la semana, así que es mejor moverse en coche, más en un barrio como éste, con tantas zonas despejadas, avenidas anchas sin soportales, solares llenos de basura y autopistas que hay que cruzar sobre una delgada pasarela descubierta, si uno va andando acaba empapado incluso aunque lleve paraguas. Carlos coge el coche para todos sus desplazamientos, por cortos que sean. Sale temprano por la mañana, deja a Pablo en el instituto y marcha al trabajo, donde llega tarde tras más de una hora de atasco. A mediodía se va media hora antes de lo habitual y así tiene tiempo para recoger a Pablo, aunque en estos días de lluvia siempre teme que un embotellamiento imprevisto le retrase y el chico salga y se encuentre que nadie ha ido a buscarlo. Si por la tarde tiene que hacer la compra coge igualmente el coche, y suele ir solo. Pablo se queda en casa y su padre le recuerda que no debe abrir la puerta a nadie, y no hay nada nuevo en esas palabras, es algo que siempre le ha dicho, el cabritillo no debe abrir la puerta al lobo, aunque ahora se lo recuerda a diario. No va al centro comercial habitual, lo descarta para evitar el tramo de autopista, que con la lluvia suele estar congestionado. Elige otro hipermercado, algo más alejado pero de acceso más sencillo, donde aparca en el subterráneo, siempre cerca de la puerta principal. Entra y sale de casa por la puerta del garaje, y espera un par de minutos, detenido en mitad de la rampa, hasta que comprueba que la puerta automática se cierra del todo sin que entre nadie más, medida de seguridad advertida en un cartel a la entrada, y recordada una y otra vez en las reuniones de propietarios. De forma que lleva tres días sin pisar el portal, ni la acera frente a su casa, ni por supuesto el parque, donde pese a la lluvia resisten algunos adolescentes confundidos con el mobiliario. A veces ve también a los tres habituales apoyados en un coche frente a la puerta, aunque si aprieta la lluvia buscan refugio en la marquesina del portal, de manera que desde la ventana los pierde de vista y no puede saber si siguen ahí o si se han marchado caminando pegados a la fachada del edificio. Pablo estudia, lee, juega o chatea por Internet con sus primos, y Carlos prepara la cena, arregla la casa, lee en el salón o ve la tele. Cuando suena el portero automático, varias veces al día, ni el padre ni el hijo contestan, pues saben que lo habitual es que sea un repartidor de propaganda o un vendedor de cualquier cosa, y no deben abrirle, es otra medida de seguridad reiterada en cada reunión de propietarios. Por la tarde llega Sara, que a veces propone una salida, ir juntos a las rebajas, al cine o a casa de los primos, pero tanto el padre como el hijo se muestran perezosos, hace frío, llueve, se está tan bien en casa.

El sábado por fin aceptan la invitación y van a comer a casa de sus familiares. Mientras Sara y su hermana preparan la comida, y Pablo juega con sus primos en la habitación, Carlos toma un aperitivo con su cuñado en la terraza, aprovechando la mañana al fin soleada. Se preguntan por sus respectivos trabajos, como hacen en cada encuentro, y responden con las mismas frases hechas, sin mucha intención informativa. Hoy en cambio Carlos insiste un poco más sobre la actividad de su cuñado, le pregunta cómo va todo, cómo están las calles, así le pregunta, cómo están las calles, repitiendo una expresión escuchada en alguna serie de detectives de la televisión. El policía municipal, animado por el interés desusado de su cuñado, cuenta varias anécdotas que a Carlos le parecen apócrifas, o peor aún, le parecen viejas, escuchadas ya en otros encuentros familiares: los encontronazos con los gitanos que venden sin permiso en el mercadillo, relatados con burla e imitación de la forma de hablar de los implicados; una persecución tras una motocicleta que termina en accidente, y que es narrada siguiendo un esquema cinematográfico; un detenido que se resiste y al que hay que suavizar en comisaría, y ésa es la expresión utilizada, suavizar. Vamos, que está la cosa difícil, apunta Carlos, lo que da pie a que su cuñado se sienta revalorizado a sus ojos y presuma de lo arriesgado y necesario de su profesión, para lo cual relata un par de anécdotas más, éstas sí nuevas: la detención de un traficante en una zona marginal del distrito, que terminó en batalla campal cuando los vecinos quisieron impedir su captura; y un incidente con cuatro menores que dieron una paliza a un agente cuando les reconvino por beber en la calle. Esta última historia es el pie que Carlos esperaba para contar su propia historia. Duda si referirla como propia, así que empieza hablando de un niño que, en el instituto de su hijo, crea problemas, atemoriza a los estudiantes, los extorsiona.

Le ha hecho algo a Pablo, pregunta el cuñado, y Carlos asiente, pero advierte: no digas nada, ni a Sara ni a tu mujer, ni por supuesto a los niños, es mejor que no lo removamos, ahora que Pablo lo está superando. Una vez que empieza ya no se detiene, y lo acaba contando todo, desde el descubrimiento inicial hasta el puñetazo en la nariz que recibió la semana pasada en el aparcamiento de un centro comercial, y cada uno de los encuentros intermedios, como un desahogo, todo eso que no puede contarle a Sara y que ha guardado durante semanas. Lo hace exagerando un poco algunos pasajes, hinchando tanto la condición violenta del niño como su propia resistencia. Mientras habla a media voz mira hacia la puerta en previsión de que Sara o Pablo se asomen. Su cuñado le escucha con atención, aunque tiene en los ojos una expresión similar a la que Carlos temía encontrar en aquel funcionario policial si hubiera puesto la denuncia días atrás. Como si le leyese el pensamiento, el municipal opina cuando Carlos termina su relato: ni te molestes en denunciarlo, como es un menor no conseguirías nada, si lo meten en un centro se escapa al día siguiente, a cambio tú te significas, y entonces la próxima vez no te las verás con él, sino con su hermano mayor, o con su padre, ya me conozco yo a ese tipo de familias. Es inmigrante, pregunta el policía, aunque no espera respuesta, se responde él mismo: da igual, si es extranjero como si es gitano como si es payo, no sé quiénes son peores a esa edad, a mí se me han encarado unas cuantas veces y sabes qué te digo, que yo les suelto dos hostias, dos buenas hostias, las que les tenían que dar en sus casas, y así las llevan ya puestas. No sé si ésa es buena solución en mi caso, musita Carlos. No, le ataja el policía, no lo hagas porque para empezar es él quien parece que puede darte las dos hostias a ti, pero además tú eres incapaz de pegarle a nadie, y menos a un niño. A que nunca le has dado ni un cachete en el culo a Pablo, pregunta sonriente, y sin esperar respuesta continúa: ya lo sé, ya me sé tu rollo, sólo hay que verte la cara cuando cuento las cosas que me pasan en la calle, tú eres de los que piensan que los policías somos todos unos bestias, y que esos niños son víctimas de la sociedad, que hay que rescatarlos, educarlos; pero yo no soy educador, y cuando uno de esos niñatos se me encara no le voy a decir que se lea un libro, ni le voy a pedir por favor que se tranquilice, le doy dos hostias y él me entiende, es el único lenguaje que comprenden, y funciona; quienes no lo veis así, y nos criticáis, luego venís a pedirnos ayuda cuando tenéis problemas con ellos, porque tu método no funciona, fíjate lo que has conseguido, le has dado dinero y te ha pedido más, qué te esperabas, le has mostrado debilidad y él se ha crecido, es lógico, ha visto que le sale gratis, qué digo, ni siquiera gratis, le sale rentable, gana dinero con tu miedo, si desde el principio hubieses sido firme, te hubieses mostrado más fuerte ante sus amenazas, ahora estarías tranquilo, pero te daba miedo, tienes el típico miedo del ignorante, de quien no sabe de qué va todo esto, y tu miedo te lleva a tomar decisiones que lo empeoran todo, no sé si te has parado a pensar en todo lo que has hecho, hasta dónde has llegado, cómo es posible que te extorsione un niño. Pero claro, tal vez creíste que podrías solucionarlo con unos pocos euros, treinta, cuarenta, cien; un pago asumible, poco dinero para ti si a cambio evitabas mancharte las manos, complicarte en otro tipo de soluciones más desagradables, mejor esperar que el niño se diese por satisfecho, se aburriese, encontrase otra víctima más rentable.

El policía interrumpe su diatriba cuando se abre la puerta de la terraza y asoma Sara para avisar de que la comida está ya lista. Ahora vamos, dice Carlos con una sonrisa. No te lo tomes a mal, reanuda su cuñado cuando ya Sara ha cerrado la puerta, no te lo tomes como un reproche, pero es que uno no sabe lo jodida que está la cosa hasta que le pasa algo así, y cuando te pasa no te queda otro remedio que recurrir a nosotros, para que demos un par de hostias y no te molesten más. Yo no te estoy pidiendo eso, protesta Carlos. Que sí, que no te lo tomes a mal, dice el policía algo más templado, mira, yo sé que no te caigo bien, no hace falta que me lo digas, se te nota, piensas que soy un animal o algo peor, y no te culpo, para trabajar en esto no se puede ser un pusilánime, y tampoco me voy a esforzar por caerte mejor, pero somos familia, y la familia está para ayudarse, así que si quieres te echo una mano y me ocupo de ese asunto. No sé, responde Carlos, no tengo muy claro qué es lo mejor. Lo sabes de sobra, le interrumpe, poniéndole una mano en el hombro, amistoso, sabes de sobra qué hay que hacer, lo que pasa es que no lo vas a decir tú, esperas que lo diga yo, sabes que es de mi competencia y que, te guste o no, sé hacer mi trabajo. Y qué puedes hacer, dice por fin Carlos. No preguntes, responde el cuñado, no preguntes pero tampoco te preocupes, no voy a hacer nada malo, sólo ayudarte, quitarte el problema. Vas a detenerlo, sugiere Carlos. Cómo voy a detenerlo, se burla el policía, que aparta la mano de su hombro, no puedo detenerlo, no le has denunciado, y además es un menor, un niño, según entre por una puerta saldrá por otra, e irá a buscarte, a ti y a Pablo y a Sara, hasta que no haga algo gordo no lo encerrarán, y entonces ya será tarde. Pero qué piensas hacer, insiste Carlos. Ya te he dicho que no te preocupes, sólo le daré un susto para que os deje tranquilos, un buen susto y no le vuelves a ver el pelo, es lo mejor en estos casos, porque la ley no funciona, te lo digo yo que la tengo que aplicar todos los días, la ley no funciona con los menores, y ellos lo saben, saben que son impunes, que no les va a pasar nada, y si la ley no funciona qué hacemos los demás, nos quedamos cruzados de brazos mientras machacan a nuestros hijos, pregunta de forma retórica el policía, hasta que Carlos le pide que baje la voz porque Sara abre de nuevo la puerta y repite su llamada, a comer, que se enfría el arroz. Mientras entran al piso, Carlos susurra a su cuñado: mira, por ahora no hagas nada, vamos a esperar un poco, a ver si no vuelve a molestarnos. Como quieras, acepta el otro, pero si vuelve a jodernos, dímelo y lo resuelvo. Se detiene antes de pasar al salón y le hace un último comentario, en voz baja, muy cerca de la oreja: no lo hago por ti, sino por Pablo y por Sara. Si tú no sabes defenderlos, me ocupo yo, que también son mi familia.

DEFENSA PERSONAL

Saber defenderse se ha convertido en una necesidad de nuestro tiempo. El clima de inseguridad producido en los últimos años ha llegado a ser preocupante. El asentamiento en nuestro país de numerosas bandas y grupos de delincuencia organizada ha creado una gran alarma social. Los cuerpos y fuerzas de seguridad no nos pueden proteger a todos, por lo que es necesario tener conocimientos de autodefensa.

¿Para quién es?

Cualquier persona puede sufrir un robo o una agresión, independientemente de la edad, el sexo o la clase social a la que se pertenece. El aumento de la violencia en los colegios, los robos y agresiones producidos por bandas organizadas o la violencia de género, son fenómenos sociales que ponen en evidencia que tanto niños como adultos pueden ser víctimas potenciales de la violencia.

Para aprender a defenderse no hay que tener unas condiciones físicas especiales.

Yawara-Jitsu

El Yawara-Jitsu es un sistema científico de defensa personal que enseña a defenderse contra cualquier tipo de agresión. Defensa contra agarres, contra golpes, contra objetos contundentes, contra arma blanca, contra violación o agresión sexual, son tratados de una forma realista y práctica.

¿Cómo?

Conocer la forma de protegerse, de desplazarse y las armas naturales del cuerpo humano, son factores esenciales para mejorar nuestra seguridad personal. Golpes, luxaciones, estrangulaciones, proyecciones y el conocimiento de la estructura corporal con sus puntos vitales, forman parte del arsenal del Yawara-Jitsu.

El miedo

El entrenamiento psicológico, para controlar el estrés producido por el miedo, es un factor primordial para la asimilación de las técnicas, colocando al alumno en una situación emotiva similar a la que sufrirá en una agresión real.

¿Dónde?

En los cursos intensivos y las clases continuas aprenderás a defenderte.

(Fuente: www.defensa-personal.org)

Cambia el tiempo, quedan atrás las lluvias, y ahora el sol invernal templa el aire a partir del mediodía, de manera que el parque se llena por la tarde de ancianos, muchachas con niños y pandillas de adolescentes. Mira cuánta gente hay, por qué no bajamos un rato, propone Carlos a su hijo, y éste se asoma a la ventana para comprobar la presencia de esa masa crítica, que parece darle más seguridad, pues acepta la invitación. Pablo rechaza la sugerencia de coger la bicicleta, dice no tener ganas de pedalear, así que ambos pasean por el parque, eligen un banco soleado y disponible, y se sientan a leer, el padre un periódico, el hijo un tebeo. Carlos echa vistazos continuos en todas direcciones, observa los grupos de adolescentes, intenta identificarlos desde lejos, atiende sus movimientos, hasta que por fin, viendo además que su hijo parece despreocupado, se relaja él también, y ahí permanecen más de una hora, hasta que el sol empieza a ocultarse tras los edificios y el frío les aconseja regresar a casa, satisfechos.

Podemos bajar todas las tardes un rato, propone el padre, y en efecto al día siguiente vuelven a salir a la misma hora, y al tercer día incluso con bicicleta. Carlos se sienta a leer el periódico en el banco de todas las tardes, cerca de la zona de juegos infantiles, llena a esta hora de niños, y de adultos que cuidan de ellos. Pablo pedalea cerca de él, no se aleja demasiado al principio aunque cada vez va cogiendo más confianza, y con un par de días de pedaleo ya no se limita a recorrer el camino de gravilla que cruza junto a la zona de columpios, sino que llega a trazar la curva del final del parque para regresar por el otro lateral, siempre a la vista de su padre, que sólo lo pierde cinco o seis segundos cuando pasa por detrás de unos setos altos, Carlos lo ve entrar por la izquierda, lo deja de ver uno, dos, tres, cuatro, cinco y seis segundos, hasta que aparece de nuevo por la derecha, al final del muro vegetal. Cuando asoma, el niño sonríe y saluda con la mano, y vuelve a completar el mismo circuito, circula cerca del padre, pedalea fuerte hasta la curva, y se abre hacia el exterior para de nuevo pasar tras los setos, esos cinco o seis segundos en que deja de ver a su hijo, aunque sigue su trayectoria imaginaria a lo largo del seto hasta que lo ve aparecer de nuevo.

Vámonos a casa, que empieza a hacer frío, propone Carlos cuando cruza cerca de él pedaleando deprisa. Una vuelta más, papá, pide el niño. El padre ya está de pie, mueve las piernas que se le estaban quedando agarrotadas, observa la zona de juegos ya desierta, con la caída del sol han desaparecido las niñeras y los ancianos, y son ahora los adolescentes los que empiezan a ocupar todos los bancos. Carlos observa uno por uno cada grupo, cada rostro que de lejos parece idéntico, todos se peinan igual, todos visten ropas deportivas, todos se mueven con similares pasos y gestos, repiten las mismas caladas al cigarrillo, en la distancia apenas se individualizan los rasgos, y menos con esta luz, ese momento en que el sol ya no ilumina bastante pero la oscuridad no es suficiente como para que las farolas hagan su trabajo, así que tampoco le llaman mucho la atención los tres adolescentes que se aproximan desde una esquina del parque. Como desde aquí no puede identificarlos, observa la reacción de Pablo, que pedalea hacia ellos tras haber pasado los setos, buscando el final de la recta y la última curva que le devuelva a su padre. Pablo pedalea deprisa, de pie sobre la bicicleta, pero cuando está a diez metros de los tres muchachos, hace un gesto extraño, gira el manillar bruscamente, parece que toca a fondo los frenos, la máquina se vuelca y el niño salta por encima de ella y cae torpemente, de costado, con un brazo adelantado y el otro bajo el cuerpo, levantando una polvareda al rodar por el suelo. No parece haberse hecho mucho daño pues se incorpora rápidamente y, sin sacudirse la ropa ni mirarse las magulladuras, echa a correr en dirección a Carlos. Papá, papá, repite el niño, y su padre se lo separa del cuerpo para observarlo, tiene las palmas de las manos arañadas, y la forma en que está friccionada la tela del pantalón a la altura de las rodillas hace pensar en rasguños similares en las piernas, si bien la cara no ha sufrido por la caída. Te has hecho daño, pregunta sereno Carlos, pero el niño sólo repite papá, papá, y mira hacia atrás, al trío que ha quedado junto a la bicicleta caída. Vamos a casa, que hay que lavar y curar esas heridas, dice el padre, que habla con calma, y la velocidad a la que obliga a andar a su hijo la justifica por la mezcla de tierra y sangre que tiene en las manos y la cojera con que camina, vamos deprisa, que estas heridas tienen mala pinta. Así alcanzan el portal, sin volver a mirar a la bicicleta que allí quedó.

En el ascensor el niño llora, aunque tampoco aclara si es miedo o dolor por las heridas que, una vez en casa, se muestran peores de lo que parecían. El padre le quita los pantalones y descubre las rodillas desolladas, y cuando le saca el suéter y la camiseta encuentra marcas similares en el codo derecho y en el costado, además de las palmas de las manos. Mete al niño en la ducha y le lava bien todo el cuerpo, Pablo solloza y el padre apenas murmura, vaya caída, vaya caída. Con la curación llora más aún, le escuecen las heridas, el agua oxigenada y el yodo que el padre extiende por todos los rasguños. Verás qué susto se va a llevar mamá cuando llegue, adelanta Carlos. Con el niño ya en pijama y frente al televisor, más tranquilo, el padre se asoma a la ventana y atiende a los grupos de jóvenes distribuidos por el parque, hasta que localiza a tres sentados en un banco. No es que desde esta altura, y con la luz escasa del alumbrado, pueda reconocerlos, pero la presencia de la bicicleta de Pablo apoyada en el banco en que están sentados ayuda a situarlos. Voy a bajar a por la bici, anuncia a su hijo, y éste le mira con expresión preocupada, pero el padre le tranquiliza: no tardo nada, bajo, la cojo y subo en seguida.

Desde el portal hasta aquel banco en mitad del parque hay poco más de doscientos metros. Al paso tranquilo en que camina tardará tres minutos en llegar, y es tiempo suficiente para pensar una posible estrategia, unas palabras que decir cuando esté frente a ellos. Una opción es llegar y, sin decir nada, coger la bicicleta para, haciéndola rodar a su lado, volver por el mismo camino hasta el portal, sin una palabra. Como no espera que tal comportamiento sea acompañado por el silencio de quienes ahora le ven acercarse, piensa que es mejor tener algunas palabras preparadas. La presentación es fundamental, pues va a marcar los siguientes movimientos, cómo le perciban y cómo le respondan. No cree acertado saludar con educación, buenas tardes, aunque la firmeza no es incompatible con las buenas maneras. Puede limitarse a enunciar su propósito: vengo a por la bicicleta, y cogerla sin más, no esperar autorización, pues tampoco tiene que pedir permiso para rescatar algo que es suyo, vengo a por la bicicleta, cogerla del manillar, enderezarla y hacerla rodar. Cabe la posibilidad de que no le faciliten su recuperación, que se la disputen, pues aunque la caída haya podido dañar algunas piezas no deja de ser una bicicleta nueva, con menos de un mes de uso, y no es un modelo barato, no hace falta ser un experto en material ciclista para intuir lo que puede costar. En caso de que se la disputen, piensa, no serviría de nada invocar su legítima propiedad, ni subir a casa a buscar el ticket de compra si es que aún lo conserva, por lo que habrá que insistir en la obviedad de que la apropiación de un bien ajeno se considera un robo, o cuando menos un hurto, pues en este caso no ha habido uso de la fuerza ni intimidación, el niño se cayó solo, no lo tiraron, se considerará un hurto, un delito menor, a no ser que los tres adolescentes acompañen su negativa a devolverle la bicicleta con una agresión, golpes o patadas, en cuyo caso ya estaríamos hablando de un robo con violencia, y quizás sería motivo suficiente, ahora sí, para acudir a comisaría. Hay otra posibilidad, piensa: que le pidan dinero a cambio de la bicicleta. Tal vez el niño, siguiendo su lógica extorsionadora, le facilite la recuperación del vehículo previo pago de alguna cantidad, como la moneda con que liberaba el carro en el supermercado. Carlos ha tenido la precaución de dejar la cartera en casa, para evitar su sustracción, pero también ha tenido la cautela de, considerando todos los posibles escenarios, guardar en el bolsillo un billete pequeño, de diez euros, por si la situación se puede resolver con una sencilla transacción, pero también respondiendo a una vieja convicción por la que nunca sale de vacío: en caso de intento de robo, más vale tener algo que ofrecer al ladrón, pues nada enfurece más al delincuente que los bolsillos preventivamente vacíos. La opción, por último, de llevarse la bicicleta por la fuerza parece descartable por completo, toda vez que se encuentra en inferioridad numérica, y si ese niño en solitario ya le hinchó la mejilla y la nariz, de qué serán capaces los tres juntos, golpeando como un solo hombre, obligado cada uno por la presión grupal a mostrarse más salvaje que los otros, y amparados en la penumbra del parque y la indiferencia de los adolescentes que a esa hora beben o se tocan en otros bancos. Ése es el escenario a evitar a toda costa, piensa, y no sólo por el daño que pueda recibir, sino sobre todo pensando en Pablo y en Sara, en la conclusión que para su propia seguridad sacaría su hijo si viese regresar a su padre machacado por tres gamberros, y la imagen que se llevaría Sara al llegar a casa, agotada tras la jornada laboral, para encontrarse a su marido y su hijo llenos de magulladuras, enrojecidos de yodo y de hematomas.

La distancia no da para más, y llega hasta ellos sin haber decidido cuál es la mejor opción, así que prefiere ceder la iniciativa y que sea el niño o alguno de sus colegas quien diga la primera palabra, quien adelante la situación, y según sea ésta, así responderá. Los tres adolescentes ocupan un banco junto a una farola apedreada, de manera que les alumbra otra farola más alejada, por lo que a pocos metros de llegar a ellos todavía no les ve bien la cara. Están sentados sobre el respaldo, con los pies en el asiento, fuman un cigarro compartido y en el suelo hay un vidrio ya vacío, lo habitual en el parque. Los tres han observado en silencio su aproximación, y ahora que por fin ha llegado no parecen concernidos por su presencia, se diría que ni siquiera interesados. Carlos evita mirarlos a la cara, llega con las manos en los bolsillos, mirándose los pies, y una vez aquí sólo observa la bicicleta, que está apoyada en el banco, con el manillar torcido. Es tuya la bici, pregunta uno de los tres, y ahora sí, Carlos levanta los ojos y los mira uno por uno, sin reconocerlos: éste no es. Éste tampoco. Ni éste. Sí, es la bici de mi hijo, que se ha caído, responde ahora, aliviado. Se ha dado una buena leche, dice otro de los muchachos. Sí, confirma Carlos, se cayó. Levanta la bicicleta, la coloca de frente a él e inmoviliza la rueda delantera entre sus piernas para hacer fuerza y enderezar el manillar. Una vez reparada, la hace rodar en dirección al portal y se aleja, no sin antes despedirse de los tres desconocidos. Buenas noches.

El país del miedo y el país de la alegría. Supo de la existencia de ese test infantil a partir de un comentario de Jean Delumeau en su libro *El miedo en occidente*. Se trata de una prueba utilizada por los psicólogos para facilitar la expresión de los sentimientos en los niños, en casos de experiencias traumáticas que han dejado secuelas, o en menores con algún tipo de trastorno grave. El especialista propone a los niños que imaginen cómo serían para ellos el país del miedo y el país de la alegría. Puede presentarles imágenes sencillas y frases breves para que se identifiquen con ellas, pero también puede pedirles que dibujen ellos mismos ambos lugares. Un mundo imaginario llamado «el país del miedo», y otro mundo fantástico llamado «el país de la alegría». El primero estará habitado por todo aquello que les causa temor. El segundo, obviamente, por todo aquello que aman. Parece una forma sencilla de exteriorizar aquellos miedos reprimidos, o inexpresables, y medir el grado de angustia de los pequeños, así como dar nombre a sus deseos. Es de suponer que los niños dibujarán el país del miedo en tonos oscuros, tenebrosos, sucios, sangrientos, y poblado por toda la iconografía habitual a esas edades, tomada de los cuentos infantiles y de otras representaciones más contemporáneas: brujas, demonios, monstruos terribles, animales salvajes, fantasmas, jaulas, y algunos elementos particulares que ayuden a identificar sus miedos íntimos: a ser abandonado, a ser agredidos, a ser rechazados, al dolor, la muerte, la enfermedad, la soledad.

Carlos cree que es un ejercicio eficaz a cualquier edad. Piensa que todos deberíamos hacerlo alguna vez. Al modo de una redacción escolar, en varios folios o de palabra, exponer cómo sería para nosotros un lugar llamado «el país del miedo». Describirlo con el máximo detalle. Cómo serían las calles, los edificios, los cielos. Quiénes serían sus habitantes, quiénes sus gobernantes. Qué tipo de reglas operarían, cuáles serían las costumbres, las leyes, las rutinas. Obligarse a imaginar un sitio terrorífico, digno de llamarse el país del miedo. No vale una versión amenazante de nuestra realidad, tiene que ser mucho más, tiene que ser el infierno. Para algunos, tal vez, la representación se aproximaría a eso precisamente, al infierno, en su iconografía clásica, como lugar de tormento continuo, fuego, dolor, gritos. Otros situarían con facilidad el país del miedo sobre la tierra, no bajo ella. En un espacio urbano, o menos que eso: acaso bastara con una sola habitación. Sería interesante ver en qué elementos coincidirían nuestros relatos, y en cuáles diferirían. Algunos tal vez ya estuvieron allí, ya lo conocieron, en forma de pesadilla recurrente, o de experiencia a olvidar. Puede que haya quien lo sitúe en un país existente, real, o en un tiempo pasado, remoto o cercano. Habrá quien describa un país del miedo inverosímil, completamente distinto a nuestro mundo, como un reverso negro; pero también habrá quien apenas se aleje de una fotografía actual, sólo teñida por algunos elementos sombríos, pequeñas modificaciones a la normalidad que pueden acabar constituyendo una pesadilla, tan terrorífica como reconocible.

Le gustaría hacerlo con sus amistades, como un juego, algo de que hablar al final de la cena, cuando decaen las conversaciones y no quedan ya chistes, anécdotas ni recuerdos con que llenar los momentos de silencio. Tengo una idea, por qué no jugamos al país del miedo, propondría. El país del miedo, respondería alguno con una sonrisa curiosa, cómo se juega a eso. Carlos resumiría el funcionamiento del test, y todos aceptarían participar entre bromas, como una de esas noches en que los adolescentes acampados en el bosque deciden contar historias de terror. Comenzaría el gracioso habitual, que haría un relato burlón, con miedos de risa: el mal despertar de su mujer, el momento en que su jefe le convoca a su despacho, la comida dominical con su suegra, bobadas así que permitirían relajar el ambiente. Ahora en serio, pediría Carlos. Un comensal iniciaría su relato, al principio vago, progresivamente más detallado, escuchado por los demás de forma tranquila, con interrupciones payasas del gracioso, hasta que su país del miedo fuese definiendo los perfiles y desapareciesen las sonrisas, el chistoso enmudeciese, y todos atendiesen con respeto y preocupación a la pormenorizada descripción de aquel lugar espantoso. Pero Carlos nunca se atreve a proponerlo, cree que no será tomado en serio, o peor aún, que su propuesta será tomada muy en serio y a continuación ignorada por lo que tiene de amenazante, pues hablar de los miedos propios es una forma de desnudarse, de exponer debilidades.

Ni siquiera se decide a intentarlo con Sara. Cuando encontró la referencia al test infantil en el libro de Delumeau, le leyó el pasaje en voz alta, como una curiosidad, esperando despertar su interés y que diese lugar a una conversación que acaso concluyese en una puesta en práctica entre los dos. Pero no fue así, su mujer se limitó a escuchar, replicó con un par de frases de atención fingida, y ahí murió el intento. Carlos no insistió, pues en el fondo no está muy seguro de querer conocer los miedos de Sara. No la considera miedosa, o más bien la cree poseída por temores distintos a los suyos. Le consolaría descubrir que comparten miedos, y seguramente algunos serán comunes, los universales. Pero le inquieta conocer más, abrir esa puerta al interior de su mujer, como si el test tuviese la fuerza de una de esas sesiones de hipnosis en la que alumbras de repente episodios de tu infancia hasta entonces borrados de la memoria, abusos por parte de un familiar cercano, una tarde en que abriste la puerta del dormitorio de tus padres sin avisar y viste aquello, un error fatal que has preferido olvidar y que ahora regresa.

Por motivos similares no se atreve a aplicar el test a su hijo. Un día, por probar, le pidió que describiese el país de la alegría. Pablo, con un pie en la adolescencia y otro aún en la infancia, debió de pensar que aquello era una bobada propia de niños pequeños, pero ante la insistencia de su padre acabó por entrar en el juego, y sin mucho detalle dibujó en pocas frases un lugar de diversión que se parecía mucho al parque de atracciones que habían visitado el verano anterior, aderezado con los clásicos sueños infantiles: grifos de coca-cola, máquinas para hacer los deberes escolares, motos voladoras, rayos-x en los ojos, robots, barra libre de comida basura, etc. Llegados a ese momento, era fácil dar la vuelta al juego, buscar en su reverso el país del miedo de Pablo, pero Carlos prefirió no continuar, no alumbrar ese interior desconocido de su hijo, por la misma precaución que le impedía hurgar dentro de Sara.

Así que lo aplicó únicamente consigo mismo. Tras varios merodeos mentales sin profundizar, un día se propuso hacer el ejercicio en serio. Se sentó frente al ordenador, abrió un documento nuevo y escribió el título, centrado en la pantalla, en mayúscula y negrita:

EL PAÍS DEL MIEDO

Y comenzó a escribir.

Apoya la bicicleta en el portal y se lleva la mano al bolsillo buscando la llave. La cerradura siempre se atasca y hay que encontrar el punto exacto, sin introducirla hasta el fondo, moviéndola ligeramente hacia derecha e izquierda, hasta que gire sin resistencia. Tiene los dedos fríos, le cuesta más maniobrar, y mientras forcejea con la cerradura ve en el reflejo del cristal que alguien se ha situado junto a él, a su espalda, tal vez un vecino que espera entrar y que observa su torpeza para abrir la puerta. Gira la cabeza hacia el recién llegado y descubre que no es un habitante del edificio, aunque sí es un rostro conocido. El niño ha agarrado la bicicleta que Carlos había dejado apoyada en la pared, la sujeta por el manillar y la observa. A pocos metros, apoyados en un coche, están sus dos colegas habituales. Menuda hostia se ha dado, dice el niño, y ahora pone derecha la bicicleta y se sienta sobre el sillín, con un pie sobre un pedal, como quien va a iniciar el pedaleo. Carlos, que sigue sujetando la llave dentro de la cerradura, no sabe qué decir, tenía preparadas posibles respuestas para la otra situación, la del banco en el parque, pero ésta le sorprende sin previsión alguna, y en un momento que estima muy comprometedor: en el portal de su casa, con la llave visible y su hijo en el piso, esperando que cuando se abra la puerta sea su padre el que entre empujando la bicicleta, y no estos tres menores cuya presencia una hora antes le hizo caer. Está chula la bici, dice el niño, y sonríe en dirección a sus compinches. Dámela, dice Carlos, que suelta la llave, la deja colgada de la cerradura con el resto del manojo, y se gira hacia el usurpador. Anda, déjamela un ratito, para dar una vuelta por el parque, dice, y mira a sus compañeros, que aprueban el comentario con una risotada. No, no te la dejo, tengo prisa, dice a media voz Carlos, que intenta pensar con rapidez en las posibles salidas. Por la hora que es, las siete de la tarde, es probable que en cualquier momento llegue algún vecino al portal, de vuelta del trabajo, y eso facilitaría la resolución del conflicto, Carlos se sentiría acompañado, incluso protegido, y podría exigir la bicicleta, o abandonarla y a cambio entrar en el portal tras el vecino, hacer como que no es suya, sino de ese niño, y al llegar a casa le contaría a Pablo que no pudo encontrarla, que se la ha debido llevar alguien, ya compraremos otra. Sin embargo, por la hora que es también cabe la posibilidad de que sea Sara la que llegue, pues debe de estar ya en camino, incluso tal vez cruce el parque en dirección al edificio en ese mismo momento, lo que provocaría un encuentro que considera indeseable.

Qué quieres, pregunta por fin, con intención de resolver cuanto antes la situación, pues cree inminente la llegada de su mujer, de hecho mira hacia el parque esperando divisar su figura a lo lejos, caminando a paso ligero por la vereda lateral, aunque las pocas farolas en funcionamiento le impiden distinguir desde aquí si quien ahora se aproxima caminando es Sara u otra persona. El niño tarda unos segundos en responder, no contaba con esa pregunta, no tiene respuesta preparada, tal vez en efecto no sabe qué quiere, aunque por fin resuelve el interrogante con una sola palabra, exacta: dinero. Ya te dije que no te iba a dar más dinero, advierte Carlos, sin perder de vista a la mujer que se acerca con paso rápido y que pronto saldrá de la penumbra del parque. Esto no se arregla con un par de bofetadas, piensa Carlos, recordando las palabras de su cuñado. El niño no dice más, sigue sentado sobre el sillín, como si no hubiera escuchado la negativa de Carlos, como si la supiese inconsistente, y así es, pues sin perder de vista a la mujer que, a esa distancia, sí parece Sara, pues camina como ella y lleva un abrigo largo similar al de ella, Carlos se lleva la mano al bolsillo y toma el billete que por precaución cogió antes de salir de casa, lo saca y se lo ofrece. No llevo más, toma y lárgate. Sólo diez euros, pregunta el niño, decepcionado. No llevo más, ya te lo he dicho, insiste Carlos, que ahora confirma la identidad de la paseante: es Sara, y en menos de dos minutos estará junto a ellos, desde donde llega tal vez le ha visto, aunque los coches aparcados le impiden ver a los tres muchachos. Y en tu casa no tienes más dinero, pregunta, señalando con un dedo hacia arriba, hacia la ventana donde quizás esté asomado el magullado Pablo, que podría presenciar la escena con sólo abrir la ventana, incluso podría escuchar la conversación si descolgase el auricular del portero automático, quién sabe si no estará en efecto escuchando, las voces reconocibles, la de su padre y la del ex compañero de instituto. No, no tengo nada, responde Carlos, que urgido por la inminente llegada de su mujer piensa en una posible explicación para que ella entienda la insólita escena que está a punto de presenciar, hasta que cree encontrar una salida rápida: si quieres más, ven mañana a las seis y te daré algo más. El niño mira con estupor a sus colegas, que también parecen sorprendidos con la propuesta. Vale, de puta madre, pero como no estés, subo a tu casa a buscarte, dice por fin, y se levanta de la bicicleta para que Carlos la pueda recuperar y ahora sí, con un providencial movimiento logra abrir y entra, chocando el pequeño vehículo contra la puerta metálica. Llega hasta el ascensor y sólo entonces se gira para comprobar que Sara está frente a la puerta, buscando la llave en el bolso, así que decide esperarla para contarle la caída de Pablo antes de que llegue arriba y se encuentre con su hijo lleno de rasguños.

También le inquietan unas cuantas situaciones improbables. No conoce a nadie que las haya protagonizado, apenas recuerda haber leído alguna noticia breve y poco fundada, y cuando las escucha de boca de algún conocido las rechaza como probables leyendas urbanas, extendidas por quien quiera que esté interesado en propagar entre los ciudadanos la sensación de inseguridad, de desconfianza, de que la ciudad es una selva llena de animales peligrosos, que no puedes fiarte del que pide ayuda ni del que la ofrece, que los encuentros fortuitos siempre ocultan una intención perversa y los lobos melosos son los más peligrosos de todos. Cada poco tiempo se difunden, sobre todo mediante correos electrónicos. Él recibe semanalmente todo tipo de bulos en circulación, algunos torpes, otros bien elaborados, con aspecto de comunicado policial o de aviso de las autoridades, enviado por personas de su confianza que han dado crédito a la alarma. Suelen estar relacionados con estafas ingeniosas y riesgos alimentarios, pero una parte importante se refiere a asuntos de seguridad ciudadana, alertas locales sobre la presencia de algún delincuente o grupo de delincuentes que extiende el terror y sobre los que pesaría el silencio oficial para no propagar el pánico. Aunque la policía, a través de los medios de comunicación, suele desmentir tales rumores, algunos circulan con éxito, y llegan a arraigar, acaban siendo tomados por sucedidos, incorporados a la memoria, al temor, y van construyendo un fondo de oscuridad y horror con el que seguir viviendo.

Carlos desconfía por sistema de esos chismes lanzados por Internet, y se pregunta quién será el creador, a quién benefician. Según los recibe y los lee los considera infundados, absurdos. En el mejor de los casos no son más que la actualización de relatos ancestrales, leyendas populares de siglos que generación tras generación siguen asustando a los niños y a no pocos adultos: los viejos jinetes sin cabeza se convierten hoy en motoristas infernales, los castillos tenebrosos en chalets a las afueras, las hechiceras en prostitutas que narcotizan a sus víctimas para luego extraerles los órganos vitales, la santa compaña en una pandilla entregada a macabros rituales, y así todo. Sin embargo, pese a su esfuerzo racional, pese a descartar esas historias por inverosímiles, cada vez que se encuentra próximo a una de esas situaciones, recuerda los relatos difundidos y teme, tal vez porque en el fondo se previene contra algún posible efecto mimético, que esas historias no sean un relato de lo sucedido sino una propuesta por suceder, que haya quien las reciba como modelo, como instrucciones, y acaben teniendo realidad. Por ejemplo, por citar sólo algunas que le asustan:

— Salteadores de caminos: en la autopista, un coche te hace señales con las luces, te adelanta y el copiloto te comunica con gestos una avería o un pinchazo de tu vehículo. Te detienes unos metros más adelante, en el arcén, y antes de salir del coche miras por el retrovisor y comprendes que es demasiado tarde para arrepentirte por haber parado.

— No vayas solo al baño: mientras orinas despreocupado en un urinario público, alguien llega por detrás y te empuja con fuerza para que golpees la cara contra la pared. Desde el suelo encharcado sólo ves tres pares de botas, la puerta que se cierra y pantalones que caen sueltos sobre los tobillos.

— El beso del sueño: en un bar un desconocido entabla conversación contigo. Cuando vuelves del baño apuras el resto de tu bebida, sin percibir un sabor distinto. Al día siguiente despiertas en un descampado, desnudo y sangrando por el recto, y apenas recuerdas por qué subiste a aquel coche.

— La sonrisa del payaso: en un parque nocturno y solitario te asalta un grupo de jóvenes drugos. Te inmovilizan y el cabecilla te pregunta: qué prefieres, reír o llorar. Tú eliges reír, y con una navaja te prolonga en sonrisa las comisuras de los labios. Ahora reirás para siempre.

Hace cálculos durante todo el día, no ha dejado de hacerlos desde la noche anterior, aunque no sabe bien cuál es la fórmula más conveniente. Cambia de opinión varias veces, aumenta y reduce la cantidad a cada momento. Al levantarse, mientras desayunaba, pensó en cincuenta euros, pero de camino al trabajo, en el atasco, lo había rebajado hasta treinta, cantidad que a lo largo de la jornada osciló entre un mínimo de quince y un máximo de cien. Ahora, cuando quedan sólo cinco minutos para la hora acordada, mira por la ventana hacia el parque ya oscuro y vuelve a echar cuentas. Le parece difícil calcular una cifra que por sí misma dé respuesta a necesidades diferentes, incluso opuestas. Asume que ya el mero hecho de dar dinero a ese niño es un error lo suficientemente torpe como para que cualquier cifra, pequeña o grande, sea equivocada, y empeore el error inicial en un sentido o en otro. Sin embargo, y pese a que asume que no debería haber dicho lo que dijo, descarta como solución cualquier cosa que no sea la entrega del dinero. No se le ocurre faltar a la cita, pues teme que el niño, en efecto, consiga colarse en el portal. Puede aprovechar la entrada o salida de algún vecino, o llamar a un piso y presentarse como repartidor, cartero comercial, pues aunque en las reuniones de la comunidad de propietarios se insiste una y otra vez en la importancia de no abrir a desconocidos, y así lo recuerda una fotocopia pegada en el ascensor, todavía hay vecinos, inconscientes o negligentes, que abren la puerta al primero que se presenta como repartidor de algo o que dice no saber en qué piso vive un familiar al que intentará identificar en los buzones si tienen la amabilidad de abrirle la puerta. Teme que, si no está a las seis en punto en el portal, los tres adolescentes, encabezados por el niño, suban y llamen al timbre. Podría no abrirles, claro, aunque tendría que dar alguna explicación a Pablo, que no entendería la actitud de su padre ante los repetidos timbrazos, y que podría acabar descubriendo la verdad si el niño cambiara los timbrazos por manotazos en la puerta y gritos de voz reconocible. A esa hora hay pocos vecinos en el edificio, la mayoría todavía no ha regresado del trabajo, y quizás nadie salga a la escalera alertado por los gritos, e incluso podría llegar Sara, que algunas tardes adelanta su regreso sin avisar. Pero sobre todo, con esa salida no conseguiría más que aplazar el problema, pues si hoy no le abre la puerta, volverá otro día, o le asaltará en cualquier momento, conoce bien sus movimientos, en el portal, en el garaje, en el hipermercado, en el instituto, quién sabe si no podría localizar hasta su lugar de trabajo. Tampoco considera la opción de telefonear a la policía. Imagina el posible diálogo y se le antoja poco convincente: buenas tardes, señor agente, llamo porque hay un niño en el portal que espera a que baje para darle dinero como le prometí ayer. No piensa que pueda denunciarlo, y en caso de que hubiera algo delictivo en su comportamiento, no cree que fuesen a enviar un coche patrulla hasta su portal, sabe que en el barrio la policía no puede atender todas las emergencias por falta de efectivos, las asociaciones vecinales lo denuncian una y otra vez con recogidas de firmas y concentraciones ante las oficinas municipales, así que lo más probable es que los agentes que a esa hora estén de servicio tengan cosas más importantes que hacer, amenazas más graves que atender que un niño que extorsiona a un adulto. Así que, asumido como tiene que acabará bajando al portal, su preocupación es ahora acertar con la cantidad más adecuada. Piensa que si le da poco dinero, lo dejará insatisfecho, incluso lo enfurecerá: me has hecho venir sólo para darme esto, y seguramente insistirá en exigir más, en que suba a su casa a por más dinero, incluso se ofrecerá a acompañarlo, al piso o al cajero automático más cercano si es que se excusa por no tener más efectivo encima. Por el contrario, aunque lo ha considerado a lo largo de la mañana, no cree ya que una cantidad elevada sirva para comprar su tranquilidad. Sabe que no lo ha conseguido hasta ahora, y que cuanto más le dé, más le pedirá. Asume que a estas alturas ya es tarde para mostrarse firme, su cuñado tiene razón, se ha equivocado desde el principio, cada paso que ha dado por miedo, y sobre todo cada paso que ha descartado por miedo, le han conducido hasta aquí. Por un momento considera la posibilidad de llamar a su cuñado, para pedirle ayuda o al menos consejo, pero la forma en que le respondió el otro día le disuade, no se fía de él, y cree que su auxilio tendría consecuencias por mucho tiempo, sobre él y sobre sus relaciones familiares, y ya se lo imagina contando en las próximas comidas y celebraciones, como un chiste, el día en que el cagón de Carlos le llamó pidiéndole ayuda porque un niño le esperaba en el portal, un niño, repetiría entre carcajadas.

Queda un minuto para las seis, así que por fin toma la cartera, la abre y saca veinte euros. Una cantidad que no cree tan escasa, no para un niño, sumada además a los diez que ya le dio ayer, y tampoco es una pérdida importante para él. Desecha un billete de veinte y coge mejor dos de diez, por la presunción de que dos billetes consiguen mejor efecto que uno, aunque tengan el mismo valor. Los dobla y mete en el bolsillo, coge el abrigo y abre la puerta. Voy a comprar una cosa a la farmacia, subo en seguida, anuncia a Pablo, que lleva toda la tarde en su habitación, pues hoy no quiso montar en bicicleta, sus heridas no lo aconsejan, aunque tampoco habría querido sin ellas, bastante les ha costado convencerlo para ir esta mañana a clase. En el ascensor, a lo largo del trayecto de seis pisos, piensa en cuál es la mejor forma de entregar el dinero. No puede hacerlo en el mismo portal, a la vista de cualquier vecino que llegue o de un paseante en las inmediaciones, siempre es sospechoso ver a un adulto entregar dinero a un menor, quién sabe a qué tipo de conclusiones podría llegar quien lo viese, algún tipo de tráfico ilícito, o incluso un pago por relaciones sexuales perseguibles a poco que alguien levante el teléfono y llame a la policía, que si bien no atendería una extorsión infantil, sí que acudiría veloz a detener al pederasta del sexto piso, aunque lo tengan que sacar esposado delante de su mujer y su hijo. Por el mismo motivo tampoco cree conveniente echar a andar con el niño, ese tipo de paseos que en las películas dan los que se citan clandestinamente en un lugar público y tienen que intercambiar alguna mercancía, caminan disimuladamente, hablando del tiempo o de cualquier cosa, y en un gesto desapercibido uno coloca el sobre de dinero o el microfilm en el bolsillo del abrigo del otro, o se lo desliza en la mano al despedirse. Tan sospechoso como salir del portal y entregar dinero a un niño sería caminar con él por el parque oscuro, a la vista además de cualquiera que mire por la ventana en ese momento, incluido Pablo. De manera que no le parece fácil entregar el dinero, tal vez debía haber acordado algún punto donde depositar el dinero para su recogida posterior, una papelera, un banco del parque, el buzón de propaganda situado en el propio portal.

Cuando sale al exterior no hay nadie, ni el niño ni sus compañeros. Mira su reloj: las seis y un minuto, no puede haber sido tan puntual ni haber esperado tan poco como para haberse marchado ya o haber subido a su piso en un ascensor mientras él bajaba en el otro. Lo más probable es que no haya llegado aún, piensa, y da unos pasos por la acera, sin alejarse demasiado, ese ir y venir de centinela propio del que espera. Mira hacia el parque y ve, en uno de los bancos más próximos, a tres jóvenes apoyados en el respaldo. A esa distancia, y con la escasa luz, no los reconoce bien. Podrían ser ellos, y esperan que él se acerque hasta allí, pero podrían ser otros, por ejemplo los que ayer tenían la bicicleta y que él confundió inicialmente. Decide esperar junto al portal, aunque en sus pequeños paseos por la acera no pierde de vista ese banco del parque, como si esperase una señal, una mano que se levanta y mueve los dedos indicándole que se acerque. Alarga cada vez más su pasear, hasta alcanzar la esquina, de forma que puede asomarse, por si lo ve llegar a lo lejos. En sus idas y venidas se cruza con varios vecinos que entran o salen, y le saludan educadamente. A las seis y veinte los tres jóvenes del banco se incorporan, hablan entre ellos y parecen despedirse, uno echa a andar hacia un lado y los otros dos hacia el lado opuesto, sin mostrar ningún interés hacia el portal ni hacia Carlos. Él se acerca de nuevo a la esquina, y mira en vano a lo lejos. Espera un par de minutos ahí, observando alternativamente los dos laterales del edificio que domina desde ese punto, hasta que por fin decide volver a casa.

Sube por la escalera, saltando de dos en dos los escalones, por temor a que, si usase el ascensor, tardaría más y mientras podría llegar el niño, llamar al telefonillo y que fuese su hijo el que respondiese, hola, Pablito, te acuerdas de mí, dile a tu padre que baje con el dinero. Cuando entra en casa, Pablo está sentado en el sofá, y acaba de colgar el teléfono. Quién era, quién ha llamado, grita Carlos desde la puerta. El chico se sobresalta por la entrada impetuosa y por el tono agresivo en que le ha hablado. Era un amigo de clase, dice por fin, con voz nerviosa, aún impresionado por el grito paterno, que parece indicar un enfado cuyas causas ignora. Un amigo, pregunta Carlos, qué amigo. Uno que no conoces, responde Pablo, en actitud defensiva. Cómo se llama, insiste Carlos, suavizando ya sus palabras, recobrado el aliento tras el esfuerzo de subir seis pisos corriendo. No lo conoces, repite el chico. Vale, pero cómo se llama. Alberto, responde tras dudar unos segundos, todavía sorprendido por la actitud de su padre. Alberto, repite Carlos, que parece dar por buena la respuesta, aunque tras colgar el abrigo en el perchero se acerca, se sienta junto a él, y le dice: dime la verdad, era ese Alberto el que te llamaba o era otra persona. Que sí, papá, era Alberto, afirma el crío, cada vez más extrañado. Alberto, vuelve a repetir el padre, que tras unos segundos parece no darse por vencido: y qué quería ese Alberto. El hijo le mira con estupor, y después vuelve los ojos hacia la puerta, como si esperase el auxilio de su madre ante un trastorno repentino de su padre. Por fin dice: quería preguntarme unas dudas para el examen de mañana, sólo eso. De acuerdo, dice por fin Carlos, consciente de que está asustando a su hijo. Muy bien entonces, dice al levantarse, si tienes un examen sigue estudiando, y marcha a la cocina.

Siempre sustituye el desconocimiento con imaginación, así que prueba a inventar la vida del pequeño extorsionador, atribuirle una biografía, un entorno, una familia; en definitiva, unas causas que le permitan comprender qué le hace actuar así, pues Carlos, pese a su miedo, no deja de ver al niño como una víctima a su vez, e intenta imaginar qué le ha convertido en lo que es, qué circunstancias llevan a un niño a coaccionar a sus compañeros de instituto, y después a un adulto, al que es capaz de agredir para sacar beneficio de su temor. Le gustaría saberlo sin necesidad de recurrir a la invención, pero no puede preguntárselo directamente, no puede decirle un día, oye, sube a casa un rato, te invito a merendar y mientras me cuentas cómo ha sido tu vida, me hablas de tus padres, de tu casa, de tu infancia, de las oportunidades que no has tenido, de la educación que te han dado, y así pasarían la tarde los dos, como en una terapia que terminase en lágrimas, peticiones de perdón y abrazos de reconciliación. Nada de eso va a ocurrir, por lo que descarta al niño como fuente de información. También podría hacer algunas averiguaciones, sólo conoce su nombre, ni siquiera sus apellidos, pero podría obtenerlos del instituto, preguntarle al director, o ni siquiera eso sería necesario, Pablo debe de conocerlos, era su compañero, de forma que una vez averiguados los apellidos podría hacer alguna pesquisa con los servicios sociales, o más elemental aún, dirigirse directamente a los padres, buscar en la guía telefónica, seguir un día al niño, sin ser visto, hasta que le lleve a su casa, donde tal vez podría presentarse una tarde, buenos días, tengo algo que contarles sobre su hijo, pero así se situaría una vez más en el lugar del delator, no el que va a informarse, a saber, sino el que va a informar, a revelar.

Como no hace nada de eso, ni se ve con fuerzas para ello, en sus momentos ociosos recurre a la imaginación, y construye una vida posible para el niño. Le atribuye de entrada un origen humilde, un hogar con dificultades, una familia conflictiva. Si se deja llevar, acaba apoyándose en patrones dickensianos, hasta elaborar un melodrama en torno a la infancia del niño, donde no falta de nada: una infravivienda expuesta al frío invernal y al calor veraniego, así como a la humedad y los parásitos; un cuerpo madurado con nutrición deficiente y enfermedades mal curadas, que se unen a patologías transmitidas por una herencia genética defectuosa; una niñez miserable en la que no habrían faltado las palizas paternas, la explotación laboral o la mendicidad, los abusos sexuales por parte de un primo de la familia, y las inevitables tragedias domésticas que siempre se ceban más con los necesitados: la enfermedad común cuya falta de tratamiento convierte en fatal, la madre desquiciada que arroja platos por la ventana, la hermana deficiente mental que vive encerrada en una habitación y tratada como un perro, la abuela inválida que se pudre en una cama entre llagas y excrementos, las deudas monetarias cuyo impago termina en frecuentes cuadrillas de hombres que irrumpen en la casa para llevarse muebles o dar una paliza a un padre que entra y sale de la cárcel; en definitiva, una tradición familiar nefasta, marcada por el exceso, el delito, el analfabetismo, el miedo, el resentimiento, los embarazos indeseados, la falta de higiene, la rabia, el dolor.

Aunque sabe que tales pensamientos son exagerados, asume que la familia de ese niño debe de estar lastrada por una o más disfunciones, pues considera que la continuidad en el comportamiento delictivo del menor sólo puede tolerarse por la ignorancia de unos padres bastante ocupados en sobrevivir como para hacerse cargo de las travesuras de su hijo, o por la complicidad de unos progenitores que no vean nada censurable en tales comportamientos, y en ese punto llega a imaginar, en los momentos más sombríos, una familia que no sólo consiente sino que estimula el delito; ha leído no pocas historias de explotación infantil, familias numerosas convertidas en empresas, cuyos hijos aprovechan la impunidad legal para traer a casa dinero fácil de pequeños hurtos, pero también de la mendicidad y hasta de la prostitución de menores, y es esta sospecha la que le impide dar ese paso informativo, buscar a la familia del niño, acudir a ella para encontrar solución.

Otras veces, en cambio, aleja la tentación dickensiana y prueba a construir una vida menos dramática para el niño. No puede usar como referente a su hijo, pues sabe que su actitud protectora como padre deja poco margen a la incertidumbre, pero piensa en los hijos de amigos y familiares, piensa en sus sobrinos, y no ve tan difícil que esos niños que en casa no son demasiado desobedientes ni revoltosos, que no muestran nada sospechoso a ojos de sus despreocupados padres, pudiesen en la calle, en el instituto, en los espacios no controlados por la mirada paterna, dedicarse al abuso y la extorsión. Sabe que la violencia juvenil no es ni mucho menos exclusiva de los desfavorecidos, antes al contrario, conoce más casos de hijos de buena familia que, tal vez por la tradicional abulia de las clases favorecidas, por la defectuosa educación recibida, por la conciencia de impunidad aprendida en unos padres que en sus ámbitos profesionales practican el matonismo y presumen de ello, o por el estímulo del entorno y la emulación de otros menores, se convierten en brutales pandilleros, disfrutan martirizando a los compañeros de clase más débiles, capitanean palizas que graban con el teléfono, arrojan un bidón de gasolina y una cerilla al indigente que duerme en el cajero automático. De hecho, cree que preferiría que el niño fuese uno de éstos, de buena familia, y no un marginal. No sabe por qué, si por algún tipo de mala conciencia, por ingenuidad política, o porque a efectos prácticos tendría más fácil solución, pero lo cierto es que le tranquilizaría más.

Cree que en cualquier momento se lo encontrará de nuevo, así que intensifica su vigilancia. Piensa en la fácil comparación con los amenazados que al salir de casa miran a ambos lados de la calle, revisan los bajos del vehículo y nunca se sientan a no ser que tengan una pared a su espalda. Sabe que el mero enunciado de esa comparación ya es una forma de dramatizar, de dar a los hechos una gravedad que dificulta la búsqueda de una solución posible, pero aun así se impone no bajar la guardia. Sale de casa en coche, por el garaje, y siempre espera que al levantarse la puerta automática aparecerá el niño, con ese lento desvelarse tan habitual en el cine, primero se ven los zapatos, media pierna, pierna entera, ahora el tronco y por fin el rostro sonriente del enemigo. Por la calle vigila el retrovisor cuando se detiene en un semáforo, siempre con los seguros de las puertas cerrados, y también en su centro de trabajo cada vez que un compañero abre la puerta de su departamento sin llamar se sobresalta como si pudiera ser él. Sabe que exagera, se lo repite tras cada sobresalto, es sólo un niño, no quiere más que un dinero fácil, no se va a dedicar a darle sustos ni a jugar sádicamente con su temor, pero aun así se inquieta cuando suena el teléfono, y por supuesto cuando llaman al timbre o al portero automático. Para tranquilizarse, prueba a razonar y censurar su propia histeria, se convence de que el niño no le da tanta importancia a él, no piensa tanto en su víctima como ésta en su amenaza, seguramente a veces hasta se olvida de él, no deja de ser uno más, una fuente fácil de ingresos, como tantos ciudadanos asustadizos que prefieren soltar unos billetes antes que complicarse la vida con otro tipo de respuestas.

Cree que en cualquier momento se lo encontrará de nuevo, pero a veces también espera no verlo más, puede haberse producido cualquier desenlace imprevisto, un accidente, algo que tal vez nunca llegue a saber pero que le garantizará la tranquilidad de por vida. Ese niño es carne de calle, se dice, e imagina posibles finales dramáticos para un crío como él: distintas formas de desaparición, todas violentas, un navajazo en una reyerta, una paliza a muerte por alguna cuenta pendiente, un choque a gran velocidad conduciendo un coche robado, un atropello al cruzar la autopista por lugar prohibido, un disparo escapado del arma de un amigo o familiar, incluso un policía brutal que quiere darle un escarmiento, un buen susto, recuerda las palabras de su cuñado. También piensa en una detención, una condena en juicio, un encierro por años en un centro de menores vigilado. Carne de calle, se repite, carne de cárcel, ese tipo de jóvenes que enlazan períodos de reclusión desde la adolescencia hasta que mueren tiroteados en un atraco o son ajusticiados en el patio de la prisión con un punzón despistado de la carpintería. Por eso ahora lee atentamente las páginas de sucesos y de información local del periódico, incluso ve programas televisivos dedicados a la crónica delictiva, esperando alguna noticia sobre un pequeño cadáver hallado en un vertedero, con padres llorosos que juran venganza ante las cámaras. Por supuesto, la exposición diaria a este tipo de periodismo alarmista no es el tratamiento más adecuado para su estado de inquietud.

Pasa así diez días esperando tanto un encuentro como una noticia que ponga fin a la amenaza, y gradualmente relaja la vigilancia hasta el punto de que esta mañana, tras bajarse Pablo del coche junto al instituto, olvida accionar el cierre centralizado. Apenas treinta segundos después de que el asiento del copiloto haya quedado libre, y cuando Pablo todavía no ha cruzado la verja de acceso al recinto, las dos puertas traseras del coche se abren y se vuelven a cerrar sólo dos segundos después, en un movimiento tan rápido y sincronizado que pareciera que en el intervalo de un solo parpadeo ha visto en el retrovisor el asiento trasero vacío, y a continuación ocupado por tres rostros que le son conocidos. Por favor, bajaos del coche, ruega Carlos sin levantar mucho la voz, como si su hijo pudiera escucharle y fuese a girar la cabeza para observar la insólita imagen de esos tres subidos a su coche, y su padre al volante. Si Pablo se girase mientras sube los escalones de entrada vería desde esa distancia, dificultado por el reflejo en las ventanillas, algo parecido a una conversación de Carlos con tres cabezas situadas en la parte trasera del coche, y quizás se detendría y en vez de entrar al instituto volvería sobre sus pasos para comprobar si lo visto era un reflejo engañoso o si, en verdad, hay tres chicos en el coche de su padre. Para evitar tal posibilidad, Carlos insiste en su ruego, bajaos, por favor, pero no atienden su petición, de forma que él recurre a la fórmula habitual: qué quieres, más dinero, pregunta, y añade en tono de disculpa: te esperé el otro día en el portal pero no te presentaste, te doy el dinero ahora y te bajas del coche, dice mientras saca del abrigo la cartera, con gestos torpes, ya que no aparta la vista de la puerta del instituto, donde Pablo se ha detenido y habla con un par de compañeros, no termina de entrar. Pues estírate un poco, que la cosa está muy mala, exige el niño, y sus dos compañeros exageran sus carcajadas. Carlos saca todo lo que lleva, veinticinco euros, pero no es suficiente, el pasajero inesperado protesta: no jodas, eso no es nada, estírate más. Es todo lo que llevo, se excusa el conductor, que a punto está de proponer otra cita para una nueva entrega de dinero, pero se detiene a tiempo e insiste en su petición: no llevo más, os lo doy y os bajáis del coche. El niño coge el dinero y se lo guarda, pero nadie abre las puertas. Venga, bajaos de una vez, pide Carlos, elevando un poco el tono, y esta vez es uno de los acompañantes el que responde: tranqui, tío, sin prisas, eh, y los otros dos celebran la intervención. Pablo sigue hablando con dos compañeros en la puerta del edificio, uno de ellos mira hacia la verja, parece que esperan a otro niño que aún no ha llegado, y en cualquier momento puede ser Pablo el que mire hacia el coche. Alrededor de éste hay otros vehículos, algunos parados, otros que llegan o se marchan, padres que como él traen a sus hijos por la mañana, quién sabe si por vivir lejos o también por miedo. Podría solicitar ayuda, utilizar el claxon para llamar la atención de algún adulto cercano, pero pensarán que es alguien protestando por un vehículo en doble fila que le impide la salida. Quien mirase hacia su vehículo no vería nada extraño, un padre al volante con tres adolescentes detrás, algo habitual a esta hora y en este sitio, y a cambio la bocina alcanzaría a Pablo, que incluso pensaría que su padre le está avisando para decirle algo, y caminaría hacia el coche hasta encontrarse con la sorpresa. También puede salir del vehículo, escapar, pero se arriesga a que se lo lleven esos tres, y una vez más puede ser visto por su hijo, que querrá saber por qué su padre sale del coche deprisa y con expresión asustada. Así que, como los tres del asiento trasero no se mueven y siguen riendo y hablando entre ellos, Carlos toma la única decisión que considera prudente, o al menos no tan peligrosa como las demás: arranca el motor, pone en marcha el vehículo, mete una marcha y acelera, aunque recorre pocos metros antes de dar un frenazo para no atropellar a una muchacha que cruza la calle con ojos todavía pegados de sueño. En seguida acelera de nuevo y gira en la esquina para alejarse del instituto, mientras los tres pasajeros tardan unos segundos en reaccionar, no aciertan más que a exclamar interjecciones, sorprendidos por su reacción. Dónde nos lleva este tío, dice por fin uno de ellos, y otro responde: qué colgao, nos vas a dar un paseo o qué, pero cuando Carlos da otro giro el ex compañero de Pablo adivina el itinerario elegido: oye, no nos llevarás a la comisaría, cabrón, interrogante que es recibido por el conductor como una sugerencia a tener en cuenta, pues en efecto las dependencias policiales están al final de la avenida por la que ahora circulan, y sería fácil llegar a la puerta de las mismas, custodiadas por un par de agentes, y tras un frenazo salir del vehículo para reclamar ayuda frente a los tres secuestradores menores de edad que se han colado en su coche. Carlos acelera y este aumento de velocidad, junto al semáforo en rojo que se salta, hace que los del asiento trasero se pongan nerviosos y griten: para, cabrón, para; pero Carlos desoye las órdenes y esquiva de un volantazo un par de vehículos lentos para continuar la marcha sin reducir velocidad. Que te pares, hijo de puta, insisten desde detrás, le dan manotazos en la cabeza y le agarran el brazo derecho, pero aunque sea sólo con una mano se ve capaz de alcanzar el final de la avenida, hasta que ve de refilón algo brillante cerca de su cara, que se convierte en un frío cortante sobre su garganta, y un grito que lo explica todo: para el puto coche o te corto el cuello, cabrón. Esta vez sí obedece la orden, con una frenada a fondo que hace que los pasajeros, todos sin cinturón de seguridad, caigan hacia delante con estrépito. Él mismo avanza el cuerpo unos centímetros hasta que es frenado por el dispositivo de seguridad, lo suficiente para que, en el movimiento de vaivén de su cuerpo y de la mano colocada frente a su cuello, la navaja rasgue accidentalmente su barbilla. La comisaría de policía está a unos doscientos metros, ya visible desde donde han quedado detenidos. Pasan unos segundos en los que sus acompañantes recomponen la postura, uno se duele tras haber golpeado la cara contra el reposa-cabezas del asiento delantero, el más pequeño ha caído sobre la palanca de cambios e intenta incorporarse, sin soltar la navaja, y mientras se recolocan, un coche detenido tras ellos pita repetidamente, pues el semáforo está verde y el conductor no entiende por qué no avanzan. Uno de los pasajeros abre la puerta y por ahí escapan los tres, uno cubriéndose la nariz que parece ensangrentada. Echan a correr hacia una calle cercana, y al doblar la esquina los pierde de vista. Como el coche de detrás pita con más insistencia, y otro vehículo recién llegado se une a la protesta, Carlos acaba por reanudar la marcha, sin cerrar la puerta trasera, que dejaron abierta los desconsiderados viajeros. Avanza unos metros hasta detenerse a la derecha, junto a unos contenedores. Le tiemblan las piernas y las manos, y le duele la quemazón en la barbilla. Se toca y mira sus dedos ensangrentados. Aprieta un pañuelo de papel contra la herida, y cuando consigue tranquilizarse lo justo como para conducir, arranca de nuevo y recorre las tres manzanas que lo separaban de la comisaría.

Aprendemos a tener miedo. Existe toda una pedagogía que desde el nacimiento nos enseña a qué debemos temer. Hay miedos heredados, claro, inscritos en la información genética tras milenios de evolución, como los polluelos que al salir del cascarón ya saben distinguir el graznido de alerta, o los renacuajos que reconocen y evitan el hábitat de su predador antes de haber sufrido su ataque. En efecto, hay temores que parecen innatos, por ejemplo la oscuridad, un ruido fuerte, una luz cegadora, un rostro furioso que provoca el llanto del bebé. Hay otros de transmisión cultural, asimilados, como *memes* que todos compartimos, que a todos inquietan por igual: ser encerrados, nadar en aguas profundas, ciertos animales de mala reputación, algunos insectos y reptiles, y muchos de los lugares del miedo en la ciudad y en el campo. Hay miedos atávicos, históricos, que acompañan al hombre desde hace milenios. Hay cosas que ya no dan miedo, que lo dieron antes, a generaciones pasadas. Hay miedos nuevos, aunque tan arraigados que parecieran haber estado siempre ahí. Pero la mayor parte de nuestros miedos, aquellos que nos acompañarán de por vida, son resultado de un proceso educativo, los aprendemos.

Carlos encuentra la mejor explicación en un cuento clásico: *Juan sin miedo*. El protagonista del relato, el pequeño Juan, no ha experimentado nunca el miedo, no sabe lo que es, no se asusta ante los fantasmas y amenazas que hacen huir a sus vecinos. Juan quiere saber qué es el miedo, y pide que se lo enseñen. Quiere, en efecto, aprender a temer, como su medroso hermano. Tal sería el caso de alguien que hubiese pasado toda su vida aislado, sin recibir información alguna, y cuyos miedos serían escasos, los básicos, los innatos ya comentados. A diferencia del protagonista del cuento, Carlos sí sabe lo que es el miedo, ha aprendido a tenerlo, ha recibido desde su infancia todo tipo de estímulos que han terminado por configurar su personalidad y enseñarle a qué debe temer. Algunos de esos miedos le permiten tomar precauciones, evitar situaciones de riesgo; pero otros le parecen exagerados, desproporcionados, por lo que supone que en su aprendizaje ha habido errores.

Su educación miedosa comenzó en la niñez, como la de todos, como la de Pablo. Piensa que los cuentos infantiles son una de las principales herramientas pedagógicas en esos años en lo que a miedos se refiere. Hay otras, claro: noticias que un niño no debería conocer, un fragmento de película entrevisto por descuido de los adultos responsables. Y hay también, piensa, un ambiente familiar en el que se transmiten los temores de padres a hijos, ese exceso de celo protector que hace que el hijo perciba el mundo como un lugar peligroso para caminar solo. Pero lo esencial en ese momento tal vez sean los cuentos, clásicos o nuevos, inventados o de autor, orales, leídos o adaptados al cine. Una versión infantil del mundo que actúa como transmisor de ideología y moral, que educa en determinados valores, que muestra como natural la forma de sociedad que habitamos, que nos construye una visión de la realidad nada inocente. Y de la misma forma que los cuentos infantiles perpetúan estereotipos y esquemas de interpretación, y nos hacen creer que el bien siempre triunfa, que el amor todo lo puede, que no hay barreras sociales infranqueables pues basta un golpe de suerte, un poco de magia o una demostración de audacia para que un sastrecillo se convierta en rey o una campesina en princesa; de la misma forma que los cuentos nos hacen sentir ternura por unos animales y aversión hacia otros, también nos construyen el miedo, actúan como ilustración de normas de comportamiento, reglas de supervivencia. No hables con desconocidos, por ejemplo, desconfía de los extraños, pues sus intenciones pueden ser aviesas: el simpático lobo que asalta a la niña en el bosque y cuya sonrisa disimula su propósito de devorarla; la viejecita que ofrece una sabrosa manzana a la que antes inyectó veneno; el vecino bonachón que promete una deliciosa merienda en su castillo de cuya mazmorra ningún niño sale jamás. Si llaman a la puerta y estás solo en casa, no abras bajo ningún concepto, y no te fíes de la voz dulce ni de la patita blanca y suave mostrada bajo la puerta. Obedece, cumple las reglas, cómetelo todo, no mientas, que a los niños malos se los lleva el coco, el hombre del saco, la bruja. Con toda claridad lo refleja la moraleja que Perrault coloca al final de la historia de Caperucita: «Aquí se ve que los niños, sobre todo las niñas, bonitas y gentiles, hacen mal en escuchar a toda clase de gentes, y no es extraño que haya a quienes se come el lobo. Los hay de carácter afable, sin ruido, sin hiel y sin fiereza, que afectuosos, complacientes y dulces, siguen a las jóvenes, hasta las mismas casas y ellas lo saben, ay, que esos melosos lobos son los más peligrosos de todos.»

Tales enseñanzas, que en la infancia tienen un sentido instructivo a modo de lección a seguir, perviven en la edad adulta, adaptadas. La desconfianza ante los desconocidos, el miedo al extraño, al mundo exterior como una amenaza, no desaparece jamás, y las calles oscuras nos devuelven siempre a aquel bosque con lobo, de la misma forma que el último pederasta, el secuestrador de niños, es la enésima reencarnación del ogro que recorre las aldeas raptando chiquillos para luego devorarlos en su cueva; y a su vez el enfermo que se hace pasar por jovencita en un foro de Internet para concertar una cita con su próxima víctima es aquel lobo que engañaba a los inocentes cabritillos haciéndose pasar por su madre. Según crecemos, la educación del miedo continúa, aunque los materiales empleados serán otros: todo tipo de historias, reales o ficticias, que escucharemos, leeremos o veremos a lo largo de nuestra vida; noticias, relatos personales, ficciones literarias y cinematográficas, rumores, leyendas o pesadillas, que harán más grande el edificio de nuestro temor, pues cada nuevo ladrillo se coloca sobre los anteriores, los miedos son acumulativos, los viejos nunca desaparecen.

Cuando sale de la comisaría piensa que ya no hay retorno, que ha cruzado una línea a partir de la cual las opciones son mucho más limitadas. Si hasta ahora creía que aún cabía una solución, fortuita o intencionada, que pusiese fin a la situación y convirtiese el temor presente en un mal recuerdo para el futuro, ahora sabe que no, que en adelante tendrá que vivir con esa amenaza, pues aunque nunca se haga efectiva, incluso aunque nunca vuelva a ver a ese niño, siempre lo esperará: no servirán alejamientos, encierros, cambios de domicilio; pasarán los años pero no decaerá la posibilidad de un nuevo encuentro, como una venganza prometida y largamente aplazada pero no por ello desactivada. Incluso aunque no esté ya el niño, incluso aunque lo encerrasen de por vida o muriese, siempre habrá un hermano, un amigo, un cómplice que asuma la ejecución de la venganza, pues ese tipo de castigos se ceden, se encargan, se heredan, y los peligros, improbables pero verosímiles, que hasta ahora temía, toman un nuevo aspecto: el ladrón que en la noche fuerza la cerradura y sorprende tu sueño, el atracador que aprovecha la solitaria madrugada para asaltarte en el portal, el grupo de adolescentes ebrios que se sientan sobre el capó de tu coche y te pisan la cabeza cuando les pides por favor que se levanten, seguirán estando ahí como posibilidad, pero además puede que ya no sean casuales, sino una forma de encubrir lo que en realidad es un plan, un acto premeditado, una cuenta pendiente, y recuerda esa expresión habitual, ajuste de cuentas, tantas veces ha leído una noticia sobre una paliza salvaje, un asesinato, un incendio en un domicilio, un secuestro, de los que se decía que eran fruto de un ajuste de cuentas, y piensa si en adelante él no tiene también cuentas pendientes de ajustar.

Además, ni siquiera espera que lo encierren, ya se lo ha advertido el funcionario que ha tomado nota de su denuncia: es un menor, un niño, por su edad corresponde más a los servicios sociales que a la policía, el caso irá directamente a la fiscalía de menores y desde ahí se darán los pasos de costumbre, se investigará su situación, se localizará a su familia si la tiene, intervendrán los técnicos y decidirán las medidas a adoptar, lo más probable es que la tutela pase a los servicios sociales y el niño ingrese en un centro de menores, pero no vaya usted a pensar que eso es una cárcel, con esa edad y ese comportamiento, sin que haya una figura delictiva clara, lo más probable es que esté en régimen abierto, que lo controlen pero no lo encierren. Incluso aunque lo encerrasen, le ha advertido el policía, no sabe usted la facilidad con que se escapan esos muchachos, entran y salen de los centros, empiezan un camino de ida y vuelta que ya nunca terminará, su vida será un continuo atravesar puertas con barrotes, pasarán temporadas en régimen cerrado, se pelearán con sus cuidadores y con sus compañeros, serán sancionados, castigados, aislados, se fugarán y regresarán en un coche policial, hasta que tengan edad suficiente para que la próxima infracción no les lleve al centro de menores sino a la cárcel, de la que igualmente entrarán y saldrán, habituales de comisarías y juzgados, encarcelamientos preventivos, cumplimientos de pena, grados diversos, y la previsible reincidencia. Una vez que empiezan este camino, ha insistido el policía, pocos son recuperados, abandonan los estudios, descubren el lado fácil de la vida en la calle, pues a esa edad todavía la calle es fácil, sólo muestra el perfil bueno, el escaso esfuerzo que cuesta obtener dinero, lo efectivo de su poder, y cuando empiecen a descubrir el lado menos bueno, el lado terrible, ya será tarde, ya habrán entrado en ese juego y no podrán salir, ni siquiera querrán salir, no conocen otra cosa ni la conocerán, porque las temporadas en centros de menores y cárceles restringirán su círculo social, sus únicas amistades serán delincuentes, sus únicos modelos. No se culpe, le ha aconsejado el funcionario, no se sienta culpable por haber puesto la denuncia, no es usted el responsable de haber iniciado ese camino para ese niño, si no hubiera sido usted habría sido cualquier otro el que tarde o temprano vendría a comisaría, tal vez tenga ya denuncias anteriores. Piense que hasta puede haberle hecho un favor, pues si cabe alguna posibilidad de recuperación, ésta se encuentra también dentro de ese mismo sistema, aunque le parezca paradójico es el mismo sistema que les condena el que puede rescatarlos, hay algunos, los menos, que gracias a esa primera denuncia, gracias a esa primera intervención de los servicios sociales, se salvan, salen de una familia que es en sí una condena, se encuentran acaso con un profesional que les da una oportunidad, que les aparta de la calle. Son pocos, es cierto, ha dicho el policía, pero están ahí, y aunque usted piense que se lo digo para tranquilizarle, no descarte que ese mismo niño que usted ve ahora como una amenaza para toda la vida, dentro de unos años le repare el coche en un taller y aproveche para agradecerle su actuación, agradecerle que le denunciase, que iniciase este proceso que, insisto, puede ser su salvación o su condena definitiva, y ni usted ni yo podemos controlar que el proceso tome un camino u otro, en realidad es un solo sendero que en un momento, imperceptiblemente, se divide hacia un lado y hacia el opuesto, pero al principio la bifurcación es leve, parecen dos vías paralelas, pero se van separando progresivamente hasta que ya no hay posibilidad de saltar de una a otra, y menos aún de volver hacia atrás y encontrar el desvío para cambiar de ruta, ya sólo queda seguir hacia delante, si te tocó salvarte, te salvarás, si te tocó perder, perderás, ha concluido el locuaz policía tras acompañarle hasta la escalera.

   Desde que sale de la comisaría teme un nuevo encuentro que ya no sea como los anteriores, que ya no se resuelva con una entrega de dinero o un puñetazo en el pómulo, aunque tampoco consigue imaginar qué tipo de venganza puede operar un niño. Sube al coche y mira bien los asientos traseros para asegurarse de que está solo. Cierra el seguro automático y arranca el motor, se mira en el retrovisor el esparadrapo en la barbilla, y echa a andar. Son las doce y media, demasiado temprano para ir a recoger a Pablo, tarde para ir a trabajar, pero tampoco quiere ir a casa, como si esperase encontrar al niño en el portal, en la escalera o incluso ya en el salón, sentado en el sofá en espera. Decide conducir, alejarse del barrio, pues hoy no se sentiría seguro en ningún sitio, ni en casa ni en un parque ni en el centro comercial, ni por supuesto aparcado frente al instituto, ni siquiera frente a la comisaría. Busca la salida a la autopista de circunvalación y conduce durante más de una hora, completa dos veces el anillo de asfalto que da una vuelta exterior a la ciudad. Conducir no le relaja ni le permite pensar en nada, pero al menos es una forma de movimiento, como si en adelante no pudiese ya estar quieto, como si el reposo fuese una forma de exposición, e inaugurase una forma de vida que se parece a la huida. En el último tramo de la autopista, ya de regreso al barrio, queda parado unos minutos en un atasco, y al detenerse consigue el efecto contrario: si pensaba que el movimiento le protegía y el reposo le hacía vulnerable, es sin embargo al parar cuando siente una extraña tranquilidad, y hasta puede pensar sin urgencias, ve de repente el futuro, el más inmediato, sin tanto dramatismo. Es sólo un niño, se repite como un conjuro que hasta ahora no le ha servido, es sólo un niño y lo más probable es que se le olvide lo sucedido, que yo no sea más que un incidente menor en su trayectoria, que su atención esté repartida con otras víctimas, que yo no merezca el esfuerzo ni los riesgos, o que se conforme con una represalia menor, suficiente para restaurar su dominio, su orgullo, pero no tan drástica como ahora la imagino, tal vez le baste un buen susto, algo efectista, unos puñetazos, un acto de humillación frente a sus compañeros, o quemarme el coche, piensa, y hasta estaría dispuesto a ofrecerse sin mucha resistencia a un acto así, dejarse golpear, mirar para otro lado mientras rocía de gasolina su coche, o entregar una última y desproporcionada cantidad de dinero, estaría dispuesto a ser humillado delante de los amigotes si con ello se pone fin al enfrentamiento, si así se ajustan de una vez las cuentas pendientes, si el saldo queda a cero y puede cada uno continuar su camino en el punto en que quedaron hace meses, antes del primer encuentro que hizo necesarios los siguientes hasta hoy.

El atasco le retrasa más de lo previsto y cuando llega al instituto ya han salido todos, apenas quedan unos pocos estudiantes junto a la verja, ninguno de ellos Pablo. Aparca y entra en el edificio, pero no localiza a su hijo, ni en los pasillos, ni en el aula ni en la cafetería. Al salir echa un vistazo al parque, a los alrededores del centro educativo, observa los grupos de adolescentes pero no encuentra a Pablo. Sube al coche y hasta que no avanza unos metros no recuerda la precaución de mirar a los asientos traseros, comprobación que hace con alivio, y hasta se ríe de su propio miedo, que ahora cree desproporcionado, y como tal, piensa, irá desinflándose con el paso de los días, confía en ello, lo desea. Recorre con el coche el camino que Pablo seguiría si fuese andando, adelanta a estudiantes que regresan a sus casas, y por fin cree reconocer a su hijo, unos metros más adelante, a punto de cruzar la autopista por el paso elevado. Tiene un primer impulso de tocar la bocina y acelerar, pero no lo hace. A cambio, frena y mira a su hijo caminar, con paso que se diría tranquilo, no es el andar de quien huye, ni de quien teme y no quiere perder un minuto. Avanza con el coche hasta alcanzar el otro lado de la autopista, y se detiene en un punto desde el que puede, de nuevo, ver a su hijo sin ser visto. Lo ve llegar al pequeño parque ya frente a su casa, cómo elige la acera que lo rodea en vez de atravesarlo por el centro, camino éste más corto pero más expuesto, piensa Carlos, intuyendo la lógica de su hijo, que debe de estar recuperando poco a poco la confianza, y para el que tal vez este paseo obligado de hoy haya sido un paso importante, que no habría dado si se lo hubieran pedido pero que hoy, al encontrarse solo a la salida, ha decidido emprender por su cuenta.

Cuando Carlos llega a casa ya está Pablo en su habitación, y ninguno de los dos comenta lo sucedido, la incomparecencia del padre, el regreso a pie y solo del hijo por primera vez en meses. Mientras comen, le pregunta por las clases, qué han hecho hoy, y el niño cuenta su rutina como cualquier día, y en ningún momento le pregunta por su ausencia a la salida del instituto. Mejor así, piensa Carlos, y ambos comen viendo las noticias en el televisor, sin hablar pero no porque elijan el silencio, cómodos en la normalidad de repente alcanzada. Y en efecto, al día siguiente Carlos acompaña a Pablo al instituto por la mañana y es el crío el que, al bajar del coche, se despide emplazándole no a la salida sino ya en casa, nos vemos luego en casa, dice con una sonrisa, y de esta manera queda firmado el nuevo acuerdo que restablece la situación anterior al descubrimiento de la extorsión.

Durante toda la mañana Carlos piensa en el gesto de su hijo, y decide que construirá su propia seguridad a partir de esa confianza de Pablo, como si de la misma forma que hasta hoy han edificado juntos su miedo, ahora fuesen a fortalecer juntos su seguridad, y del mismo modo que hasta hoy han temido en silencio, y han sostenido una complicidad que les hermanaba en el engaño a Sara, en adelante eligiesen otro tipo de entendimiento, igualmente callado, pero esta vez para recuperar la tranquilidad perdida. Sin embargo, a última hora de la mañana, cuando se acerca la hora en que habitualmente sale para ir a recoger a Pablo, de repente piensa que tal vez se esté precipitando, que su hijo es un inocente y sobre esa inocencia lo mismo puede alzar un miedo total que una confianza extrema, pero que él no es inocente, él es adulto, sabe que las cosas no se resuelven tan fácilmente, que las amenazas siguen existiendo, y que tendrá que ser él quien dé cobertura a la inocencia de su hijo, quien lo proteja para evitar que su repentina seguridad se vea otra vez, y tal vez de forma irremediable, reventada por un nuevo incidente que, ahora que lo piensa en frío, considera muy probable, diría más, incluso inminente. Así que, como cada día, se despide de sus compañeros y toma el coche en dirección al instituto. Pero esta vez cuando llega no aparca en el sitio habitual, sino que estaciona unos metros más lejos, en la calle lateral, oculto tras unas casetas de obra abandonadas, de forma que puede espiar la salida de su hijo sin ser visto. Mientras espera a que acaben las clases hace un barrido visual de todo el parque, atiende a cada adolescente que hay en las inmediaciones, y cuando por fin suena la sirena que anuncia el fin de las clases, vigila con más cuidado los movimientos de quienes se mezclan en la verja de acceso. Como la salida es lenta y tumultuosa, no consigue ver a Pablo, y lo da por perdido cuando la puerta queda despejada. Arranca el vehículo y avanza en la dirección que ayer siguió su hijo, y en efecto lo localiza sin dificultad, caminando solo por la acera, de nuevo con paso tranquilo. Se mantiene un centenar de metros por detrás, avanzando y deteniéndose para no ser visto, y al mismo tiempo estudia a los adolescentes que se cruzan o se acercan a Pablo, sobre todo cuando alguien de repente echa a correr, como ese muchacho que desde el descampado de la derecha viene corriendo hacia él, y al que no puede ver bien la cara. Mantiene la marcha metida y el pie en el pedal, dispuesto a acelerar en cualquier momento, hasta que el chico pasa corriendo junto a Pablo, que también se ha sobresaltado al oír los pasos que se acercaban, y se aleja sin haber reparado en él. Cuando su hijo cruza la calle para buscar el paso elevado mira a ambos lados y, al hacerlo en dirección a donde está Carlos, éste piensa que ha sido visto, que Pablo puede haber reconocido el coche. Sin embargo no lo parece, no saluda ni se detiene, apenas ha demorado un segundo la mirada y ha seguido su caminar, por lo que ahora Carlos duda de si realmente le ha visto o no. Pablo comienza el ascenso del puente y, al hacer el giro a que obliga la rampa, vuelve a encontrarse de frente al coche que le sigue, y su padre piensa que ahora sí, que esta vez le ha reconocido, pero tampoco ha mostrado sorpresa, de manera que cabe la posibilidad de que en realidad no lo haya visto, que haya paseado sus ojos sobre el vehículo sin verlo, que vaya pensando en sus cosas y no haya atendido a un coche reconocible pero que en verdad no espera; aunque también cabe la posibilidad de que sí lo haya visto, que incluso lo hubiera visto el día anterior, que se sepa vigilado, y que sea ese seguimiento lo que le dé seguridad, lo que explique la tranquilidad con que cruza minutos después el parque, eligiendo esta vez la vereda central, y llega al portal para, antes de meter la llave en la cerradura, girarse un segundo y mirar en dirección hacia donde llega el coche del padre, en un gesto que bien puede tomarse como reconocimiento, o como una cautela normal de quien entra en el portal y se asegura previamente de que no hay nadie a su espalda que pueda entrar con él.

Como quiera que Carlos no está seguro de si su hijo se sabe vigilado, ni quiere preguntárselo para no desbaratar lo conseguido hasta ahora, al día siguiente se repite la misma situación. Lo acompaña por la mañana al instituto, se despiden emplazándose para casa a la hora de comer, y durante toda la mañana duda si es mejor ir o no a la salida, de si debe seguirlo o no, aunque más que de seguimiento sería más exacto hablar de acompañamiento, pues lo que ha hecho en realidad es acompañarlo en la distancia, y puede que así se haya sentido el hijo, acompañado, y por tanto protegido. Carlos piensa que si su hijo en efecto le ha visto y ha disimulado, o ni siquiera ha disimulado sino que ha consentido con su discreción, hoy también le esperará a la salida, mirará hacia atrás al cruzar la calle y esperará encontrar ese coche familiar que le hace sentir seguro y permite que no tema cuando algún estudiante se acerca corriendo hacia él. Piensa que si hoy, al subir la rampa del paso elevado, gira y no ve a su padre en el coche, se sentirá desprotegido, vulnerable, y se vendrá abajo todo lo conseguido. Además, no olvida que la amenaza sigue vigente y que, la tenga o no en cuenta su hijo, él no puede descuidarla, él sabe que en cualquier momento el extorsionador regresará, que suele merodear por el instituto, y que si ve solo a Pablo lo tomará como una invitación a ejecutar su venganza, o al menos una posibilidad de seguir obteniendo aquellas ganancias que meses atrás recibía con facilidad cada día al terminar las clases. De manera que, con independencia de si su hijo sabe o no que le acompaña a lo lejos, Carlos entiende que lo mejor es hacerlo, esperar a la salida del instituto, avanzar despacio un centenar de metros por detrás, sin mucha preocupación por ocultarse pues en realidad se sabe esperado, deseado, e incluso un exceso de ocultación podría ser tomado por el niño como una ausencia cuando al cruzar la calle gire la cabeza y no lo vea de un primer vistazo. De esta forma se inaugura, una vez más, un nuevo pacto callado entre padre e hijo, por el que cada día el niño completa el camino a casa con la confianza de saberse protegido, y si no es así, al menos el padre está más tranquilo al controlar los pasos de su hijo, al comprobar que regresa intacto a casa.

El origen de ciertos miedos tiene que ver con una cuestión de expectativas, de asociaciones mentales fruto, en buena medida, del aprendizaje de la ficción, sobre todo la audiovisual, que nos enseña que determinadas situaciones devienen necesariamente en momentos de peligro, que ciertas señales deben ser tomadas como advertencias y temer las consecuencias inevitables. Escenarios, gestos, tipos humanos, palabras, ruidos, imágenes todas que, mediante asociación automática, nos hacen esperar, prever, y por tanto temer, situaciones derivadas de aquéllas, de forma que éstas se presentan como avisos anticipatorios. La ficción, el cine, funciona en buena medida con esas expectativas: estamos educados visualmente con una serie de clichés que implican un componente de previsibilidad, de forma que ante su visión activemos nuestros mecanismos de respuesta, y se consiga el efecto deseado: ya sea la confirmación de lo previsto, y el posterior alivio; ya la traición a lo esperado, la ruptura con las expectativas, y la consiguiente inquietud. Como la vieja ley teatral que establece que cuando una pistola es mostrada en el primer acto, será disparada antes de terminar la obra, así funcionan estos mecanismos, y los ejemplos son muchos: determinadas secuencias, actitudes, ambientes y personajes funcionan como activadores de expectativas, y raramente son defraudadas, forman parte del código por el que comprendemos y apreciamos estos relatos. Cuando en una película de acción el protagonista viene caminando hacia nosotros, y a su espalda dejó un coche aparcado, si la secuencia dura varios segundos y mantiene el plano fijo ya podemos preparar los ojos y los oídos a la inevitable explosión del vehículo, que arrojará por lo aires al héroe. De la misma forma, cuando en un drama sentimental una mujer toma el pantalón o la chaqueta de su pareja para colocarlo en el ropero, adivinamos que ese gesto irá seguido del descubrimiento de una prueba de infidelidad descuidada en un bolsillo de la ropa, pues de otra forma, si no tuvieran consecuencias, tales movimientos no serían mostrados en un arte que, como el cine, hace de la elipsis su razón de ser, sólo puede ser expuesto lo imprescindible, lo que tiene valor narrativo, y nos ahorramos el plano del héroe caminando por la calle al salir del coche, y el de la esposa colocando la ropa, a no ser que cumplan alguna función en la intriga. La comedia también apoya buena parte de sus gags en ese componente de previsibilidad, y qué decir del cine de terror, construido sobre la acumulación de expectativas, donde un corte de luz, un ruido en el sótano, una llamada a la puerta en mitad de la noche, un coche que coge al autoestopista, no pueden ser fruto respectivamente de un fallo en el suministro eléctrico, de un objeto doméstico mal colocado que acaba cayendo, de un vecino que olvidó la llave del portal o de un conductor generoso, sino que necesariamente, de acuerdo a nuestras expectativas, resultarán señales del terror venidero, el asesino que cortó los cables de la luz, el criminal que entró por la trampilla del sótano, el mensajero de desgracias que llama a la puerta, el psicópata que recorre la carretera buscando autoestopistas con que satisfacer su perversión.

En nuestra vida acabamos aplicando buena parte de esa educación visual, y atendemos a expectativas muy similares. Los ya comentados lugares del miedo, por ejemplo, lo son en tanto que escenarios cargados de expectativas, pues en el cine nadie entra en un parking a coger el coche sin más, esos momentos se salvan en elipsis si no tienen valor en la trama, de forma que cuando en la ficción alguien camina por un aparcamiento subterráneo y solitario necesariamente será asaltado, rutina que incorporamos a nuestro miedo, y cada vez que atravesamos el corredor de cemento mal iluminado buscando nuestro coche, vemos aquel lugar con inquietud, un sitio del que salir cuanto antes, en el que estamos expuestos, en cualquier momento alguien puede salir tras una columna, o del interior de un coche. Lo mismo ocurre con otros lugares privilegiados por la ficción como espacios para el miedo, y que trasladamos a nuestra cotidianeidad con la misma carga de riesgo, pero también muchos gestos cotidianos que, en el momento de ser protagonizados, nos devuelven el recuerdo a ellos prendido. No quiere decir que cada uno de ellos nos atemoricen, nada de eso, apenas pasan de una ligera inquietud, anecdótica, hasta divertida, la de quien descorre la cortina de la ducha y espera encontrar un cadáver en la bañera, o quien se queda sin gasolina en mitad de la carretera y acude a pedir ayuda a una casa aislada en el campo donde sabe que encontrará un matrimonio anciano e inofensivo, pero durante unos segundos, al pulsar el timbre, fantasea con un depravado campesino que colecciona cadáveres de automovilistas despistados. Es cierto, son expectativas anecdóticas, pero cuando uno se encuentra alguna vez en una situación de miedo cierto, por motivos objetivos, tales perspectivas de causa-efecto acaban redundando en su inseguridad, de la misma forma que a nuestras habituales precauciones acabamos incorporando aquellas aprendidas en la ficción, que nos invitan a desconfiar de la soledad, de lo accidental, de los desconocidos, de las casualidades.

Otra forma de juego de expectativas viene dado por la memoria de sucesos reales, que no nos han ocurrido a nosotros, que hemos conocido por noticias o relatos ajenos, pero que incorporamos como posibilidad a nuestra propia evaluación de riesgos. Cuando un asaltante nocturno entra en un chalet, todas las casas unifamiliares se sienten atacadas, todos sus habitantes incorporan esa expectativa a sus vidas. Cuando una mujer es violada en un parque, todas las paseantes nocturnas, de ése pero también de otros parques, se sienten observadas por el criminal al acecho. Así actúa la cíclica alarma social y mediática hacia ciertos tipos delictivos, sean las bandas violentas, los pederastas, los dementes, los secuestradores de menores o los toxicómanos transmisores de enfermedades; atendemos esas informaciones y las sumamos a nuestro repertorio, condicionando durante un tiempo, o tal vez para siempre, nuestro día a día, nuestras relaciones con los desconocidos que pueblan nuestro entorno. Con el tiempo, la alarma decae, como decae el recuerdo fresco de una película recién vista, pero ambas se añaden al catálogo, pues siempre se suma, nunca se resta, y nuestros miedos nunca dejarán de crecer.

Vuelve la lluvia y con ella el encierro vespertino de padre e hijo. Ya no regresan juntos a casa aunque sí a la vez, acompañándose mutuamente a escasa distancia. Pablo entra por el portal y Carlos por el garaje, donde no descuida sus precauciones habituales, no sólo espera a que la puerta automática se cierre antes de descender la rampa, sino que ya antes de entrar, antes de abrir la puerta, mira bien que nadie merodee en las inmediaciones. Después de comer se quedan en casa, fuera hace frío y llueve, por lo que ninguno expresa deseo de bajar al parque o pasear. Pablo pasa la tarde en su habitación, y Carlos lee o adelanta trabajo que se trae para recuperar las horas perdidas por salir antes. Cada media hora se levanta para estirar las piernas y se asoma a la ventana, y así comprueba que el trío habitual sigue ahí abajo, apoyado en un coche, firmes centinelas a no ser que la lluvia apriete y tengan que refugiarse en la marquesina del portal. Hasta el miedo acaba teniendo sus rutinas, sus horarios, y Carlos ya reacciona con naturalidad, esto es, con la misma cantidad de miedo, ni más ni menos, a los frecuentes timbrazos del portero automático, que deja sonar sin atenderlo, como tampoco coge el teléfono a no ser que en el identificador de llamada vea un número conocido, pues en caso contrario es probable que sea un servicio de televenta de cualquier producto. Sara llega cada tarde, más o menos a la misma hora, y desde la ventana Carlos ve cómo todo los días uno de los integrantes del trío se acerca a ella, conversa unos segundos, y le pide el cigarro que para ella parece haberse convertido en otra pieza de su propia rutina: salir de la oficina, bajar las escaleras del metro, entrar al vagón, salir del vagón, recorrer un pasillo, cambiar de línea, entrar en otro tren, apearse en su estación, subir escaleras hasta la calle, completar el recorrido habitual a pie, cruzar el parque por la vereda más exterior, buscar las llaves en el bolso y al mismo tiempo sacar el cigarrillo para el muchacho que en el mismo sitio la espera cada tarde, sonriente y amable. Algunas tardes ella se demora más de lo normal con el chico, Carlos los ve dialogar, el otro parece mirar hacia arriba, hacia la ventana oscurecida donde no pueden verle, hasta que por fin Sara sigue camino hasta el portal, y aunque le gustaría saber de qué habla su mujer con ese niño prefiere no preguntar. Lo más probable es que se trate de una conversación sin interés, un mero intercambio de fórmulas corteses, un comentario sobre el frío, la lluvia o las largas jornadas laborales y el cansancio de ellas derivado, pero también teme que haya cualquier otro intercambio de información, como si su mujer pudiese compartir algún tipo de secreto o de acuerdo con el enemigo, de la misma forma que Pablo y él llevan meses ocultando una parte importante de su rutina a Sara.

Si las tardes son idénticas, tampoco las mañanas registran la mínima variación. Hace ya una semana que funciona el nuevo acuerdo, por el que cada día a la misma hora Carlos abandona su puesto de trabajo no para recoger a su hijo, sino para acompañarlo a cierta distancia, garantizar su seguridad, y sobre todo garantizar su percepción de seguridad, toda vez que ya no cabe pensar que el hijo ignore su proximidad, y de hecho la mirada que le dirige cada vez que cruza la calle o asciende el paso elevado es recibida por el padre no ya como un reconocimiento, sino como un gesto de agradecimiento, y una petición de continuidad, para que siga ahí, para que no deje de acudir y de seguirle. Carlos tiene ya marcados el espacio y el tiempo para actuar, los puntos donde detenerse, el ritmo a que avanzar. Aparca cada día en el mismo lugar, un lateral del instituto, oculto lo suficiente para no ser visto y poder ver, aunque asume que esa ocultación es una convención innecesaria, o sólo necesaria para mantener los términos del acuerdo, que requieren de la mutua discreción. Después, calculado el tiempo exacto que su hijo tarda en salir, en recorrer el tramo de calle confundido entre cientos de estudiantes, cruzar y enfilar el camino hacia el puente elevado, Carlos avanza con el coche hasta localizarlo sin problema unos metros por delante. Como sabe que no va a perderlo, pues el hijo pone de su parte para no ser perdido de vista, Carlos puede distraer parte de su atención y dedicarla a estudiar los alrededores, atender a cada estudiante que circula cerca de Pablo. Por ejemplo, ese muchacho que camina tras él, con un paso más ligero de lo habitual, que no se corresponde con la calma con que suelen regresar a casa los chicos al terminar las clases. Aunque está todavía lejos de Pablo, a ese ritmo lo alcanzará antes de cruzar la calle y lo sobrepasará, caso de que en efecto sea simplemente un chico con prisa, que acabe por cruzar veloz a su lado sin mirarlo siquiera, aunque tal vez Pablo se sobresalte un instante al escuchar los pasos rápidos y notar el roce de quien lo adelanta por la acera estrecha. Si el interés del veloz caminante no es llegar cuanto antes a su casa, cabe la posibilidad de que al alcanzar a Pablo aproveche la inercia de su propia velocidad para cargar sobre él, empujarlo desde atrás, derribarlo sobre la acera, y a eso parece apuntar ahora el incremento en la cadencia del paso, como si más que apremiado por la hora de la comida estuviese motivado por la oportunidad de tomar aún más impulso para derribar al que distraído camina unos metros por delante. Tras un apresurado cálculo que confirma que un vehículo a motor alcanzará el punto elegido unos segundos antes que un niño a la carrera por mucha ventaja que lleve éste, Carlos acelera y en sólo siete segundos adelanta al que ya más que andar rápido está corriendo, y frena junto a Pablo unos metros por delante, simultaneando movimientos para, a la vez que pisa el pedal de freno, con una mano accionar la bocina y con la otra bajar la ventanilla del copiloto. Sube, date prisa, grita Carlos desde el coche, y su hijo, al girar la cabeza reclamado por el claxon y el frenazo, ha debido ver de refilón la figura que se acerca a la carrera, pues sin pensárselo un segundo ni exigir explicaciones por la presencia visible de su padre, sube al coche y éste reanuda la marcha con un acelerón cuando todavía no ha terminado de cerrar la puerta. La maniobra es algo brusca pero al llegar a la esquina el conductor suaviza la marcha, y al girar la esquina ninguno de los dos mira hacia atrás, al que quedó detenido en su carrera frustrada. Qué tal el día, pregunta Carlos. Bien, como siempre, responde Pablo.

Entre las expectativas a tener en cuenta, improbables pero inculcadas también desde el aprendizaje de la ficción, está la del extraño que de improviso irrumpe en nuestra vida y pone todo en riesgo. De repente un extraño, de repente nuestra cotidianeidad, nuestra confianza, nuestros espacios de seguridad personal y social, se derrumban por el acoso de un intruso cuya existencia parece justificarse únicamente por la voluntad de actuar contra nosotros, hundirnos, acosarnos, darnos miedo. Los modelos son muchos: el nuevo inquilino del edificio que comienza por molestarte con sus hábitos excéntricos —ruidos, actividades escandalosas a deshoras, visitas sospechosas, moral relajada— y al que tus quejas parecen estimular pues desde ese momento se convertirá en más que una molestia, una amenaza. La nueva compañera de trabajo a la que seduces y con la que logras un fin de semana de sexo clandestino, pero que al volver a la rutina, ante tu petición de discreción y tu consideración de lo sucedido como algo excepcional e irreflexivo que no querrías repetir, decide que ella sí quiere más, mucho más, todo, y te coacciona para continuar la relación indeseada bajo chantaje de, en caso contrario, revelar el secreto pecado a tu mujer. El malentendido callejero, el accidente sin consecuencias, el encontronazo torpe, que no es resuelto con buenas palabras y que crece cual bola de nieve hasta resultar en un anónimo conciudadano que merodea tu barrio con el solo objetivo de encontrarte para cumplir sus promesas de represalia. El policía infractor al que denuncias en ejercicio de tu responsabilidad cívica, y que tras ser absuelto regresa a las calles con su uniforme, su arma, su autoridad y su impunidad, y desde ese día tendrá en la venganza un estímulo para vivir, una venganza interminable. El bromista de bar que te elige como juguete para sus exhibiciones públicas, el cliente insatisfecho que pasa de la insistencia recriminatoria al acoso continuado, el pequeño delincuente al que delatas y al que siempre esperarás cada vez que alguien se acerque por detrás a paso ligero, el desequilibrado que sin motivo te señala como objeto de su delirio, el acomplejado al que en la infancia humillaste sin saberlo y que ahora regresa para hacerte pagar tu risa, el irascible que no se conforma con unas palabras de disculpa, el chantajista que de tu debilidad extrae su subsistencia, el niño que en el colegio acosa a tu hijo y que se convertirá en tu peor pesadilla. Hay otras opciones, incluso más demenciales, con protagonistas directamente criminales, psicopáticos, inverosímiles y no por ello menos temibles, como el camión que en la carretera se pega a la trasera de tu coche y busca echarte a la cuneta, o el compañero de piso ideal que conoces en anuncios por palabras y que te quitará tu novia, tus amigos, tu familia y tu trabajo antes de intentar liquidarte. Las posibilidades son muchas, pero son sólo versiones de un mismo relato, donde cambian los actores, las coartadas, los medios, pero el fondo es idéntico: de repente un extraño, de repente un incidente que imposibilita la continuidad satisfactoria de tu vida, de repente un giro imprevisto que hará que desees regresar a aquel día en que un gesto, una palabra, un accidente menor, abrieron una puerta a la desesperanza. El extraño, el intruso, la amenaza que funciona desde su reiteración en los relatos de ficción como una advertencia, una llamada de atención contra la confianza, una forma de educación en el recelo individualista frente a la incertidumbre colectiva, *los otros* como amenaza, el hogar seguro frente al espacio público lleno de riesgos, no podemos estar tranquilos, la delicada tela de la normalidad puede rasgarse en cualquier momento, el mundo, tu mundo, tu ciudad, tu barrio, tu entorno, son lugares peligrosos, los ciudadanos anónimos que te cruzas en la calle, que saludas en el trabajo, que te sonríen en la discoteca, que te ayudan a levantarte cuando tropiezas, que atiendes o ignoras, son un peligro potencial, cualquiera puede traspasar esa línea, cruzarse en tu trayectoria hasta colisionar, nunca bajes la guardia, desconfía, teme, no abras la puerta a desconocidos, no hagas tratos con cualquiera, no compartas piso con nadie, no hagas autostop, no busques sexo furtivo, no conciertes citas en foros de Internet, no aceptes la ayuda espontánea del que se ofrece a auxiliarte, no bajes la guardia, cada paso que das puede ser un pie que no encuentra apoyo, una zancada hacia el abismo.

De nuevo un inesperado dolor de barriga deja a Pablo hoy en casa, y aunque ya tiene edad para quedarse solo mientras sus padres marchan a trabajar, Carlos anuncia a Sara que cuidará del niño, no tiene problema en llamar al trabajo y comunicar la enfermedad de un familiar. Ambos pasan la mañana tranquilos, cada uno en sus ocupaciones, hasta que a última hora de la mañana Carlos pregunta a su hijo si no le importa quedarse un rato solo, pues quiere salir a hacer unas compras. Tras recordarle una vez más que no debe abrir la puerta a nadie, baja al garaje, sube al coche tras hacer las habituales comprobaciones, levanta la puerta automática sin sorpresas, y sale a la calle hoy soleada. Pero en vez de dirigirse al centro comercial, cruza la autopista y completa el recorrido que cada mañana hace para llevar a Pablo al instituto, y que cada día a esta misma hora suele realizar en sentido inverso al que hoy cubre. Esta vez no aparca en el sitio acostumbrado, sino que deja el coche en la parte trasera del centro educativo. Desde ahí llega caminando hasta la fachada delantera, y elige como punto de observación el mismo que a diario toma como parapeto para situar el vehículo, tras unas casetas de obra que llevan años anunciando en vano la construcción de viviendas en el cercano solar. Quedan todavía unos minutos para la salida de los estudiantes, y de un primer vistazo localiza a aquel a quien busca, y que está donde lo esperaba encontrar, podría incluso decir que no ha faltado a la cita, pues aunque no ha habido acuerdo ni invitación, era evidente, al menos para él lo era, que tras el frustrado encontronazo de ayer, hoy vendría de nuevo a la salida para cumplir lo que quedó pendiente, siempre hay cuentas que saldar. Está solo, sin sus dos acompañantes habituales, y ha elegido para esperar el banco más cercano a la puerta del instituto, sin ningún disimulo, desde donde mira a la puerta del edificio por la que en cualquier momento asomarán los primeros estudiantes. Cada vez que un coche accede a la zona de aparcamiento que separa el centro educativo del parque, el muchacho mira al vehículo con interés, pues no sólo espera a un niño que debería salir por la puerta, sino también a un padre que suele llegar en coche a esa misma hora, y al que aguarda en vano, ya que ignora que ese mismo padre le observa oculto tras las cercanas casetas de obra.

Con el sonido de la sirena el niño abandona su puesto de observación y, confirmando que no tiene nada que ocultar en sus intenciones, avanza hasta la verja. Se coloca junto a la puerta, desde donde puede ver uno a uno a todos los estudiantes en su salida de clase, de manera que, como todos tienen que pasar por ese acceso único, se asegura de que no se le escape aquel al que busca, confundido entre la multitud. Desde ese nuevo punto de control tampoco descuida los movimientos de coches a su espalda, y cada vez que escucha un motor se gira. Los estudiantes tienen prisa por abandonar el centro, y aunque nada más traspasar la verja lentificarán el paso de camino a sus casas, en la salida todavía se mueven con rapidez, y en apenas seis minutos queda desalojado el edificio. El niño continúa junto a la verja, apurando el goteo de los rezagados y de los primeros profesores. Cuatro minutos después aparece el bedel con el manojo de llaves para cerrar la puerta, así que el centinela desiste y abandona su puesto. Se retira unos metros y echa una mirada alrededor, al parque, a los coches aparcados, a las esquinas. Carlos da un paso atrás y se oculta del todo tras la caseta, para evitar ser visto, y tras unos segundos vuelve a asomarse con precaución, pero el niño ya no está junto a la verja. No lo localiza en el tramo de calle que controla desde su escondite, así que tiene que arriesgar y asomarse algo más, exponiéndose a posibles observadores. Por fin lo ve, al otro lado del instituto, a punto de girar la esquina hacia un lateral. Cuando lo pierde de vista abandona su parapeto y camina a paso ligero hacia la esquina por la que desapareció el chico, y al alcanzarla se asoma con precaución, siempre con temor a que el otro esté esperándole ahí, que en realidad se supiese observado y le haya tendido una trampa. No es así, y ve al niño a un centenar de metros, caminando a tal velocidad que en cuanto gira una nueva esquina esta vez Carlos no espera ni un segundo y corre, no anda sino corre, hacia allí, para no perderlo.

El juego de las esquinas se prolonga durante varias manzanas, en las que Carlos aguarda desde su escondite a que el perseguido haga un nuevo giro en su veloz trayectoria, para en seguida avanzar hasta el siguiente parapeto desde el que espiarlo. El niño anda deprisa, y a Carlos le cuesta seguirlo, más aún por las necesarias precauciones, aunque le beneficia la ausencia de paseantes, que le obligarían a un doble disimulo, para camuflar sus maniobras no ya sólo ante el observado, sino también ante posibles testigos que encontrarían extraño el comportamiento de un adulto que corretea de edificio en edificio y asoma un poco la cabeza cuando alcanza un cruce. Ahora no quedan más esquinas, pues han desembocado en una zona descampada, una extensión de barro, maleza y basura de unos quinientos metros de ancho, que separa dos grupos de edificios residenciales. Carlos sigue detenido en su último recodo, mientras el niño avanza ya por la mitad de la parcela. Le parece demasiado arriesgado seguirlo por una zona donde no cabe ocultarse, pero al mismo tiempo piensa que si espera a que alcance el otro lado, la ventaja del perseguido será demasiado grande, y bastará un nuevo giro en cualquier esquina para perderlo. Así que espera hasta que el niño ha completado dos tercios del recorrido, distancia que Carlos considera suficiente para no ser reconocido a simple vista si girase la cabeza, pero también para huir si el chico se diese la vuelta y el perseguidor se convirtiese en perseguido, de forma que podría alcanzar una cafetería cercana antes de ser cazado. Por tanto, Carlos echa a andar por el descampado cuando todavía el niño no ha terminado de atravesarlo, y durante dos minutos ambos son los únicos caminantes de ese terreno encharcado, un adulto y un niño que caminan a similar velocidad, separados por menos de medio kilómetro. Cuando el que va primero llega a la acera, gira levemente la cabeza, y ese gesto hace que el que camina detrás se frene, y ahí queda, detenido en mitad de la parcela baldía, en un espacio que escenifica como pocos la vulnerabilidad para quien hasta este momento escogía la protección de la caseta de obra, la esquina, el coche con los seguros cerrados, la ventana de casa desde donde ver el parque. Mira un instante hacia atrás, para comprobar que no hay nadie más en los alrededores, incluso ahora duda de si la cafetería que había situado como posible refugio no estará en realidad cerrada. Cuando vuelve a mirar en dirección al niño, éste ya ha desaparecido tras la primera esquina. Carlos permanece todavía unos segundos quieto, valorando la situación. Piensa que si no se da prisa, si no corre, lo perderá. Pero cabe la posibilidad de que al girar la cabeza le haya visto, o más que verle, cosa evidente pues era perfectamente visible en tanto que paseante solitario del descampado, la posibilidad de que le haya reconocido, y que ahora le esté esperando, oculto en el primer portal, para caer sobre él, que además llegará agotado por la carrera necesaria para no perderlo de vista. Puede por tanto darse la vuelta y regresar por donde ha venido, pero quién sabe si no dará comienzo así a una nueva persecución, invirtiendo los términos, y si será capaz de alcanzar la cafetería, caso de que esté abierta.

Por la acera del edificio tras cuya esquina ha desaparecido el niño avanzan ahora dos personas, un hombre y una mujer tomados del brazo, y su presencia tranquiliza algo a Carlos, más por su condición de testigos que porque espere ayuda alguna de ellos en caso de ser agredido. Por la esquina aparece ahora también un coche, que maniobra para aparcar, y todas estas presencias dan confianza a Carlos, que echa a andar, a paso ligero, casi corriendo. Cuando llega a la esquina todavía ve al niño a lo lejos, hacia delante en la misma calle, pues ha seguido caminando en línea recta, sin hacer nuevos giros que le habrían ocultado. Como esta nueva calle tiene bastante más vida, con varios comercios y un camión de limpieza con dos operarios que barren la calle, Carlos decide no esconderse tanto, y camina como un vecino más, a paso normal, abandona el juego de las esquinas, que le hacía sospechoso a quien pudiera verle, y a cambio adopta el ademán confiado del que sabe a dónde va, del que conoce las calles y tiene un destino elegido, más o menos la misma actitud que muestra el niño, que continúa su paso decidido por calles que demuestra conocer bien, aunque no tan rápido ya, incluso se detiene en algún escaparate para observar algo de su interés. Así avanzan durante diez minutos, los dos a buen paso, separados siempre por más de doscientos metros, pero ahora el niño no abandona la línea recta, recorre la acera izquierda de una calle larga, no gira en ninguna esquina, de forma que puede seguirlo con comodidad. Caminan por una zona que Carlos nunca ha pisado, muy próxima a su casa pero totalmente desconocida, pues en realidad, admite ahora, apenas conoce su propio barrio, más allá de las inmediaciones de su casa, el trayecto hasta el instituto, la incorporación a la autopista, el centro comercial, y las tres o cuatro calles que concentran los principales comercios y los servicios administrativos. Nunca ha tenido motivo alguno para recorrer otras zonas del distrito, ni siquiera curiosidad, y a cambio sí tenía razones para evitar algunas barriadas, llevado por el mismo prejuicio con que sus vecinos, en las reuniones de propietarios, se referían a calles como ésta que ahora transita, caracterizadas como peligrosas, inseguras, y como tales evitables. Prejuicios infundados, o poco fundados, piensa, pues ahora que la recorre no le parece tan terrible, no al menos tan terrible como la describen los comentarios que ha oído repetidamente desde que vive en esta parte de la ciudad, así como los escritos fotocopiados que los vecinos más activos colocan en las paradas de autobús convocando a movilizaciones, denunciando todo tipo de prácticas delictivas, y exigiendo más presencia policial. Ésta que Carlos ve por primera vez es una calle como tantas otras que sí conoce del barrio, con comercios similares y gente que pasea, que hace compras, que regresa del trabajo. Es cierto, acepta, que las construcciones son de peor calidad, bloques de cuatro plantas sin ascensor, con fachadas que no han conocido una limpieza en décadas, ropa tendida al exterior y terrazas convertidas en trasteros como prueba del reducido tamaño de las viviendas. También observa que los coches aparcados, la mayoría al menos, son de menor cilindrada, más viejos, o más gastados, e incluso ha visto ya, en el tramo de calle que ha recorrido hasta ahora, un par de vehículos abandonados, medio desguazados. Podría decirse incluso, piensa, que las calles están más sucias que donde él vive, las paredes más llenas de pintadas, las aceras más desconchadas, los alcorques sin árboles. En cuanto a la gente, piensa mientras sigue observando al niño que camina por delante, es algo distinta a sus vecinos, pero tampoco demasiado, y habría que fijarse en detalles para adivinar su extracción social y su situación económica, observar la calidad de sus ropas, sus zapatos, relojes y bisuterías, atender a sus dientes y otros indicadores de salud, detalles que él no puede apreciar a la velocidad a que camina. Hay, eso sí, más extranjeros, más negros, más árabes, más sudamericanos, más orientales, pero todos se muestran tranquilos y laboriosos, descargan camiones de reparto y limpian escaparates, y parecen también educados, se apartan a un lado para dejarle paso cuando le ven caminar con prisa, y se muestran indiferentes a su presencia.

La avenida termina en una rotonda, y el niño la atraviesa en diagonal para buscar un parque colindante, un pequeño jardín descuidado, un pedazo de terreno sin uso al que han colocado columpios y bancos pero que no tiene césped ni apenas vegetación. El chico cruza el parque por su zona más ancha, y Carlos continúa su paso, sin frenarse ni buscar parapeto, sintiéndose seguro todavía por la proximidad de la calle que ha dejado a su espalda, llena de comercios donde refugiarse y de gente a la que pedir ayuda en caso de que fuera necesario. Su confianza sólo se ve mermada cada vez que el niño gira la cabeza, gesto que ha hecho un par de veces en el último minuto, al cruzar la rotonda y al incorporarse al parque, aunque nada en él, ni su expresión ni su paso invariable, indican que haya reconocido a su perseguidor. En el centro del parque, sentados en el respaldo de un banco, hay tres adolescentes con un litro de cerveza. El niño se detiene un instante junto a ellos, los saluda e intercambia unas pocas frases, y Carlos los observa semioculto tras un matorral que no ha conocido poda en años. El chico se despide y continúa su paso, y Carlos no cree haber visto ninguna señal que apuntase en su dirección, pero aun así evita seguir el mismo y abre su trayectoria hacia el exterior del parque, elige otro sendero para no pasar junto al banco en el que han quedado los tres adolescentes, a los que no pierde de vista, como si en cualquier momento fuesen a incorporarse y, siguiendo alguna instrucción dejada por el otro, se lanzasen sobre él. Nada de eso ocurre, y cuando Carlos llega a la acera los chicos siguen en el banco, parecen ajenos a su presencia.

Por su parte el niño, al terminar el parque, ha elegido una calle de un solo carril que se adentra en otra zona del barrio igualmente desconocida para Carlos, y en la que éste aprecia algunas diferencias respecto a la calle por la que venía caminando hasta llegar al parque, diferencias tan evidentes que ahora duda de si la zona evitable de la que siempre hablan sus vecinos, bien conocida de la crónica de sucesos, y por la que protestan en manifestaciones periódicas, es la que ha cruzado en los últimos minutos, o más bien ésta que ahora recorre por primera vez. Los edificios, que ya en el último tramo de la calle anterior se veían más deteriorados, pasan a ser ahora no ya de mala calidad, sino más bien ese tipo de construcción provisional, o que inicialmente es de carácter provisional pero que acaba tomando la condición de definitiva por dejadez de la administración responsable. Edificios de dos plantas, de escasa altura, con las ventanas y balcones enrejados y todo tipo de soluciones arquitectónicas fruto de la inventiva y la necesidad de sus habitantes. Los pisos tienen puerta directamente a la calle, mediante galerías y distribuidores que unen unas viviendas con otras, y si bien algunas están muy cuidadas, llenas de macetas y jaulas de pájaros, otras muestran signos de abandono, cuando no parecen deshabitadas, carentes de cristales en las ventanas, o con éstas tapiadas. En los bajos hay comercios, pero muchos de ellos están cerrados, se diría que desde hace años, por el estado de destrozo de sus cierres y fachadas, y sus interiores desvalijados o, en algunos casos, reocupados como vivienda irregular. Los coches dejan espacio a viejas furgonetas que indican la ocupación probable de sus habitantes, vendedores ambulantes, transportistas, recuperadores de chatarra de cualquier tipo. Entre los habitantes parecen mayoría los gitanos, al menos entre los presentes a esa hora, muchos de ellos situados como curiosos en torno a un coche de la policía municipal, donde un agente conversa tranquilamente con un anciano al que parece explicar algo, mientras su compañero, dentro del coche, habla con el aparato de radio que le comunica con la central. Es esta presencia de la autoridad la que hace que Carlos no se dé la vuelta como le aconseja su instinto de protección, de manera que continúa su seguimiento al niño, que ya ha llegado al final de la calle y, ahora sí, gira hacia la izquierda, lo que obliga a Carlos a acelerar el paso, ante la posibilidad de que se meta en una casa y lo pierda de vista.

Al volver la esquina, sin embargo, ve cómo sigue caminando, no ha entrado en ninguna vivienda, y eso alivia a Carlos, pues mientras el muchacho siga andando no habrá que tomar decisiones, no habrá que arriesgar nada, podrían seguir caminando durante horas, siempre separados por doscientos o más metros, cruzar el barrio y la ciudad entera, pues caminar no implica nada, mientras que entrar en un portal significaría un hogar familiar, unos padres a los que Carlos se ha propuesto visitar, aunque el aspecto de las calles que ahora atraviesa le hace dudar de su propósito, no cree que vaya a encontrar unos padres muy comprensivos ante lo que él viene a contarles, a pedirles. Desde primera hora de la mañana, una vez que quedó acordado que Pablo no iría a clase, ha estado pensando qué decir, cómo abordar la cuestión, cómo presentarse. Ha imaginado que, completado el seguimiento, el niño acabaría llegando a su casa. A partir de ahí, no tiene muy claro si es mejor llamar a la puerta cuando esté dentro, o esperar a que vuelva a salir. En el primer caso, puede que fuese el propio niño el que abriese la puerta respondiendo al timbrazo, y al ver a Carlos se asustase al saberse localizado, se derrumbase ante la posibilidad de que sus padres supieran de sus andanzas, y ese susto bastase para poner fin a esta relación. Pero también, piensa Carlos, podría ocurrir que el niño estuviese solo en casa, o acompañado de algún hermano siempre dispuesto a ser cómplice, por solidaridad de sangre, o incluso que los padres no sólo no censurasen el comportamiento de su hijo sino que se confesasen orgullosos del mismo, e invitasen a Carlos a pasar a su casa para entre todos agredirle y extorsionarle, familia que delinque unida, un modelo que no había considerado en serio hasta ahora, cuando el ambiente de estas calles le hace temer cualquier tipo de reacción. En tal caso, piensa, lo aconsejable será limitarse a completar el seguimiento, y volver en otro momento, cuando el niño no esté, para hablar con los padres a solas, y en función de la actitud y la reacción de los progenitores, optar por la súplica o por la exigencia y la amenaza de acciones judiciales.

Todos estos posibles escenarios se disuelven cuando el niño llega al final de la calle y, sin haber entrado en ningún piso, cruza la calzada para atravesar una gran explanada de asfalto, a esa hora ocupada por algunos remolques. Al dejar la acera, en el gesto típico de mirar si viene algún coche, el niño detiene la vista un segundo en la parte de la calle por donde avanza Carlos, que de nuevo duda de su invisibilidad, si el niño le acaba de descubrir o si incluso ya le reconoció antes, cuando cruzaron el descampado o la rotonda o el parque, y si todo este tiempo no ha hecho más que jugar con él, llevarle hasta algún sitio en el que poner las cartas boca arriba, solo o acompañado por sus compinches, los habituales o aquellos a los que saludó en el parque y a los que tal vez dio instrucciones, los citó aquí mismo, para entre todos ocuparse de ese perseguidor tenaz que viene espiando sus pasos desde el instituto. Así que Carlos decide que ya ha llegado demasiado lejos, que se ha expuesto más de lo aconsejable, y que no va a seguirle ni un metro más, que no piensa mostrarse en terreno abierto de nuevo, en ese aparcamiento despoblado, al otro lado del cual además no hay bloques de viviendas a los que dirigirse, pues a corta distancia el espacio queda cerrado por la autopista, y más acá sólo hay un edificio bajo, de dos plantas, de ladrillo rojo, cerrado con un muro coronado por alambre, con una bandera en la fachada principal, y sólo accesible por una puerta metálica a la que parece dirigirse el niño. Carlos permanece donde se detuvo, oculto tras una furgoneta, y ve cómo el muchacho en efecto llega hasta la entrada, llama a un interfono y espera unos segundos hasta que la puerta se abre.

Si percibe amenazas en su entorno, en su barrio, en su ciudad, es fácil adivinar la imagen que de otras zonas del mundo tiene Carlos. Él reconoce que la situación de su ciudad no tiene nada que ver con la de ciertos suburbios de Los Ángeles, ni siquiera de París, menos aún con las capitales latinoamericanas o con cualquiera de las megalópolis de otros continentes. Pero esa comparación no funciona como consuelo, pues ve aquellas ciudades como un modelo, una promesa de futuro hacia la que caminamos, un anticipo de la deriva irresistible del planeta. Su imagen de buena parte del mundo es la de un lugar convulso, lleno de atractivos, por supuesto, de viajes pendientes y visitas imprescindibles, pero también de riesgos, todo ese catálogo de peligros aprendidos y fijados y que hace que donde algunos viajeros ven riqueza, exotismo, belleza y curiosidad, otros sólo reconozcan miseria, violencia, secuestros, terrorismo, de manera que evitan viajar, seleccionan con cuidado los destinos, y prefieren circular por lo domesticado, lo protegido, lo considerado seguro: viajes organizados, hoteles de marca multinacional, acompañantes que actúan tanto de guía como de protección, franquicias reconocibles, y todo tipo de espacios convertidos en parque temático para facilitar antes la sensación de seguridad de sus visitantes que su diversión o comodidad. Esas parejas de recién casados que no conocen más Caribe que el contenido dentro de los muros del *resort* playero o el entrevisto en las excursiones organizadas, y cuyo máximo contacto con la población local es el que tienen con los empleados del hotel y los vendedores de esos mercadillos que parecen un montaje pintoresco para turistas. Esos europeos que se dicen fascinados por el mundo árabe y que en Marruecos se mueven en consentido rebaño tras el empleado de la agencia de viajes que levanta un paraguas de colores para que nadie se pierda, y que además espanta a los niños pedigüeños y a los vendedores ambulantes que no tienen acuerdo con la agencia. Esos viajeros que se pretenden independientes y hasta intrépidos, y que acaban cenando en un restaurante propiedad de una conocida multinacional, con cuyos cubiertos de plástico y comidas precocinadas se sienten a salvo, como en casa.

El mundo como un lugar peligroso, divisible y marcado en sus zonas a evitar, como esos mapas de peligrosidad que Carlos querría tener para iluminar sus movimientos por la ciudad, y que en la práctica ya existen, los tienen las propias agencias de viaje, los elaboran en forma de recomendación los servicios exteriores de cada país para sus nacionales, identifican cuáles son los países con mayor riesgo, aquellos donde no viajar en ningún caso, otros donde sólo viajar si es necesario, unos cuantos más para visitar siempre dentro de los circuitos organizados, y un puñado más de lugares a los que podemos viajar siempre que atendamos unos cuantos consejos para nuestra seguridad. Por ejemplo:

«Recomendaciones de viaje a la República de Guatemala.

Ministerio de Asuntos Exteriores:

El índice de inseguridad en Guatemala es muy elevado, por lo que se recomienda seguir estrictamente los consejos que se formulan a continuación:

Zonas de riesgo (deben ser evitadas):

En la Capital se deben evitar las zonas 1, 3, 5, 6, 12, 19 y 22 y muy especialmente, las colonias "El Gallito" y "La Ruedita" en la zona 3 y "La Limonada" en la zona 5 (límite con la 1), límite con la Zona 1, por ser centros habituales de distribución de drogas y muy peligrosos. Asimismo, deben evitarse todas las poblaciones situadas en los alrededores de la capital. En el resto del país, se debe evitar ir a las zonas que no están catalogadas como turísticas, así como desplazarse fuera de las rutas principales de comunicación.

Hay que tener muy especial precaución al utilizar la denominada "Ruta del Atlántico", carretera que une Guatemala con Puerto Barrios, sobre todo entre los Kms. 30 a 100, donde se han registrado asaltos por parte de violentos grupos criminales que utilizan a veces uniformes militares. Se desaconseja totalmente la circulación por dicha carretera por la noche.

En la visita a Lago de Atitlán (por carretera Interamericana 1), se debe evitar el desvío por Godinez, carretera que lleva a la localidad de Panajachel, ribereña del Lago de Atitlán y en la que, debido a las malas condiciones de la misma y al hecho de estar poco transitada, es frecuente que se produzcan asaltos. Para dirigirse a este lago ha de utilizarse siempre la carretera Interamericana (asfaltada).

Zonas de riesgo medio (visitas con ciertas precauciones):

Todas las zonas turísticas del país (Antigua, Lago de Atitlán, Chichicastenango, Parque Tikal en Petén, Río Dulce), así como las zonas residenciales de la capital (9, 10, 13, 14 y 15, 16 y 17). Si Vd. desea visitar el centro histórico, trate de transitar únicamente entre las 5.ª y 8.ª Avenidas, donde se encuentran los principales monumentos, evitando circular por el resto del Área. Se desaconseja viajar en vehículo entre los pueblos ribereños al lago, particularmente entre Santiago Atitlán y San Pedro de la Laguna, siendo preferibles los desplazamientos en barco.

Para visitar la ciudad de Antigua (situada a unos 40 kilómetros de la Capital) y uno de los principales destinos turísticos del país, debe utilizarse siempre la carretera principal que une Guatemala con dicha ciudad, evitando las carreteras secundarias de los alrededores de Antigua, como por ejemplo el desvío por Bárcenas.

Tome precauciones en los alrededores del aeropuerto. Han sido frecuentes los asaltos a viajeros una vez que han salido de su perímetro, en especial cuando llegan en vuelos nocturnos.

Por último, se recomienda adoptar las siguientes precauciones en todo lugar, incluidos los enclaves turísticos:

— Viajar y desplazarse preferiblemente en grupo.
— No viajar nunca de noche.

— No utilizar medios de transporte públicos colectivos, ni en la capital ni en el interior del país, por el elevado número de robos que se producen en los mismos y por la conducta temeraria de sus conductores.

— En el aeropuerto o estaciones de autobuses, lleve Vd. mismo sus equipajes y no acepte ayuda de extraños.

— Asegurarse de que el taxi lleva taxímetro o, en caso contrario, pacte previamente una tarifa razonable. En la Capital se recomienda la utilización de "taxis amarillos" o "Verdes" (Tlf. 24-70-15-15). Además de ser más baratos y llevar taxímetro, son más seguros, al ser localizados por GPS.

— No llevar de forma visible móviles, cámaras de fotografías, video, ordenadores portátiles u objetos de valor.

— No realizar acampada libre.

— Guardar documentación (pasaporte, DNI, billetes de avión, tarjetas de crédito, etc.) así como los objetos de valor en algún lugar seguro. Los pasaportes y DNI de España son documentos codiciados. Se recomienda depositar esta documentación en la Embajada (Depósito Consular). Si durante su estancia en Guatemala no piensa salir del país, puede llevar consigo una fotocopia compulsada por este Consulado que le permite el desplazamiento por el país sin problemas.

— Tratar de alojarse en hospedajes utilizados por viajeros extranjeros. En la capital se recomienda hospedarse en alguno de los hoteles de las zonas 10, 12, 13, 14 y 15.

— Existe la posibilidad de que la Policía de Turismo acompañe a los turistas en sus desplazamientos, siempre que sean grupos y se solicite, al menos, con cuatro días de antelación.

— Para la ascensión al volcán Pacaya dirigirse a la Comisaría de Escuintla: 78-88-02-53 y 78-89-19-42.

— Para la ascensión a: Volcanes del Agua y/o Fuego y al Monumento "Cerro de la Cruz" (Antigua), dirigirse a la Comisaría de esta ciudad: 79-34-63-00 y 79-34-65-13. Debido a los continuos asaltos que se producen existe un servicio de acompañamiento de agentes de la Policía, por lo que se recomienda contactar con esta Comisaría.»

A Carlos siempre le ha parecido paradójico que este tipo de recomendaciones se titulen habitualmente como consejos «para su seguridad», pues al igual que las que difunde el Ministerio del Interior, llamadas en efecto «consejos para su seguridad», sólo pueden provocar en quien las lee mayor sensación de inseguridad, ya que la enumeración de las amenazas nunca ha sido la mejor forma de tranquilizar a nadie. Por ejemplo, Carlos tuvo que viajar hace un par de años, por motivos laborales, a cierta capital latinoamericana. Antes de su salida consultó la página web del Ministerio de Asuntos Exteriores, y leyó las recomendaciones «para su seguridad» referidas a ese país, que eran éstas:

«La inseguridad es considerable en las grandes ciudades, principalmente en la capital, e incluso en su Aeropuerto Internacional y zonas aledañas. El trayecto del aeropuerto a la ciudad es muy peligroso, con numerosos atracos a mano armada. Robos y agresiones son muy numerosos, sobre todo en la vía pública. Se recomienda extremar el cuidado tras la puesta del sol y evitar en lo posible pasear a solas y llevar prendas de vestir, joyas, relojes o cámaras que denoten alto precio o sean ostentosos. Es aconsejable no resistir a una agresión violenta o a mano armada. Se recomienda dejar los originales de los documentos de identidad bien protegidos en los hoteles o domicilios durante la estancia en el país, debido al gran número de robos de documentación. Se recomienda, por tanto, ir provisto de copias de los originales. Cuando se viaje por el interior del país se debe estar en posesión de documentos originales. Es recomendable llevar pequeñas cantidades de dinero. Deben utilizarse únicamente taxis de línea debidamente identificados en el trayecto entre el aeropuerto y la capital, que disponen de placas de matrícula amarillas. Numerosos turistas son asaltados por falsos taxistas que ofrecen sus servicios en el aeropuerto. Por tanto, es muy recomendable tener la recogida en el aeropuerto asegurada por el hotel o por la agencia de viajes.»

Por supuesto, estas advertencias permitieron que extremase su cuidado, y regresó ileso del viaje. Pero también sirvieron para aterrorizarle, y convertir su estancia en la ciudad en insoportable. Desde que salió del avión, todavía dentro de la zona aeroportuaria exclusiva para viajeros, se sentía amenazado, y su cuerpo se tensaba si alguien le ofrecía ayuda con el equipaje. En el control de pasaportes observaba a los agentes policiales como corruptos en potencia, que en cualquier momento podían retirarle la documentación y conducirle a una habitación cerrada, donde extorsionarle o colocarle en el equipaje un paquete de droga para dar fuerza al chantaje. Al salir a la zona de servicios del aeropuerto, mientras buscaba a la persona que se había comprometido a recogerle, veía a quienes allí esperaban como potenciales agresores, se sobresaltaba cuando un tipo le ofrecía transporte hasta el hotel o cambio de moneda, agarraba con fuerza su maleta, y no se movió de las inmediaciones de la puerta de salida hasta que encontró a un joven que mostraba un folio con su nombre escrito en rotulador, y que le sonrió amablemente y le preguntó con educación si había tenido buen viaje. De camino hacia el coche, caminando por el exterior de la instalación, llegó a pensar si ese muchacho que tiraba de su maleta y le advertía sobre la humedad tropical sería en realidad quien decía ser, o tendría en realidad otro tipo de intenciones, pues su única identificación había sido ese folio escrito a mano, ni una tarjeta ni una insignia de la empresa a la que decía pertenecer, podía ser un secuestrador de turistas, incluso compinchado con alguien de la organización para conocer su nombre y hora de llegada, y pronto le abandonaría en mitad de la carretera, desnudo, golpeado y sin pasaporte ni dinero. En el trayecto hasta el hotel, observaba el paisaje urbano con inquietud, los barrios hacinados de infraviviendas en las colinas que cerraban la ciudad, los niños que vendían comida en los semáforos, los motoristas que se acercaban demasiado al vehículo, que le miraban a través del cristal. Ya en el hotel se sintió a salvo en su habitación, desde cuya ventana veía el entorno ya oscurecido. Sabía que estaba situado en el centro de la ciudad, precisamente una de las zonas menos recomendables, y maldecía no haber sido alojado en el seguro y cómodo distrito donde estaba el centro de convenciones a que tendría que desplazarse para cumplir su trabajo. Esos trayectos en furgoneta del hotel al congreso fueron sus únicos desplazamientos por la ciudad, pues hizo todas sus comidas en uno u otro sitio, rechazó ofrecimientos de colegas para salir a cenar, y pasó muchas horas en la habitación del hotel, tumbado en la cama, bebiendo refrescos, viendo canales internacionales de televisión, y leyendo la prensa local que, con prosa sensacionalista, relataba todo tipo de crímenes. El último día, horas antes de partir hacia el aeropuerto, decidió sobreponerse a su miedo y salir al exterior. Cruzó la puerta automática del hotel, que estaba en una plaza amplia, de cemento, al otro lado de la cual había un museo de pintura del que tenía buenas referencias. Caminó los ciento cincuenta metros que separaban el hotel del museo, una zona de bancos donde varios buhoneros exponían su mercancía a los paseantes. Lo hizo a paso ligero, hasta alcanzar la entrada del museo. A la salida del mismo, rehizo el camino aunque esta vez a paso más tranquilo, sin perder de vista la referencia del hotel, con su garita de seguridad a la entrada, pero sintiendo que estaba haciendo algo parecido a pasear. Al llegar a la puerta, decidió no entrar aún, y siguió caminando pegado a la fachada del hotel, hasta llegar a la esquina. Se asomó a una avenida que separaba el edificio de varias construcciones de menor altura, que enmarcaban una calle que conducía hacia el centro histórico, según había visto en un plano en el hotel. Cruzó la avenida e inició el avance por esa calle, en la que se cruzó con gente de aspecto nada amenazante, aunque reconoció no saber bien qué tipo de aspecto podría ser amenazante, ya que sus únicas referencias eran los relatos dramatizados de la prensa local, que alimentaba el miedo al pequeño delincuente, violento y amoral, el *malandro*, construcción social, cultural e ideológica muy común en todo el continente, ese joven, canijo, de gesto torvo, piel oscura, camisa abierta, caminar chulesco, lenguaje incomprensible, actitud agresiva y pistola en el cinturón; habitante de los enormes barrios que los participantes locales en el congreso identificaban como la «zona roja» de la ciudad, reconociendo así contar con sus propios mapas de peligrosidad que fragmentaban la ciudad y hacían que algunos habitantes nunca hubiesen puesto un pie más allá de sus exclusivas urbanizaciones, campus universitarios, centros comerciales y parques empresariales blindados. Carlos avanzó por aquella calle, sin terminar de sentirse seguro, sin espantar del todo esa sensación de amenaza permanente, y aunque alcanzó a pie la plaza principal y la catedral, y regresó por el mismo camino sin incidente alguno hasta el hotel, sabe que aquel fue un paseo obligado, un reto, que más tarde consideró imprudente, y que tal vez no repetiría.

Varias veces marca el número pero cuelga antes de que respondan. Unas veces es la presencia de un compañero de trabajo que pasa junto a su mesa la que le hace colgar. Otras, corta la llamada por su propia indecisión, ya que no tiene claro qué decir. Por fin, al quinto intento decide no interrumpirla, escucha los tonos discontinuos y espera, aunque vigila el pasillo por si se acerca alguien. La llamada es atendida por una grabación de voz que, apenas audible sobre el estridente fondo musical, le ofrece varias opciones para que seleccione una tecla en función del tipo de consulta que quiere realizar. Como no sabe bien cuál es su consulta, cuelga sin escuchar todas las opciones, aunque en seguida vuelve a marcar, y decide dar una oportunidad, pues tal vez haya al final de la grabación alguna opción que se ajuste a su demanda. No sucede así, y la voz le recomienda mantenerse a la espera en caso de que ninguna de las cuestiones ofertadas satisfaga su interés. Tras dos minutos escuchando un bucle musical, por fin una mujer atiende la llamada. Buenos días, saluda Carlos, quiero hablar con alguien que se ocupe de los menores delincuentes. La telefonista le pide que concrete más su petición, y Carlos piensa durante unos segundos una fórmula breve que resuma su caso, pues no está dispuesto a contar su historia de principio a fin, ya que sabe que esa telefonista no es la persona indicada para escucharle, pero además no quiere relatar su situación por teléfono salvo que sea imprescindible, para no ser escuchado por algún compañero de trabajo. Quiero interesarme por un chico que está internado en un centro de menores, propone Carlos, y su interlocutora, con tono cansino, anuncia que va a pasar su llamada a la subdirección responsable de los centros de menores. El intento de conexión termina en un tono de línea ocupada, y como la telefonista no recupera la llamada ni le ha dado otra alternativa, Carlos se ve obligado a rehacer todo el trayecto desde el principio. Tras escuchar la grabación ya conocida, mantenerse a la espera, y aguantar los dos minutos de bucle musical, esta vez es una voz distinta la que atiende su llamada. Carlos pide hablar directamente con la subdirección en cuestión, y solicita a la telefonista que, para el caso de que se corte la comunicación de nuevo, le facilite el número directo, de forma que pueda llamar pasados unos minutos. Anota el número que la voz femenina le da, y de nuevo choca contra el tono de línea ocupada.

Durante una hora lo sigue intentando, con intervalos de varios minutos, pero cuando no comunica tampoco lo cogen. Mientras, va imaginando cómo puede ser la posible conversación con el funcionario al otro lado del teléfono. Buenos días, saludará Carlos, quiero interesarme por un menor que está internado en un centro. Es usted familia, le preguntará el que atienda la llamada. No, negará Carlos, más bien soy víctima. Víctima, repetirá en tono interrogativo su interlocutor. Sí, víctima, insistirá Carlos, me ha agredido, y extorsiona a mi hijo. En ese caso tiene que dirigirse a la policía, propondrá el otro. Ya lo hice, responderá Carlos, puse una denuncia y estoy a la espera. Bien, y concretamente qué es lo que desea, preguntará el funcionario. Quiero informar de lo sucedido, anunciará Carlos, por si pueden adoptar algún tipo de medidas para evitar que haya nuevas agresiones. Pero usted dice que el menor está ya internado en un centro, dirá la voz. Así es, concederá Carlos, pero entra y sale del centro, creo que sale por las mañanas para ir a clase, yo mismo he visto como entra y sale cuando quiere. Lo habitual es que se garantice la escolarización del menor, informará el funcionario, que le explicará lo que Carlos ya sabe, lo que ha leído en sus búsquedas por Internet esta misma mañana: que sólo en casos muy graves se aplica el régimen cerrado, y tiene que haber alguna condena, o realizarse de forma preventiva siempre que lo ordene la autoridad judicial. Y qué se considera un caso grave, preguntará aún Carlos. Nosotros no somos la autoridad judicial, responderá con fastidio el interpelado, pero si usted ya ha puesto denuncia el procedimiento está en marcha, la fiscalía de menores actuará y propondrá las medidas que considere oportunas, atendiendo siempre a la protección de los derechos del menor, claro. Y mi hijo no tiene derechos que proteger, preguntará Carlos, consciente del tono demagógico de su pregunta, a sabiendas de que irritará al funcionario, que le insistirá en lo que él ya sabe: claro que sí, su hijo tiene derechos, pero piense que los casos con menores son muy complejos, hay que tener en cuenta muchos factores, y a partir de ahí Carlos rellena la conversación imaginaria con todo lo obtenido en su pesquisa en Internet, tras media mañana leyendo noticias viejas y recursos informativos de la administración, de manera que se convence de la dificultad de que en esa subdirección puedan darle alguna solución. Tal certeza, unido al paso cada vez más frecuente de trabajadores cerca de su mesa, algunos directamente para conversar con él o solicitarle algo, le disuaden de seguir insistiendo por vía telefónica.

Mientras conduce de camino al instituto para recoger a Pablo, al que desde el frustrado ataque de días atrás ya no acompaña en la distancia sino que vuelve a llevar y traer en coche, Carlos piensa en la posibilidad de acudir directamente al centro de menores, intentar hablar con el director o con los educadores, trabajadores que, por estar acostumbrados a tratar con este tipo de chicos, y por conocer bien al menor en cuestión, tal vez sientan empatía con Carlos, no vean tan extraño que un adulto pida ayuda por el acoso de un niño, y se solidaricen con él. Pero más allá de unas palabras de compresión tampoco cree que pueda encontrar mucho más, no tienen capacidad para actuar, al menos no en el sentido que él querría, y vuelve a recordar los argumentos leídos en Internet sobre las actuaciones y medidas en casos de menores. Además, piensa, si acude a ese centro, si llama a la puerta, pasea por sus pasillos, entra en el despacho del director y habla con los educadores, se expondrá a la vista del niño y de sus colegas, a sus posteriores represalias, como cuando habló con el director del instituto semanas atrás. Incluso en el remoto caso de que obtuviese del responsable del centro algún tipo de medida, un encierro preventivo del niño, una mayor vigilancia sobre él, bastaría con que éste encargase las represalias a cualquier compañero del centro, alguno con régimen abierto, que por amistad o por alguna deuda pendiente acceda a dar una paliza a ese chivato que acaba de salir del despacho del director, y cuya dirección, matrícula de coche, instituto del hijo y horarios de la mujer, podrá facilitar al matón. Desde la autopista, mientras conduce, ve el centro de menores, próximo a una de las salidas, y sabe que nunca será capaz de llamar a esa puerta.

Pero por encima de todos esos miedos pequeños, anecdóticos, autónomos, soportables uno a uno a condición de que nunca coincidan, está el gran miedo, con mayúsculas y letras luminosas, el *Big One*: el día futuro, sin fecha, ni siquiera seguro en su venida aunque esperable, el día del gran miedo, en que todas las amenazas, pequeñas o grandes, confluyan en un mismo momento y lugar, aquí y ahora, en una de esas ocasiones especiales que el destino nos depara, cuando el orden desaparece temporalmente por motivos excepcionales (una catástrofe natural, una revuelta popular, una guerra, un ataque extraterrestre, cualquier excusa es buena) y toda la violencia se descontrola y explota: llegan los saqueos de tiendas y almacenes, los asaltos a casas particulares, las bandas organizadas que se entregan al pillaje, las violaciones masivas, las cárceles abiertas, el incendio de las comisarías y los hospitales, la falta de suministros básicos, el apagón, el ruido, el estado de emergencia, las tranquilas familias encerradas en sus casas para resistir los ataques contra sus propiedades y contra ellos mismos, prisioneros de nuestra dependencia tecnológica y nuestra incapacidad absoluta para resolver sin ayuda las necesidades más básicas —encontrar comida y agua, calentarnos, comunicarnos, protegernos—; como una desquiciada fiesta de inversión, un carnaval terrorífico en el que nada es controlable y donde vale todo, día idóneo para los ajustes de cuentas pendientes, las venganzas aplazadas, las listas de fusilables que llevaban años amarilleando, el cumplimiento de deseos y apetitos que en otras circunstancias serían imposibles de satisfacer, la materialización de los odios, la liberación de los instintos, *bellum omnia omnes*, los violentos como bestias desatadas, sin control ni represión, sin disimulo ni persecución, barra libre para todos —asesinos, torturadores, violadores, pedófilos—, los meros ladrones convertidos también en violentos para exigir su botín, asaltando hogares, almacenes, sucursales bancarias, ciudadanos; pero también aquellos que creemos inofensivos, los que no son habitualmente violentos ni delincuentes, los *normales* que pasean, trabajan y van al teatro y que de repente un día, bajo circunstancias excepcionales, se convierten en bestias, lo sabemos por lo sucedido en cada guerra, esos ejemplares padres de familia, vecinos educados y generosos compañeros de oficina que en una situación extraordinaria, empujados por la obediencia o la conformidad grupal, corroboran las conclusiones del experimento de Milgram, o el de Stanford, y se convierten en ejecutores, carceleros, enterradores, torturadores, violadores de proporciones balcánicas, ésos que hoy parecen dormir hasta que llegue el gran día, el gran miedo, la danza macabra, la pesadilla que todos temen aunque pocos podrían nombrarla, el monstruo que enseña las uñas cada poco tiempo (en una región devastada por la naturaleza, en una ciudad conquistada en guerra, en una revuelta por el precio del pan) para recordarnos que está ahí, que no duerme, sólo descansa, respira tranquilo a la espera de su prometida jornada de gloria.

Carlos cree que, aunque no lo formulemos, aunque incluso lo ignoremos, todos compartimos ese temor, esa conciencia de fragilidad de nuestra vida, de cómo en cualquier momento pueden venirse abajo las convenciones y restricciones, y desbordarse una violencia hasta entonces contenida, que tiene muchas y diferentes causas, tantas tal vez como ejercientes, como una reunión de millones de pequeñas violencias que, apoyadas unas en otras a la manera de miedos recíprocos, resiste como un dique hasta que algo lo agriete y fluya sin control. Él recuerda bien, por lecturas o por memoria personal, muchos momentos en la historia, también en la más reciente, en que ese equilibrio milagroso se ha derrumbado, incluso en entornos tenidos como exquisitamente civilizados y donde una guerra, una protesta ciudadana que degenera, un desastre natural que aísla, resulta en episodios terribles. Y piensa si esa fractura periódica, que cada cierto tiempo nos refresca lo incierto de nuestra normalidad, no es otro mecanismo más del miedo: como esos episodios de violencia policial que cada poco nos recuerdan lo conveniente de temer a la autoridad, también esos momentos de *descivilización* nos advierten contra cualquier tentación insurgente: no rompáis nada que os acabará doliendo, no cuestionéis la realidad presente porque las alternativas siempre serán peores, las revoluciones generan caos, muerte, destrucción, virgencita que me quede como estoy.

Hasta hoy sólo había estado una vez en el polígono industrial y, como ahora, fue también de noche. Llevaba poco tiempo viviendo en el barrio, no conocía bien las entradas y salidas de la autopista y una noche, cuando regresaba a casa tras una cena con antiguos compañeros de facultad, equivocó la salida. En lugar de dar la vuelta, decidió continuar en la esperanza de llegar al mismo sitio, y tal vez descubrir así un acceso más directo a su calle. Avanzó más de un kilómetro por una vía de servicio en paralelo, y cuando ya veía próxima la siguiente salida, el carril empezó a desviarse hacia la derecha hasta obligarle a circular en perpendicular a la autopista, alejándose de ella. A un par de kilómetros seguía viendo las luces del centro comercial, y tras él los bloques de vivienda que le esperaban, por lo que creyó que en algún momento encontraría una desviación a la izquierda que le condujese hasta allí. Por el contrario, la vía por la que continuaba se convirtió pronto en una calle de doble sentido que atravesaba una zona urbanizada pero sin construcciones, terrenos preparados para ser edificados, algunos con tierras removidas y maquinaria abandonada. Cada pocos metros, en el tramo de penumbra que se formaba entre farolas, había un coche aparcado, en cuyo interior se distinguía la silueta de lo que probablemente sería una pareja de novios. Para dar la vuelta y regresar tendría que frenar y maniobrar durante unos segundos, pero no quería detenerse allí de ningún modo, así que decidió continuar adelante, hasta que alguna avenida perpendicular le devolviese a zonas conocidas. La rectilínea calle le metió en un polígono de grandes naves de ladrillo y chapa, con algunos camiones aparcados a las puertas, y de nuevo coches con los asientos reclinados. Circulaba a velocidad media, ni demasiado lento como para ser asaltado en marcha, ni demasiado rápido como para atropellar accidentalmente a alguien, incidente a evitar a toda costa, y nada exagerado toda vez que el polígono comenzaba a exhibir sus habitantes nocturnos: decenas de prostitutas que, repartidas como mobiliario urbano a lo largo de la calle, en intervalos casi exactos, se adelantaban en la calzada cuando el coche se acercaba, momento en que mostraban a los faros la desnudez bajo sus abrigos. En un par de ocasiones Carlos tuvo que esquivar a una mujer que pareció volcarse sobre el coche, y varias de ellas golpearon con el puño el capó o la ventanilla como protesta por no detener su marcha. Tras varias manzanas de almacenes salió del polígono, y encontró una glorieta en la que eligió el camino hacia la izquierda. Se había desviado tanto que no distinguía a lo lejos ninguna luz reconocible, y ni siquiera estaba seguro de haber avanzado en línea recta, o más bien trazando una suave curva siempre hacia la derecha, de forma que al cambiar ahora su dirección tampoco estaba muy convencido de hacia dónde avanzaba. Recorrió una avenida de dos carriles para cada sentido que cruzaba una zona de arbolado y vegetación que, de noche, no podría precisar si se trataba de un gran parque o de una zona de campo rezagada al avance urbano. La ausencia de farolas indicaba más bien lo segundo, aunque la presencia del asfalto y el acerado apuntaba a alguna forma de espacio verde reservado entre autopistas y polígonos industriales. Pudo acelerar y recorrer la avenida a más velocidad, pero la soledad y la oscuridad le hacían preferir la compañía anterior de las prostitutas y los coches alcoba, pues ahora, sin saber bien en qué zona del distrito se encontraba y si realmente encontraría alguna salida o tendría que rehacer todo el camino, su miedo era mayor, y se temía protagonista inminente de cualquiera de esas historias atroces, a medio camino entre la crónica de sucesos y la leyenda urbana, en las que un vehículo pacífico y despistado es expulsado de la carretera por otro vehículo acosador, dando comienzo a una cacería humana. Nada de eso ocurrió, y por fin reconoció a lo lejos el trazado alumbrado de una autopista, que tomó como referencia hasta encontrar una incorporación por la que entró a lo que identificó como una carretera radial.

Desde entonces no había vuelto a visitar el polígono, ni de día ni menos aún de noche, y lo observaba cada vez que cruzaba la autopista y dejaba atrás esa salida, desde la que veía a lo lejos los tejados de las naves. Sabía, por lo leído en prensa, que las quejas vecinales y de los almacenistas habían terminado por expulsar a las prostitutas, acosadas por patrullas policiales nocturnas hasta que se mudaron a otra zona industrial cercana en la que, previsiblemente, aguantarían unos meses más, el tiempo suficiente para que la alarma movilizase de nuevo a los vecinos y éstos tuvieran fuerza para reactivar el mecanismo de hostigamiento policial, momento en que tendrían que trasladarse a otro polígono, tal vez el mismo que ya abandonaron meses atrás, en una mudanza continua e interminable. No le extrañó que su cuñado le hablase de ese lugar, pues seguramente lo conocía por haber participado en aquellas redadas nocturnas contra el sexo de pago, pero sí le sorprendió que se lo aconsejase como punto de encuentro. Si, como creía, la marcha de la prostitución había dejado desiertas aquellas calles cuando al caer la tarde cerraban las empresas, lo imaginaba como un sitio solitario, pobremente iluminado, apartado de la ciudad a esas horas, y por tanto peligroso para cualquier tipo de cita, y más una como la pretendida, pues su temor le presentaba como inconvenientes lo que para su cuñado eran ventajas. Además, pensó que el niño sospecharía y se negaría a acudir a aquel lugar, o sólo lo haría previo reclutamiento de refuerzos, nunca iría solo en previsión de una emboscada. Esos niñatos no tienen tanto miedo como tú, le dijo su cuñado por teléfono, son unos bestias pero conservan cierta inocencia, ya verás, hasta le parecerá divertida la propuesta, muy peliculera, no deja de ser un niño, como mucho irá acompañado de sus dos colegüitas, tampoco pueden esperar mucho de ti, tus pasos hasta ahora te presentan como una víctima fácil, incluso una víctima tonta.

Una víctima tonta, repite Carlos en voz alta cuando toma la salida de la autopista para recorrer un camino que encuentra tal como lo recordaba desde aquella primera y única vez: la vía de servicio que continúa en paralelo a la autopista, el giro que enfila hacia el polígono, atravesando previamente el terreno que continúa sin construir, con coches aparcados que parecen los mismos de entonces, en los mismos espacios entre farolas. Cuando circula ya entre naves industriales comprueba que en efecto el trasiego es mucho menor. Hay algunos vehículos estacionados junto a los camiones, y unas pocas mujeres en las aceras parecen prostitutas, tal vez avanzadilla de lo que en poco tiempo será un regreso de la actividad a esta zona ya descuidada por la vigilancia policial y la protesta vecinal. Siguiendo las indicaciones acordadas, gira a la izquierda en el tercer cruce, y avanza por una calle secundaria del polígono, que recorre hasta el final, punto en que confluyen un vertedero de palés y cajones, una nave tapiada y una explanada de alquitrán ocupada por algunos remolques. Detiene el vehículo en una zona más iluminada que el resto, próxima a una torre de luz que alumbra el aparcamiento para dificultar las sustracciones. A unos doscientos metros, entre dos grandes contenedores, localiza el coche de su cuñado. La oscuridad del área donde está estacionado, junto a la distancia, le impiden distinguir nada tras el parabrisas, así que da por cierto que el policía está en su interior. En realidad ni siquiera puede estar seguro de que en efecto sea el coche de su cuñado: no recuerda bien qué marca es, tampoco reconoce el modelo a esta distancia, y en caso de que pudiera leer la matrícula desde aquí, tampoco la conoce. El único argumento de peso en favor de su creencia es el hecho de que no haya más coches aparcados en la zona, y que esté en el sitio y a la hora acordados. Le gustaría asegurarse, aproximarse algo más, o hacer una señal con los faros y obtener respuesta, pero las exigencias de discreción que le ha impuesto su cuñado hacen que se conforme con esa pobre pero suficiente suposición.

Permanece dentro de su vehículo, con las luces apagadas y el cierre echado. Mira el reloj, y no sabe cómo interpretar el retraso. Pone la radio pero la apaga en seguida, no quiere hacer ruido, como si aún quedase la posibilidad de pasar desapercibido, no ser visto, marcharse sin haber salido del coche. Incluso fantasea con un aplazamiento que en realidad desea: que el niño no acuda a la cita, que se haya olvidado, que no le hayan dejado salir esta noche del centro, que al hablar con sus colegas haya visto sospechosa su petición de hacer la entrega en este sitio en vez de en el portal de su casa, o que le haya ocurrido cualquier accidente, ese tipo de sucesos desgraciados que le ocurre a estos niños con más frecuencia que a quienes, como Pablo, no estarían a esta hora en la calle, y menos en este lugar. Han pasado casi veinte minutos de la hora acordada cuando oye el sonido, cada vez más cercano, de una motocicleta, estridente. Por el retrovisor ve llegar dos motos, cada una con dos pasajeros a bordo. Frenan al alcanzar el final de la calle, dudan un momento, inspeccionan el entorno y por fin giran el manillar y aceleran para aproximarse al automóvil de Carlos. Cada una lo adelanta por un lateral, y ambas se detienen frente a él, como una maniobra sincronizada, de forma que quedan enfrentadas, algo giradas hacia el coche, deslumbrándole con los faros que apagan al unísono. Ninguno lleva puesto casco, así que los reconoce tan pronto como se recupera de la ceguera momentánea. El niño viaja en la motocicleta aparcada a su derecha, que es conducida por uno de sus acompañantes habituales. El otro compinche baja de la segunda moto, que pilota un cuarto adolescente al que Carlos ve por primera vez, y que parece haber sido reclutado para eventuales complicaciones, pues tiene espaldas y brazos de gimnasio. Comentan algo entre sí, señalando al coche, y ríen con escándalo. Los tres acompañantes dan unos pasos en círculo, rodean el coche, miran hacia los remolques, inspeccionan la zona. Uno de ellos se fija en el vehículo aparcado a doscientos metros, comenta algo pero otro de los chicos le empuja riendo y comparten una broma que Carlos, todavía encerrado en su coche, no oye. El niño se dirige a la puerta del copiloto e intenta abrirla, con intención aparente de entrar y sentarse junto a Carlos, que sin embargo no facilita la maniobra y mantiene activado el cierre. Abre la puerta, capullo, dice el chico, sin levantar mucho la voz, y acciona repetidas veces la manija. Carlos mantiene la vista fija en el coche que cree de su cuñado, esperando que en algún momento se abra una puerta y todo comience. Como no ocurre nada y el niño sigue forcejeando para entrar, Carlos piensa por un instante hacer una señal de luces, incluso accionar el claxon, pero se convence de lo inútil de tal gesto: si el cuñado está en el coche, saldrá cuando lo considere más adecuado, no antes porque él insista; y si por cualquier motivo no está ahí, cualquier gesto que sea interpretado por los muchachos como una señal de alarma empeorará la situación. Estudia también la posibilidad de, sin esperar un segundo más, arrancar y huir, pero se da cuenta de las dificultades: hacia delante tiene el camino bloqueado por las motocicletas, y hacia atrás, con su torpeza para maniobrar, acabaría embistiendo un camión. El niño golpea con la mano en el techo del vehículo y repite su orden, abre la puerta, gilipollas.

Por fin Carlos desactiva el cierre, pero lo hace al

abrir su propia puerta, de forma que, cuando la del copiloto cede a los intentos del niño, ambas se abren: por una entra veloz el chico, y por la otra sale no menos veloz el adulto, que se aparta unos metros del coche, frenando un primer impulso de salir corriendo. Qué haces, gilipollas, pregunta el niño, que se apea del vehículo. Nada, no pasa nada, responde Carlos, que evita volver la vista hacia el otro coche, para no delatar la trampa. Uno de los adolescentes se ha acercado por su espalda y le da un empujón, no demasiado fuerte, lo suficiente para que caiga sobre el capó. No vayas de listo con nosotros, le amenaza desde detrás. Has traído el dinero, pregunta el niño. Claro, responde el adulto, que se incorpora y se aparta unos metros de quien le empujó, aunque otro de los chicos le sale al paso y de otro empujón le hace caer de nuevo sobre la carrocería. Pues venga, sácalo que no tenemos toda la noche, ordena el cabecilla. Claro, ahora mismo, replica Carlos, que esta vez sí gira la cabeza hacia el otro coche, sin ningún disimulo, y de repente duda de si ése es realmente el coche esperado, si su cuñado está ahí, y a qué espera en tal caso. No ha vuelto a hablar con él desde la mañana, han podido ocurrir tantas cosas en esas horas. Quizás le convocaron para una emergencia, tan súbita que no tuvo ni tiempo de llamarle para cancelar la cita, o puede haber sufrido un accidente. Dónde tienes el dinero, pregunta de nuevo el niño, y ahora Carlos se arrepiente de no haberlo traído. Fue uno de los puntos de discrepancia con su cuñado a la hora de diseñar el plan: Carlos era partidario de llevar el dinero prometido, como una garantía por si algo salía mal, si el policía se retrasaba o no llegaba, si el niño no era tan inocente como creían y se presentaba con más refuerzos de los esperados, era mejor tener el dinero encima, pues de esa forma la encerrona podría reconducirse a una sencilla entrega si algo se torcía. Su cuñado no lo consideró necesario, y le exigió que no lo hiciera, pues llevar el dinero encima le haría más medroso, más dispuesto a continuar la extorsión antes que poner fin a la misma de forma drástica. Por haberle hecho caso se encontraba ahora sin ese recurso con el que ganar tiempo al menos, con el que resolver incluso la situación. En la cartera no cree llevar más de treinta euros, cantidad muy alejada de la prometida. Por tercera vez ha recompuesto la figura y por tercera vez le empujan contra el capó, ahora con más violencia, en muestra de la creciente impaciencia del cuarteto. La chapa está caliente sobre el motor, y Carlos permanece unos segundos sobre ella, con la cara pegada, escuchando los crujidos de las piezas al enfriarse, hasta que el niño lo levanta de un tirón. Qué pasa contigo, te estás cachondeando de nosotros o qué, saca de una puta vez el dinero. Mira, ha habido un problema, se disculpa Carlos. Un problema, repite el chico. Sí, un problema, no he podido juntar todo el dinero hoy, pero te prometo que mañana. No llega a terminar la frase, un puñetazo en la mandíbula le hace caer por cuarta vez contra el automóvil, pero esta vez rueda desde el capó hasta el suelo. Me cago en tu puta madre, exclama el muchacho, y uno de los cuatro, al que no identifica desde el suelo, le da una patada en el costado antes de que pueda levantarse. Aunque cree más aconsejable permanecer tumbado, enroscarse y cubrir la cara con las manos, hace un tercer intento por incorporarse, y esta vez la patada le alcanza la cara, volcándole hasta caer de espaldas. Desde el suelo gira la cabeza hacia el otro coche. Piensa en el policía en su interior, observando la paliza. Recuerda años de distancia, de desencuentro, de bromas, de humillaciones. Se ve a sí mismo desde los ojos de su cuñado, a lo lejos, un cuerpo adulto tumbado en el asfalto y con tiempo apenas para encogerse antes de recibir una nueva patada, esta vez en la espalda. Se arrastra buscando refugio desesperado bajo el coche, pero uno le agarra la pierna, otro le pisa una mano, y por fin un tercero le coge de los pelos y tira hacia arriba, obligándole a ponerse en pie a tirones. Intenta agarrarse a la puerta abierta del coche, al techo, araña la carrocería y se parte una uña.

Espera un nuevo golpe, cierra los ojos hasta que escucha la sacudida, pero no la siente, sólo su sonido, ya que esta vez no es él quien cae, sino uno de los muchachos, que golpea con la cabeza el parabrisas del coche, proyectado contra él desde varios metros. Ninguno de los cinco, ni los agresores ni la víctima, oyeron la puerta del otro coche al abrirse, ni los pasos a la carrera del hombre que, sin frenarse, cargó contra el primero que encontró y de un empujón lo lanzó contra el parabrisas. Otro de los muchachos tiene apenas tiempo de girarse antes de recibir un porrazo en la cara que le hace perder pie y caer de culo en el asfalto. Un tercero se aleja unos pasos corriendo, y en seguida lo que parecían unos metros de protección se convierten en huida, hasta desaparecer tras los camiones. El del parabrisas se duele del golpe, tumbado sobre el capó, y el que recibió el porrazo está de rodillas, con las dos manos en la cara. Carlos está apoyado contra el coche, junto al niño, que todavía no le ha soltado. Entreabre los ojos y reconoce por fin a su cuñado, que ha quedado detenido, con las piernas algo separadas, y sujeta una barra con las dos manos. Lo primero que sorprende a Carlos es que no lleve uniforme. Cuando días atrás acordaron dar un susto al niño, él entendió que el escarmiento pasaba necesariamente por la intervención de la autoridad, la presentación de una placa que lo mismo anunciaba problemas legales que avisaba de la impunidad del uniformado para lo que desease. Sin embargo, su cuñado viste de calle, unos vaqueros y una cazadora, y lleva la cabeza cubierta con un pasamontañas. Sólo le ve los ojos y la boca, por lo que piensa que podría ser su cuñado como cualquier otro, aunque parece poco probable que se trate de un justiciero espontáneo. El del parabrisas pone los pies en el suelo y, tambaleándose, se lleva la mano al interior de la chaqueta. En ese momento el encapuchado saca del bolsillo trasero del pantalón una pistola pequeña y apunta al muchacho, que congela su gesto y, a continuación, echa a correr en la misma dirección que tomó el que primero huyó. Lo mismo hace el tercero, que corre sin quitarse una mano de la nariz herida. Quedan al fin el policía, Carlos y el niño, que sólo ahora le suelta del pelo. Intenta correr también, pero el encapuchado, tras gritarle una orden, lo alcanza en pocos metros y lo tira al suelo sin frenarse. Casi no ha terminado de caer cuando ya recibe la primera patada, tras la que siguen otras seis o siete, Carlos no lleva la cuenta. El niño queda encogido en el suelo, se queja con un sollozo apagado. El policía devuelve la pistola al bolsillo, y del contiguo saca unos grilletes. Inmoviliza al chico clavándole la rodilla en la espalda, y tira con violencia de sus brazos hasta juntarle las muñecas para esposarle. Después, lo obliga a ponerse en pie remolcándolo por las manillas que lo aprisionan, y lo arrastra hasta el coche, donde lo vuelca de un empujón en el mismo capó que muestra salpicaduras de sangre tras las sucesivas embestidas. El niño llora y parece suplicar, aunque no se entiende lo que dice. El policía lo toma del pelo, tira hacia atrás de la cabeza hasta donde puede, y después se la baja con un empellón para que golpee la cara contra la carrocería. Repite el gesto una segunda vez, y aún una tercera, lo que aumenta los sollozos del niño. Todo sucede sin palabras, pues no pueden considerarse como tales los lamentos del muchacho. El agresor no abre la boca, y tampoco Carlos, que sigue apoyado en el lateral del coche, dolorido, y observa con espanto la actuación de su cuñado. Vigila que no se mueva, que voy a acercar mi coche, ordena el encapuchado, y se aleja a la carrera.

El niño queda doblado sobre el capó, pero cuando escucha el motor arrancado del otro coche, se incorpora con dificultad y se vuelve hacia Carlos. Muestra la nariz y la boca ennegrecidas por la hemorragia, y las mejillas sucias de lágrimas, mocos y sangre. No dejes que me lleve, suplica, no dejes que me lleve, repite. Carlos mira hacia el coche de su cuñado, que avanza hacia ellos sin encender las luces. No dejes que me lleve, insiste el niño en llanto, y sin esperar respuesta echa a correr. Tras dar cuatro pasos tropieza y cae, y da con la cara en el asfalto, pues no puede oponer las manos, esposadas a la espalda. Se levanta con dificultad y reanuda la carrera, pero el policía, atento, desvía la trayectoria del vehículo y lo intercepta pocos metros después. Da un volantazo y frena cortándole el paso, y el niño cae sobre la parte delantera del automóvil, desde donde rueda al suelo. Carlos observa la escena desde el sitio donde sigue quieto. Confundido, horrorizado, cree que debería decir algo, ya basta, es suficiente, le hemos dado ya el susto, pero en este momento teme más a su cuñado de lo que ha podido temer en todo este tiempo a un niño que ahora contempla como lo que es: un cuerpo pequeño, frágil, a medio hacer, de la edad de su hijo. Ve cómo su cuñado desciende del coche, agarra por un brazo al caído, y lo arrastra ante su negativa a ponerse en pie. El chico chilla, déjame, déjame, hasta que decide gritar en dirección a Carlos: ayúdame, que me mata. El encapuchado lo lleva a tirones hasta la parte trasera del vehículo, abre el maletero, lo toma por las axilas y, sin que deje de patalear y chillar lo mete a empujones en su interior. Como el niño se resiste e impide el cierre, el policía le golpea varias veces, y desde aquí Carlos no distingue si lo hace con el puño o con algún objeto, tal vez la pistola, ni dónde concentra los golpes. Tampoco ve ya al niño, sólo una pierna que deja de moverse segundos después, y que el cuñado introduce sin resistencia en el interior. Después, saca de un bolsillo de su cazadora un rollo de cinta adhesiva y arranca un par de trozos que aplica sobre el cuerpo desmayado, y aunque Carlos no lo ve desde donde está, imagina la cinta colocada en la boca y rodeando la cabeza en mordaza. Después, cierra el maletero con un portazo.

El hombre se quita la capucha, se mesa el pelo apelmazado por el sudor, se limpia la boca con la manga. Se acerca a Carlos, que no se ha movido de su emplazamiento, apoyado en su coche. El cuñado le toma la barbilla con dos dedos y le obliga a girar la cabeza hacia la torre de luz, para ver sus heridas. Esa nariz tiene mala pinta, comenta sin mucho interés. Qué vas a hacer con él, dice Carlos en voz baja. Qué quieres que haga, replica el otro. No lo sé, responde, y reitera la pregunta: qué vas a hacer con él ahora. Qué se te ocurre a ti que puedo hacer con él, dice con una sonrisa el policía. Carlos baja los ojos, se frota las manos. Ya me ocupo yo, anuncia el otro, que le pone la mano en el hombro, clavando los dedos. No sé para qué me preguntas, si en realidad no te importa, murmura. Los dedos aprietan más el hombro, y tira hacia abajo para que Carlos se incline y le pueda susurrar al oído: eres un cobarde, un puto cobarde. Después echa a andar hacia su coche, peinándose con los dedos. El motor sigue arrancado desde el último frenazo, así que, sin terminar de cerrar la puerta, acelera y se aleja. Carlos contiene el llanto, porque si moquea le duele la nariz.

Pasan las semanas y Carlos no vuelve a ver al niño. Sin embargo actúa todavía como si en cualquier momento fuese a reaparecer, apenas ha relajado las precauciones. Sigue acompañando a Pablo al instituto, a la entrada y a la salida, nunca olvida cerrar bien el coche cuando se sube, espera los segundos necesarios a que la puerta del garaje baje del todo antes de continuar, vigila por la ventana a los grupos de adolescentes que con la llegada del buen tiempo se multiplican por el parque, nunca abre la puerta sin mirar antes por la mirilla, y ha desarrollado una manera de caminar por la calle que ha acabado por aceptar como razonable: siempre lleva la vista avanzada unos metros por delante, cuando gira una esquina atiende a quienes se mueven por la nueva calle, aprovecha el reflejo de los escaparates para controlar su espalda, y cuando escucha pasos que se acercan a la carrera tiene la precaución de apartarse hacia un lado y tensar el cuerpo. Tal celo le ha conducido a otras formas de prudencia, añadidas, que aunque exigen concentración permanente a cambio le otorgan una ilusión de protección, tales como no utilizar cajeros automáticos que se encuentren fuera de las oficinas bancarias, llevar siempre en los bolsillos una cantidad de dinero mínima, escoger itinerarios concurridos y bien iluminados, y dejar el coche en el aparcamiento cubierto del centro comercial, lo más cerca posible del acceso a la tienda.

Además, ha convencido a Sara para buscar otro piso. A ella nunca le gustó el barrio, y él se esfuerza por mostrarle las ventajas de otras zonas residenciales más próximas a su lugar de trabajo, por lo que esperan mudarse antes de que acabe el año. Pablo está encantado con la posibilidad de cambiar de distrito y, por tanto, de centro de estudios, y por si necesitasen más argumentos, Carlos muestra cada noche a Sara los anuncios de compra y venta de viviendas para demostrarle lo rentable de la operación para el patrimonio familiar. Como sus días en el barrio parecen contados, ni Carlos ni Pablo se esfuerzan por ser parte del mismo, y aunque los días son más largos y la temperatura templada, raramente bajan al parque o a pasear, y sólo cuando Sara insiste acaban por salir, aunque imponen planes de ocio que conllevan traslados al centro de la ciudad o a otras zonas. Cuando regresa de trabajar, por la autopista de circunvalación, Carlos ve el polígono industrial al que no ha vuelto ni volverá, e igualmente contempla, a un lado de la carretera, el centro de menores al que tampoco tiene intención de acercarse.

Pasan las semanas y sigue esperando algún tipo de información, un suelto de sucesos en el periódico, una llamada del juzgado por la causa pendiente de aquella denuncia que puso en su momento, pero corren los días y no tiene noticia del niño. A veces piensa en llamar al centro de menores, y de forma anónima preguntar por él, pero no se atreve, ni sabe bien qué excusa utilizar, y sobre todo no sabe bien para qué, de qué le serviría saber si el niño está recluido, si lo han trasladado, si ha vuelto con sus padres o si está desaparecido. Observa con atención a quienes se aburren en el parque, y a cualquier adolescente que ve desde el coche, esperando reconocer al niño, y no sólo a él, también a sus compañeros de aquella noche, aunque tampoco recuerda bien sus rostros, y todos los chicos de esa edad se parecen entre sí, visten igual, se peinan de forma similar.

Lo más fácil, bien lo sabe, sería preguntar a su cuñado, llamarle por teléfono o aprovechar alguna comida familiar, pero no se atreve a sacar el tema ni sabe cómo provocar la conversación de forma indirecta. Además, no sabe si querría responderle, si le diría la verdad, y en tal caso, si realmente quiere conocerla. Ambos actúan como si nada hubiera ocurrido, y lo hacen con tanta facilidad que ni siquiera perciben su propio disimulo. Como otras veces, Carlos suple su desconocimiento con invención. Habitualmente, por ser la hipótesis más razonable pero también la más deseable, se convence de que nada grave sucedió, que el susto fue más violento de lo que él esperaba pero que fue sólo eso, un susto: imagina que aquella misma noche, tras abandonar el polígono, el policía condujo hasta alguna zona descampada donde completó el escarmiento: se puso de nuevo la capucha, abrió el maletero y sacó a tirones al niño, amoratado y exhausto, lo arrojó al suelo y, de forma convincente, le colocó la pistola en la cabeza y le amenazó con palabras duras, le advirtió de que aquello era sólo un aviso y que si volvía a molestar no habría nuevas oportunidades. Después lo dejó allí abandonado, dolorido, muerto de frío; el niño regresó caminando y lloroso al centro de menores, donde no quiso contar nada, y sus educadores asumieron que lo sucedido no era motivo de alarma en un chico conflictivo como él, seguramente no era la primera paliza que recibía. Siguiendo ese relato, el susto habría sido efectivo, y el niño habría optado por enderezar su vida, o al menos por no reincidir en un comportamiento que le había costado caro. Pero otras veces, cuando su imaginación trabaja con materiales más truculentos, imagina destinos muy diferentes, un vertedero donde enterrar un cadáver pequeño y que nadie reclamará, una trama de policías violentos y con doble vida que se aplican en limpiar las calles, una red de tráfico de menores o de órganos, todo tipo de posibilidades que sabe disparatadas, pero en las que se entretiene algunas tardes.

A su cuñado lo ha visto tres veces desde entonces, y ha hablado con él por teléfono muchas otras. Se diría que lo sucedido les ha unido como nunca, pues su relación se ha intensificado desde aquella noche en el polígono. El policía busca su compañía en los encuentros familiares, y él le corresponde, para que no piense que lo esquiva, y por supuesto le atiende al teléfono y le devuelve las llamadas. Lo sucedido les ha unido, en efecto, pues ahora el cuñado parece tener más confianza en él, recurre a su favor cuando lo necesita, ya sea para solicitarle un préstamo que promete devolverle pronto, o para pedirle una copia de las llaves de su casa, que dice necesitar algunas mañanas para un asunto del que por supuesto no quiere dar muchos detalles por los lazos familiares que unen a sus respectivas esposas. Peticiones que Carlos no sabe rechazar, y que mediante la acumulación de secretos unen más a los dos hombres, de forma que espera, sabe, que en el futuro las solicitudes, las peticiones, las exigencias, irán en aumento, pues ambos van sumando deudas, te debo una, te debo otra, en una contabilidad que Carlos no sabe si tendrá fin algún día, si la operación al final de la página dará cero. Todos tenemos cuentas pendientes, y ahora él tiene sus propias cuentas pendientes que ajustar.

«El Estado, habiendo fundado su razón de ser y su pretensión de obediencia ciudadana en la promesa de proteger a sus súbditos frente a las amenazas a su existencia, pero incapaz de seguir cumpliendo su promesa (...), se ve obligado a desplazar el énfasis de la "protección" desde los peligros para la seguridad social hacia los peligros para la seguridad personal.»

ZYGMUNT BAUMAN, *Miedo líquido*

«La dinámica social que subyace a la imagen que los medios de comunicación ofrecen del mundo del crimen (...) es la de una sociedad tripartita, compuesta de lobos, ovejas y perros pastores. En esta visión mediática de la sociedad, los criminales aparecen como lobos, depredadores malvados y astutos que extienden el caos y se alimentan de víctimas, a su vez presentadas como ovejas débiles, indefensas y hasta estúpidas (mujeres, ancianos, ciudadanos en general), mientras que los luchadores contra el crimen son los perros pastores, héroes (normalmente hombres, blancos y de clase media) que actúan para proteger a las ovejas en nombre de una justicia basada en el *ojo por ojo, diente por diente*.»

RAY SURETTE,
Media, Crime and Criminal Justice

«La imaginación del blanco de clase media, privado de cualquier conocimiento de primera mano de los barrios pobres, magnifica la amenaza percibida a través de una lente demonizadora. Las encuestas muestran que los habitantes de las afueras de Milwaukee están tan preocupados por los delitos violentos como los del centro de Washington, a pesar de tener una diferencia de veinte veces en los niveles relativos de violencia.»

MIKE DAVIS, *Ciudad de cuarzo*